Christine Kaula

Die Frauen vom Heintzenhof

W0358559

RHEIN
MOSEL
VERLAG

© 2019
RHEIN-MOSEL-VERLAG
Zell / Mosel
Brandenburg 17, D-56856 Zell / Mosel
Tel 06542 / 5151 Fax 06542 / 61158
www.rhein-mosel-verlag.de
Alle Rechte vorbehalten
ISBN 978-3-89801-415-1
Ausstattung: Stefanie Thur
Titelaquarell: José Yablonka

Damit die kulturelle Vielfalt erhalten und für die Leser bezahlbar bleibt, gibt es die gesetzliche Buchpreisbindung. Deshalb kostet ein verlagsneues Buch in Deutschland und Österreich jeweils immer und überall dasselbe. Ob im Internet, in der Großbuchhandlung, beim lokalen Buchhändler, im Dorf oder in der Großstadt – überall bekommen Sie Ihre Bücher zum selben Preis.

Christine Kaula

Die Frauen vom Heintzenhof

Roman

Rhein-Mosel-Verlag

Dem fortgegebenen Kind

Prolog

Auf dem Heintzenhof, einem kleinen bäuerlichen Anwesen, lebte Marie als sechstes von elf Kindern ihrer Eltern Anna und Peter.

Marie ist die Schlüsselfigur meiner Geschichte, die Anfang des 20. Jahrhunderts beginnt.

Heute noch mache ich, Franzi, eines der Winterkinder, dann und wann in Gedanken einen Rundgang durch das alte Haus meiner Kinderjahre. Wir Winterkinder sind alle im Januar geboren und Sprösslinge von Käthe, einer Schwester von Marie. Und wir durften in den Fünfziger- und Sechzigerjahren regelmäßig unsere Sommerferien auf dem kleinen Hof verbringen.

Stehe ich vor dem Hof, so fällt mein Blick auf einen zweigeschossigen Fachwerkbau, einen Dreiseithof, irgendwann im 17. Jahrhundert erbaut. Der Hof hatte seitlich angeordnete Wirtschaftsgebäude, links die Scheune und der Kuhstall, rechts der Schweine- und Pferdestall und die Remise, der Schuppen für die landwirtschaftlichen Fahrzeuge und Geräte. Uralte Bilder zeigen es mit tief heruntergezogenem Dach, das später angehoben wurde, um mehr Raum für die wachsende Sippe zu schaffen. Das alte Haus hatte viele Räume und einen großen Speicher, und ich liebte es über alle Maßen.

Meist benutzten wir nicht die frontseitig gelegene Haustüre, sondern den Eingang durch die sogenannte »Futterküche«, die gegenüber dem Kuhstall lag. Gerade an dieser Hausecke begegnete man den schönsten Landgerüchen. Ich liebte den Geruch frisch gemolkener Milch, den Heimatduft knusprig gebackenen Brotes, ja sogar den Mief des großen Bottichs, worin das Schweinefutter gekocht wurde. Ich mochte sogar die Ausdünstungen des Kuhstalls. In der Futterküche wurde aber auch die Wäsche gekocht und gewaschen, von Mariechen natürlich und per Hand und mit der Wurzelbürste. Hinter der Futterkammer lag ein weiterer Wirtschaftsraum. Der war für die Milch bestimmt, die dort bis zur Abholung durch das Milchauto in einem Kühlbecken frisch gehalten wurde. Und hier befand sich auch der große, gemauerte Backofen. Diese Räume hatten für mich eine unwiderstehliche Anziehungskraft.

In meinen Kinderjahren wurde das Brot noch selbst gebacken, diese Aufgabe oblag den beiden Tanten, von denen die eine am Vorabend des Backtages den Teig vorbereitete, die andere das Brot am nächsten Morgen in aller Herrgottsfrühe buk. Da waren wir Kinder auch zeitig aus dem Bett, um dabei sein zu können, wenn das mächtige Feuer im »Backes« loderte. »Hexenfeuer« sagten wir dazu. Spannend wurde es, wenn alles heruntergebrannt war, und Tante Mariechen, die wir alle nur Jöttchen (das war das Dialektwort für Patentante) nannten, die Asche herauskehrte. Der Teig wurde dann portioniert und in länglich geflochtene Körbe gelegt. Diese Laibe wurden auf einen langen Holzschieber umgestülpt und nacheinander in den tiefen Ofenraum geschoben. Wenn das Brot dann fertig gebacken und duftend herausgeholt worden war, hatte Tante Gertrud bereits Brötchen und Kuchen (meist flache fladenartige Obstkuchen, die »Taat«) vorbereitet, und die Resthitze reichte aus, um diese Köstlichkeiten zu garen.

Durch die Wirtschaftsräume gelangte man in eine kleine Kochküche, in der wochentags das Frühstück und manchmal, während der Erntezeit, ein rasches Mittagessen eingenommen wurde. Der Onkel und die Tanten waren schon lange auf und hatten ihre morgendlichen Pflichten in Haus und Stall erledigt, wenn wir Ferienkinder zum Frühstück erschienen. Alles, was auf dem Tisch stand, war selbst gemacht, Brot, Butter, Quark, Marmelade, Wurst und Schinken.

Wir Ferienkinder mussten aber auch mithelfen beim Kühe hüten oder beim Buttern. Oft musste ich die Kurbel am Butterfass drehen. Über eine Stunde musste ich dann auf der Bank unter dem Küchenfenster still sitzen und drehen, bis die Sahne immer dicker wurde, dann klumpte und die Tant' endlich die Butter fertig kneten und salzen konnte.

Heute noch sehe ich die Familie versammelt beim Morgengebet, denn es wurde nie versäumt, vor und nach den Mahlzeiten zu beten. Mir wurde die Zeit des Betens oft zu lang, und ich konnte es kaum erwarten, bis wir endlich essen und danach wieder hinaus zum Spielen durften.

Durch die Kochküche ging man durch eine Schiebetür in die Stube. Für meine damaligen Vorstellungen war die Stube sehr geräumig, da mein Elternhaus in Köln nur sehr kleine Räume besaß. Was die Einrichtung der Wohnstube anging, so kann ich mich an einen großen Tisch erinnern, eine Couch gleich neben der Tür, eine Vitrine mit Geschirr und Gläsern und einen Rollschrank an der hinteren Wand. Diesen verschloss der Onkel immer sorgfältig, er barg dort wohl Dokumente und das Bargeld, das im Haus war, und mit dem er sehr behutsam umging. In der Ecke stand ein mit Holz zu beheizender Ofen, daneben der Sessel des Onkels. Ein großes Kreuz an der Wand und ein reliefartiges Bild der Heiligen Familie – uralter Familienbesitz, von einem Vorfahren selbst geschnitzt – vervollständigten die Einrichtung. Durch die Fenster schaute man in den Hof hinaus, geradewegs auf den Misthaufen. Die Stube war gemütlich und hatte eine heimelige Atmosphäre. Eines Tages, ich erinnere mich, als sei es gestern gewesen, überraschte mich beim Hüten der Kühe ein heftiges Gewitter. Ich war neun Jahre alt und hatte immer schon Angst vor Unwettern gehabt. Starr vor Angst muss ich wohl lange Zeit auf der Weide verweilt haben, das Vieh dumm glotzend um mich herum, ehe die Jött', laut schimpfend, in einem langen Rock und einer von Onkels blauen Arbeitsjacken gekleidet, ein Kopftuch umgebunden, herbeigeeilt kam, um die Kühe – und mich – heimzuholen. Dieser Raum, diese Stube, erschien mir, als wir endlich zu Hause waren, wie eine himmlische Bastion. Die Feldarbeit war abgebrochen worden, die Familienmitglieder hatten sich in der Stube versammelt, eine Kerze brannte, und wir beteten den Rosenkranz, damit Gott Heu und Korn vor Schaden schützen möge.

Auf der anderen Seite des Hausflurs, in den man aus der Stubentür hinaus gelangte, und an dessen Ende sich die eigentliche Haustür befand, lag noch ein kleines Wohnzimmer, das von der Familie nie benutzt wurde. Ein Tisch, mehrere Stühle und ein kleines Vertiko bildeten die Einrichtung dieses Raumes. Im Sommer war dies Speisezimmer und Aufenthaltsraum der Feriengäste, denn die Familie beherbergte und beköstigte in den 1950er- und 1960er-Jahren auch Sommergäste, die es sich schon damals leisten konnten, bezahlte Ferien zu machen. Das war aber noch weit vor dem Mallorca-Boom. Obwohl das Haus im Juli und August durch die Feriengäste fast bis unters Dach belegt war, wurde dennoch für die Nichten und Neffen Platz gemacht. Ich habe wohl neun Schuljahre hindurch meine Ferien dort verbringen dürfen.

Durch den Hausflur gelangte man in den rechten Flügel des Hauses, dort befand sich ein weiterer Wirtschaftsraum, wo Vorräte wie zum Beispiel die Einmachgläser, gefüllt mit allem, was der Garten an Obst und Gemüse hergab, für den Winter aufbewahrt wurden. Auch die Zentrifuge und andere Hauswirtschaftsgeräte hatten dort einen Platz. Die Zentrifuge habe ich gern bedient. Es ist mir stets rätselhaft geblieben, wie diese Maschine es zuwege brachte, dass, wenn man Vollmilch oben in den Trichter hineingab, auf der einen Seite durch einen Auslauf Magermilch, auf der anderen Seite Sahne herauskam. Die Magermilch bekamen die Schweine, und die Sahne war fett und gelblich. Daraus wurde dann die Butter gemacht.

Neben diesem Raum lag die Werkstatt des Onkels mit einer Hobelbank und Werkzeugen, die der Reparatur von Gerätschaften und Maschinen diente. Er sah es nicht gern, wenn wir uns dort aufhielten. Vielleicht hatte er Sorge, wir könnten uns verletzen. Durch die Werkstatt gelangte man in den Pferdestall. Dort befanden sich, soweit ich mich besinnen kann, zwei

Boxen. Ich kann mich jedoch nur noch an ein Pferd erinnern. »Max« wurde es gerufen, und ich hatte ziemlichen Respekt vor dem großen Tier. Wie habe ich Werner, meinen Bruder, bewundert, wenn er, zwölfjährig erst, hoch auf die Zwischenwand der Boxen hinaufkletterte, um das Pferd anzuschirren, da er noch nicht groß genug war, um bis zum Hals des Tieres zu greifen.

Im ersten Stock lagen die Schlafräume; Werner hatte links vom Treppenaufgang ein eigenes kleines Zimmer, um das ich ihn lebhaft beneidete. Von einem eigenen Kinderzimmer konnte ich in Köln nur träumen. Mariechen, unser geliebtes Jöttchen, bewohnte ein Zimmer, das links am Aufgang zum Speicher lag. Bei ihr wurden wir Kinder einquartiert. Später, als keine Feriengäste mehr kamen, weil Ferien auf dem Bauernhof nicht mehr schick waren, durften wir einen separaten Schlafraum beziehen. Aber es war schön gewesen, bei der Tante zu schlafen.

Der Speicher war ein großer Anziehungspunkt und eine unendliche Fundgrube. Er barg für uns Ferienkinder alle Wunder der Welt, und wir durften nach Herzenslust darin herumstöbern. Es gab alte Bilder, Bücher, Spinnräder, Truhen, Lehnstühle, Koffer mit geheimnisvollen Inhalten, und viele andere Sachen zu entdecken. Dort befand sich auch der Rauchfang mit den nahrhaften Schinken. Ich erinnere mich auch noch gut daran, dass ich Tante Gertrud manchmal begleitete, wenn sie vom großen Schinken im Rauchfang ein deftiges Stück absäbelte. Nie wieder habe ich so guten Schinken gegessen.

An anderer Stelle lagen Weizen und Roggen in großen Haufen aufgeschüttet, und die Katze hielt die Mäuseplage klein. Heute noch spüre ich die Sommerhitze in der vor Staub flirrenden Luft, die uns doch bald wieder in kühlere Bereiche des Hauses trieb.

Ach, es waren köstliche Tage, die wir Winterkinder in dem alten Haus verbringen durften. Nun sind sie unwiederbringlich dahin. Wir haben wohl nie so recht erfassen können, wie groß der Einsatz der Familie jahrzehntelang gewesen sein muss, um einen solchen Hof nach dem Krieg, als die Männer heimgekehrt waren, wieder einigermaßen ertragreich zu machen. Wir sahen nur die Ergebnisse der Arbeit, für uns war das Heuen ein Spiel, das Mähen und Einbringen des Getreides Zeitvertreib.

»Heintzenhof«. Wie viele Generationen mag es wohl beherbergt haben, das alte Haus, wie viele Kinder sind dort wohl geboren worden, wie viele alte und auch junge Menschen gestorben? Arbeitsam waren die Menschen, das weiß ich, und sie gingen ernsthaft ihrem Tagewerk nach. Sie hatten ihren eigenen Stolz, besaßen aber auch eine tiefe Frömmigkeit. Arbeit und Kirche, das ging Hand in Hand.

Besonders das Leben von Marie, »Mariechen«, wie sie von den anderen Erwachsenen gerufen wurde, und »Jöttchen«, wie wir Kinder sie nannten, hat mich sehr und nachhaltig beeindruckt. Ich habe sie oft bedauert, weil sie unverheiratet war und allein inmitten einer großen Familie lebte, die unangenehmsten Arbeiten wie den Kuhstall, die Wäsche und das Putzen erledigen musste, und ihr bisschen bares Geld durch das Reinigen der Dorfschule und als Haushaltshilfe bei einer Familie verdiente, die im Dorf ein Lebensmittelgeschäft und eine Gastwirtschaft betrieb. Ihr Schönstes war ohne Zweifel der Garten, sie hatte einen »grünen Daumen« und liebte es, in ihrer schmalen Freizeit im Sommer auf der Gartenbank zu sitzen und zu stricken. Denn stets musste eine Frau etwas arbeiten, durfte nie die Hände in den Schoß legen.

Nun wende ich mich vom Heintzenhof fort und begebe mich in Gedanken zum Friedhof, der am Rand des kleinen Dorfes liegt. Knarrend öffnet sich die eiserne Pforte und lässt mich ein in den Garten der Ruhe, wo man nach dem Ende des Lebens seine ewige Schlafstätte findet. Zuerst halte ich mich seitwärts, gehe zu der Stelle, wo die Frauen der Familie nebeneinander zur Ruhe gebettet wurden. Sei es, mit Absicht oder auch nicht, die beiden Schwestern, im Leben von allen Geschwistern am innigsten verbunden, haben hier nahe beieinander ihren Platz gefunden. Pflichtschuldig stehe ich vor Käthes Grab. Käthe, die Sehnsuchtsvolle, die Geliebte, die tüchtige Hausfrau und Mutter, und doch, die ewig Unglückliche. Die es deshalb nicht fertigbrachte, ihre Kinder von Herzen zu lieben, sie in den Arm zu nehmen und zu trösten.

Neben ihr ruht Mariechen, guter Geist der Mutterfamilie, Unentwegte, Dienerin, Helferin, oft Verspottete, aber immer und ewig die geliebte Pflegemutter, der im Leben ein kurzes Glück und ein großes Unglück beschieden war. Weil es eine reine Seligkeit nicht gibt. Für niemanden. Aber das Wenige ist besser als das Nichts. Ihr Schicksal, ihr Leben.

An ihrem Grab verweile ich länger, schaue auf die Blumen, die sie so geliebt hat.

Und auf einmal steht sie neben mir, klein, ach, wie kann ein Mensch nur so klein sein? Wenig weibliche Attribute, ohne rechte Figur, und dann, die armen, verwachsenen Füße. Wie hat sie darunter gelitten, welche Schmerzen, welches Gespött, ausgehalten, bis sie, erst im vorgerückten Alter, als es zu spät für eine Operation war, zumindest orthopädische Schuhe erhielt, die ihre Beschwerden um ein weniges linderten. Schelmisch schaut sie mich von der Seite an, als ob sie sagen will, dass nichts und niemand sie unterkriegen wird. Statt ihres Grabkleides, das sie sich schon zu Lebzeiten genäht hatte, trägt sie einen wadenlangen, gerade geschnittenen Rock, darunter dicke Strümpfe. Über einer rosa Bluse eine dunkelrote Strickjacke. Und ich weiß, dass sie auf der Haut ein dickes Unterhemd trägt, denn sie hat oft gefroren in ihrem Leben. Nicht nur im Winter. Die fehlende körperliche Nähe eines lieben Menschen hat sie ersetzt durch wärmende Hüllen. Ich weiß es genau, denn ich gehöre zur Mutterfamilie und habe es gesehen. Ihr Gesicht war schon in der Mitte des Lebens gezeichnet von Merkmalen, die ihren Ursprung in den tausend großen und kleinen Schlachten während ihrer Lebensreise hatten. Die sie geschlagen, gewonnen und doch verloren hatte. Manche Träne hat sich ihren Weg gesucht und mit der Zeit durchfurchte Spuren im Gesicht hinterlassen. Ihre braunen Augen, die gütig und verständnisvoll in die Welt schauten, bargen die Weisheit eines ganzen Lebens, und schauten Geheimnisse, die nur ihr allein gehörten. So wie das Geheimnis um Robert, ihrer ersten und größten Liebe.

Vor allem von ihr will ich erzählen. Sie ist die Protagonistin der Erzählung, welche begreiflicherweise den gesamten Familienverbund umfasst. Meine Geschichte hat viele biografische Züge, es haben sich aber auch erfundene Personen und Ereignisse hineingeschlichen, man möge es mir verzeihen. Aber ich konnte es nicht verhindern. Als ich die Geschichte vom Heintzenhof begann, ahnte ich noch nicht, was daraus werden würde. Mariechen ist schuld, sie hat mir keine Ruhe gelassen, bis die Erzählung fertig war.

Kapitel Eins
»Sub virga degere« Unter der Rute leben

Mariechen wurde in einem kleinen Dorf in der Vulkaneifel geboren. Ihre Eltern Anna und Peter, in der zweiten Hälfte des 19. Jahrhunderts geboren, bekamen elf Kinder: Else, Vinzenz, Karl, Hermann, Martha, Marie, Adam, Käthe, Heinrich, Martin und Johanna. Im Geburtsjahr Mariechens war Deutschland noch eine konstitutionelle Monarchie. An der Spitze stand Kaiser Wilhelm II., dessen Macht jedoch durch die Verfassung beschränkt war. Damals begann auch der Wettlauf zum Südpol zwischen Amundsen und Scott. In London erhoben sich die Frauenrechtlerinnen und verlangten das Wahlrecht. Ein Modeschöpfer namens Paul Poiret erfand den Humpelrock. Von vielem hat Mariechens Mutter, die Anna, gewiss nichts gewusst. Und wenn, wäre es ihr ziemlich gleichgültig gewesen. Sie hatte andere Sorgen. Ihre Kleidung war keiner Mode unterworfen, der Rock fiel lang bis auf die Füße, die Schürze war blaugestreift, und das Kopftuch durfte nicht fehlen. Ihr Mann Peter, Mariechens Vater, trug zu seinen Hosen einen Leinwandkittel aus blauem Stoff mit dünnen weißen Streifen. Reiche Leute kleideten ihre Kinder in den allseits beliebten Matrosenlook. Mariechens Eltern konnten das nicht. Deren Kinder waren denkbar einfach angezogen. Im Säuglings- und Kleinkindalter trugen Mädchen wie Jungen einfache Kittel, und aus ebenso simplem Grund trugen sie keine Höschen. Aber Unterwäsche war sowieso kein Thema. Auch Anna trug keine Unterhosen.

Obwohl man damals schon hätte im Krankenhaus entbinden können, war es auf dem kleinen Dorf in der Vulkaneifel nicht üblich. Es wäre auch viel zu umständlich gewesen, denn das nächste Krankenhaus lag mindestens fünfzehn Kilometer weit weg. Wie hätte man dorthin kommen sollen? Mit Pferd und Wagen? Mit der Kraftpost? Die Hebamme wurde gerufen in der Hoffnung, dass alles einigermaßen gut gehen würde wie bei den Geburten zuvor.

Mariechen lag in einer hölzernen Wiege, die neben dem Stubenofen gleich neben der Küche stand. Es war Februar und sehr kalt, und die Schlafzimmer konnten nicht geheizt werden. Der Vater war damals schon 45 Jahre alt; seine Frau 35. Mariechen war das sechste Kind nach drei Söhnen und zwei Töchtern, alle im Abstand von einem oder höchstens zwei Jahren geboren. Und so ging es immer weiter, bis elf Kinder das Licht der Welt erblickt haben. Als Letzte würde Johanna geboren werden. Johanna, das Sorgenkind, liebte seine Heimat, wurde dennoch gleich seinen älteren Schwestern hinaus in die Welt geschickt, um Geld zu verdienen. Johanna ging verloren und kehrte nie mehr in ihr Dorf zurück. Jahrzehntelang blieb sie verschollen.

Mariechens Vater wandte sich nach einem Blick auf das kleine hilflose Bündel mit der Bemerkung ab: »Ach, nur ein Mädchen.« Ein Mädchen war nicht so viel wert wie ein Knabe. Und noch hatte niemand die Missbildung beider Füße entdeckt, an der das Kind sein Leben lang leiden würde.

Der Säugling wurde gestillt, gewickelt und zum Schlafen wieder in die Wiege gelegt. Mehr Zeit für eine liebevolle Betreuung konnte Anna nicht erübrigen, obwohl sie das kleine Mädchen, wie seine Geschwister, wohl herzlich liebte. So schrie es auch oft, ohne dass gleich jemand kam und es aufnahm. Aber die Großmutter Agathe hat wohl manches Mal das Bettchen mit dem Säugling gewiegt.

Mariechen wurde in der stetig wachsenden Großfamilie schon früh zum Helfen herangezogen. Selbst für Kinder gab es in den bäuerlichen Haushalten schon allerlei zu tun: Geschwister verwahren, Vieh hüten, Spülen und Putzen. Auch bei der Feldarbeit waren die Kinder immer dabei. Unkraut jäten, beim Heuen helfen, bei der Getreideernte die liegen gebliebenen Halme aufsammeln. Damals wurde noch die Drei-Felder-Wirtschaft betrieben. Ein paar Stück Glanvieh (damalige traditionelle Hausrindrasse der Region mit einfarbigem, gelbem Fell) besaß der Hof, und die Schafe weideten auf der Brache.

Zum Spielen blieb nicht viel Zeit. Und wenn, dann wurde Verstecken gespielt oder Nachlaufen oder all die Spiele, die Kinder sich ausdenken, wenn sie kein oder wenig Spielzeug haben. Die Mädchen ahmten mit einer Lumpenpuppe ihr künftiges Schicksal als Frau und Mutter nach, die Jungen jagten sich auf Steckenpferden hinterher, kletterten auf Bäume oder bekämpften sich mit Holzschwertern. Zinnsoldaten, das Spielzeug der Knaben reicher Familien, waren teuer und wahrscheinlich in bäuerlichen Familien kaum zu finden.

Als Mariechen vier Jahre alt war, begann der Erste Weltkrieg, eine schreckliche Zeit auch auf dem Lande. Kolonnen von deutschen Soldaten zogen Richtung Frankreich. Jedes Dorf musste Schlachtvieh abliefern, so dass bei Kriegsende die Bestände um die Hälfte reduziert waren. Millionen von Toten waren der Preis für vier Jahre sinnloser Stellungskriege. Das Land lag wirtschaftlich am Boden. Mariechen erinnert sich nur daran, dass es viele Bettler gab, die von Tür zu Tür wankten und um Brot baten.

Auch ihre Schulzeit in der einklassigen Dorfschule war kein Zuckerschlecken. Für Mariechen gab es nur diese Schule, in der die Kinder in einem Klassenraum vom ersten bis zum achten Schuljahr beieinander saßen und von einem Lehrer unterrichtet wurden, der selbst kein richtiges Studium vorweisen konnte. Sein Umgang mit den Schülern war militärisch-streng, Prügelstrafen gab es für das kleinste Vergehen. Es ging zu wie auf dem Kasernenhof.

Mariechen lernte Schreiben und Lesen. Der Umgang mit den Zahlen beschränkte sich auf die Grundrechenarten Addition, Subtraktion, Multiplikation und Division. Von allem, was darüber hinausging, verstand der Lehrer wohl selbst nicht das meiste. Religion dagegen wurde ganz großgeschrieben. Diesen Unterricht erteilte der Dorfpfarrer. Er wurde geehrt und gefürchtet zugleich, denn er hatte den direkten Draht zum Himmel. Er taufte und beerdigte, er las die Messen und hörte die Beichte. Er kannte die Sünden eines jeden Dorfbewohners und wusste um alle ehelichen (und unehelichen) Geheimnisse. Nichts blieb ihm verborgen.

War Erntezeit, wurden die Kinder im Hause gebraucht, dann fiel schon einmal die Schule aus. Auch schickte der Lehrer die Schüler im Sommer zum Blaubeeren pflücken oder Pilze sammeln in den Wald, was als Ausflug deklariert wurde. Die Ausbeute gehörte natürlich ihm selbst. Die männlichen Schüler waren dazu angehalten, den Lehrerhaushalt täglich mit frischem Wasser vom Dorfbrunnen zu versorgen; die Lehrersfrau brauchte dies nicht selbst zu tun. Auch an Butter, Mehl, Eiern und Fleisch hatte der Lehrerhaushalt keinen Mangel, dafür sorgten die Eltern.

Die Mädchen wurden schon früh angehalten, sich im Handarbeitsunterricht die ersten Fertigkeiten im Nähen, Stricken, Stopfen und Weißwäscheflicken anzueignen, sofern sie dies nicht schon zu Hause erlernt hatten. Diesen Unterricht gab eine Schneiderin, die dafür einen kleinen Obolus erhielt. Mariechen wurde von ihrer Großmutter, später von ihrer älteren Schwester Else mit den ersten Arbeiten dieser Art vertraut gemacht. Auch ein Spinnrad war im Haus, das Spinnen erlernte Mariechen ebenfalls schon früh.

Handarbeiten wurden auch als Strafarbeit verordnet, aber es gab auch Strafen anderer Art. Zum Beispiel das Knien auf Holzscheiten. Auf der spitzen Seite, versteht sich. Marie hat es einmal als Strafe bekommen, weil sie dem Lehrer ein Widerwort gegeben hatte, und sie hat diese Marter nie vergessen. Als sie es zu Hause erzählte, hat sie gleich noch einmal Schläge einstecken müssen, da die Eltern dem Lehrer für seine Maßregelung recht gaben. Mariechens Schulzeit war keine schöne Zeit, beileibe nicht. Wegen der ständigen Angst vor Strafe machte ihr das Lernen nicht viel Freude, und ihr Zeugnisheft hatte sie gut versteckt, so dass es nie gefunden wurde.

Marie war froh, als die Schulzeit vorbei war. Inzwischen war das letzte ihrer Geschwisterkinder, Johanna, fünf Jahre alt. Einige Brüder waren schon aus der Schule entlassen und hatten sich als Knechte verdingt. Heinrich war der Einzige, der sich für Politik interessierte. Else war schon verlobt. Auf dem Hof, im Stall und auf dem Feld gab es viel zu tun.

Der Vater machte den Vorschlag, dem fünfzehnjährigen Mariechen auf dem Dingmarkt einen Arbeitsplatz zu suchen (Kram- und Viehmarkt mit angeschlossenem Platz, an dem Dienstboten standen, die eine Anstellung suchten). Aber sie wehrte sich mit Händen und Füßen. Nur nicht von zu Hause fort, lieber alle Arbeit tun.

Auf der Kirmes verliebte sie sich in einen Burschen aus dem Nachbardorf, der sie zum Tanzen geholt hatte, dann aber feststellte, dass sie wegen ihrer deformierten Füße keine gute Tanzpartnerin war und nicht noch einmal an ihren Tisch kam. Einige Wochen schmachtete sie sich die Seele aus dem Leib, dann war dieses Thema vorerst für sie abgehakt. Sie wollte sich nie wieder verlieben, beschloss sie, lieber allein bleiben, als sich lächerlich zu machen.

Kapitel Zwei
Mariechen und ihre Finger

»Und du gehst doch«, beharrte Anna, auf ihrer Forderung. »Du gehst nach Köln in Stellung. Punktum.« Es war in den Dreißigerjahren. Anna und Marie saßen in der Küche beim Bohnenschneiden. Die Ernte war gut gewesen und man beeilte sich, die Gartenfrüchte für den Winter einzukochen. Gemüseputzen erledigten die Heintzenhof-Frauen bei gutem Wetter auch gern draußen. Dann saßen sie auf der Bank im Hof und sangen oder erzählten sich das Neueste. Heute nicht. Heute hatte niemand der Frauen Lust, nach draußen zu gehen. Die Stimmung war schlecht. Bereits am Vortag hatte es einen heftigen Streit gegeben, bei dem Anna sich, wie immer, durchgesetzt hatte. Marie starrte die Mutter wütend an, getraute sich aber nicht mehr, aufzubegehren. Anna hatte die Leitung des Hofs neben der des Hauswesens übernommen, seitdem der Vater so hinfällig geworden war. Niemand wusste genau, was ihm fehlte. Nach seinem fünfundsechzigsten Geburtstag hatten seine Kräfte mit einem Mal nachgelassen, so dass er nur noch das Nötigste an Arbeit verrichten konnte. Atemnot quälte und Übelkeiten überfielen ihn bis zum Erbrechen. Es war nicht mehr viel mit ihm anzufangen. Seine erwachsenen Söhne Karl, Heinrich und Adam hatten seine Arbeit mit übernommen. Marie und Käthe besorgten zusammen mit Anna die Frauenarbeit, mussten jedoch auch einspringen, wenn die Brüder gegen Lohn auf anderen Höfen oder im Wald beschäftigt waren. Die älteste Schwester Else war bereits seit 1928 verheiratet und lebte mit ihrem Mann Richard auf einem Hof am Ende des Dorfes. Martha hatte Glück gehabt. Ihr war Fritz begegnet, als der mit Freunden durch die Eifel wanderte. Das hübsche, frische Mädchen hatte es ihm angetan. So war er immer wiedergekommen, und die beiden hatten schließlich geheiratet. Der Bankangestellte lebte mit seiner jungen Frau in Bonn. Vinzenz arbeitete als Knecht auf einem Hof im Märkischen Kreis.

Die Zeiten waren nicht so gut, wie es versprochen worden war. Besonders in der Eifel nicht. Manche Familien schickten ihre Töchter zum Arbeiten in die Städte. Manche der jungen Frauen, freilich nicht alle, gingen gern aus ihrem Dorf fort, weil sie sich ein besseres Leben in der Stadt erhofften.

Aber die fünfundzwanzigjährige Marie war anders. Sie liebte ihr Dorf, ihr Elternhaus, ihre Familie. Dass sie für ihr weiteres Leben keine großartige Zukunft erhoffen konnte, wenn sie am Ort blieb, kümmerte sie nicht. Ihr Wunsch war eine eigene Familie und Kinder. Kinder wollte sie haben, viele Kinder. So wie ihre Mutter, die elf Kinder geboren hatte, von denen trotz der damals noch ziemlich hohen Kindersterblichkeit alle am Leben geblieben waren.

Warum muss ich fort, dachte Marie, warum nicht Käthe? Käthe ist anders als ich, dachte Marie weiter. Käthe würde gern gehen, das weiß ich genau. Ach, Mutter ist ungerecht.

Aber Anna war nun einmal der festen Überzeugung, dass die Verantwortung der Kinder für die Familie nach dem Alter gehen sollte. Marie war vier Jahre älter als Käthe, also sei es an ihr, zum Auskommen der Familie beizutragen. Und schließlich hatte Anna, wie schon früher bei anderen anstehenden Entscheidungen, den Pfarrer eingeschaltet. Der hatte sich auch wie stets mit großem, von manchen Dorfbewohnern nicht ganz nachvollziehbarem, Engagement um die Probleme der Familie gekümmert. In seiner Zeitung hatte er, wie er meinte, auch etwas Passendes für Marie gefunden. Eine Metzgerei in einem kleinen Dorf im Süden von Köln suchte eine Haushaltshilfe. »Tüchtiges, anständiges, katholisches Mädchen für alle Hausarbeiten gesucht. Guter Lohn wird zugesichert.«

Nach der Sonntagsmesse winkte der Pfarrer Marie auf dem Kirchplatz zu sich heran. »Das ist etwas für dich«, meinte er und zeigte ihr die Annonce. Marie schaute zu Boden: »Dann muss ich ja aus dem Dorf fort. Ich würde gern zu Hause bleiben. Käthe kann doch gehen.« Der Pfarrer blickte sie streng an: »Deine Mutter hat es so bestimmt. Sie hat es mit deinem Vater so besprochen. Und du kennst das vierte Gebot. Du sollst deinen Vater und deine Mutter ehren, auf dass du lange lebst und es dir wohlergehe auf Erden. Und deshalb solltest du deiner Mutter besser gehorchen. Sie hat es schwer genug, seit dein Vater krank ist, und es ist deine Pflicht, der Familie in Zeiten der Not beizustehen.«

Er stand neben der Seitentür, die von seinem Pfarrhof über die Straße hinweg in die Kirche führte, breitbeinig, die Hände über seiner ausladenden Körpermitte gefaltet, einen biederen, jovialen Ausdruck im Gesicht, in dem die Augen fast hinter den Speckwülsten verschwanden. Marie mochte ihn nicht. Sie hasste es, wenn er so von oben herab mit den Leuten sprach. Sie hasste es, bei ihm beichten zu müssen, da er jedes seiner Gemeindemitglieder an der Stimme erkannte. Und sie hasste es ganz besonders, auf seine mehr als befremdlichen Fragen antworten zu müssen, die jedes Mal auf das sechste Gebot hinausliefen. Aber einen Pfarrer zu kritisieren, war unmöglich. Niemand hätte es öffentlich gewagt. Er war über allen Zweifeln erhaben, auch wenn er es in Wirklichkeit nicht war.

Sie hatte eine Schulfreundin gehabt, die inzwischen in Trier verheiratet war. Die hatte ihr unter dem Siegel der Verschwiegenheit etwas anvertraut, das sie hatte gar nicht glauben können. Jedes Mal, wenn sie ihn sah, fiel es ihr wieder ein, und ein ungeheurer Zorn stieg in ihr auf. So wie jetzt auch wieder. Marie starrte den Pfarrer an. »Ja«, sagte sie einfach, »ja, seinen Eltern soll man gehorchen.« Damit wandte sie sich um und schritt die Straße hinauf, dem heimatlichen Gehöft zu. Sie hätte den Geistlichen keine Sekunde länger mehr anschauen können.

Nach einigen Tagen packte sie ihre wenigen Kleidungsstücke und die magere persönliche Habe in einen großen Korb und verließ ihr Dorf, um ihre Stellung in der Stadt anzutreten. Wie mochte es dort sein? Vor ihrem geistigen Auge sah sie eine Stadt mit hohen Häusern und breiten Straßen, mit Autos und Fuhrwerken. Deshalb war sie sehr erstaunt, sich in einem rheinischen Dorf wiederzufinden, das nur um einiges größer war als ihre heimatliche Ortschaft. Auch hier gab es Landwirtschaft, auch hier lagen Kuhfladen auf der Straße. Aber die Höfe waren ungleich größer als daheim, es gab mehr Gemüse- und Zuckerrübenanbau. Eine gepflasterte Straße führte durchs Dorf, ihre Arbeitsstelle, eine Metzgerei, lag in einem gutbürgerlichen, dreistöckigen Haus mitten in der Ortschaft.

Die Metzgersfrau hieß Luise Neumann, und war eine kleine, drahtige Person um die vierzig mit frischem Teint und regelmäßigen Gesichtszügen. Sie musterte Marie zunächst mit abschätzigem Blick von Kopf bis Fuß, dann aber lächelte sie freundlich. Sie zeigte ihr das ganze Haus, die Wohnung mit den vielen, mit dunklen, schweren Möbeln eingerichteten Zimmern bis hinauf in den dritten Stock, wo die Dienstbotenzimmer lagen. »Wenn du ausgepackt hast, kommst du in die Küche.« Damit verschwand die Hausfrau nach unten.

Marie sollte zusammen mit Hilde, einer jungen, drallen Frau, die von der Mosel kam, das Zimmer teilen. Hilde arbeitete als Verkäuferin im Laden, musste bei Bedarf aber auch andere Arbeiten erledigen. Marie stellte ihr Sack und Pack neben ihrem Bett ab und atmete durch. Die Herrschaft schien doch nicht so schlimm zu sein, wie sie es befürchtet hatte. Das Zimmer war sehr spartanisch eingerichtet. Zwei schmale Betten standen an gegenüberliegenden Wänden, wackelige Nachttische dazwischen, der rot gestrichene Holzboden wies breite Spalten auf, kein Vorleger. An der rückwärtigen Wand eine Kommode für die persönlichen Dinge, darauf eine Waschschüssel samt Wasserkrug, auch für beide. Ein Nachttopf harrte seiner Bestimmung. Ein Bild mit einem Jesus, der auf sein dornenumranktes Herz wies, an der Wand. Neben der Tür ein Weihwasserkessel. Das alles kannte sie von zu Hause auch. Trotzdem war sie ein bisschen enttäuscht, weil sie geglaubt hatte, in einem Stadthaushalt müssten auch die Dienstbotenzimmer zumindest etwas komfortabler sein als die Schlafzimmer zu Hause.

Und dann entdeckte sie über der Tür eine elektrische Klingel, die, als ob sie darauf gewartet hätte, einen schrillen Ton von sich gab. Eilig band sie die weiße Schürze vor, die man ihr gegeben hatte, und eilte die Stiege hinunter, dann die beiden Treppen bis ins Erdgeschoss. Dort stand die Hausfrau mit unmutigem Gesicht. »Wo bleibst du denn so lange, Marie? Es gibt viel zu tun. Komm in die Küche.«

Dort am langen Zubereitungstisch wurden ihr die ihr zugedachten Aufgaben erklärt. Ihr Hals wurde eng, als sie hörte, was sie alles zu tun hatte. Einheizen, Frühstückstisch decken, Kaffee kochen und servieren, Abräumen, Abwaschen. Dann die Schlafzimmer: Nachttöpfe leeren und säubern, Betten machen, Staubwischen, Fegen, schmutzige Wäsche einsammeln und in die Waschküche bringen. Dann die Wohnräume säubern, mit der Hausfrau den Einkaufszettel besprechen, einkaufen. Die hauseigene Metzgerei lieferte jeden Tag bestes Fleisch und die beste Wurst nach dem jeweiligen Wunsch der Hausfrau. Auguste, der Köchin, sollte sie auch beim Zubereiten der Speisen zur Hand gehen. Servieren, Abwaschen und Küche blitzblank herrichten. Nun reichte die Hausfrau Marie einen schriftlich fixierten Wochenplan mit besonderen, immer wiederkehrenden Arbeiten wie große oder kleine Wäsche, Teppiche klopfen, Silber und Fenster putzen, Lampen reinigen, Betten beziehen und so weiter. Auch die Kinder mussten betreut und versorgt werden, da die Hausfrau tagsüber im Laden stand.

»Sonntags kannst du in die Frühmesse gehen, und jeden zweiten Sonntagnachmittag hast du frei. Fünfunddreißig Mark bekommst du im Monat, das ist ein sehr guter Lohn. Ich muss jetzt in den Laden, und du bleibst hier. Da kannst du frühstücken. Hilde und Auguste zeigen dir alles, ab morgen weißt du, was du als Erstes zu tun hast.« Marie nickte, sie hatte nichts anderes erwartet. Auch zu Hause auf dem Hof hatte sie oft vierzehn bis sechzehn Stunden arbeiten müssen, das war nichts Außergewöhnliches.

In der großen, mit einem ausladenden Küchenschrank mit vielen Türen und Schubladen sowie einem sehr breiten und tiefen Tischherd ausgestatteten Küche saßen die Gesellen und der Lehrling an einem langen Tisch beim Frühstück. Auguste, die Köchin, stellte Marie eine Henkeltasse mit Muckefuck hin, legte ein hölzernes Brettchen samt Messer daneben und wies auf einen Korb mit Brotschnitten. »Brot kannst du so viel nehmen wie du willst, von der Wurst vier Scheiben. Bei uns muss niemand hungern. Hast du gegessen, räumst du ab. Wenn die Herrschaften läuten, deckst du im Esszimmer ab. Danach spülst du das Geschirr und gehst die Schlafzimmer herrichten. Betten machen und so weiter.«

Die Gesellen feixten und wiesen mit dem Zeigefinger unter den Tisch. Marie merkte es sofort und versteckte ihre Beine unter dem Stuhl. Sie wusste, dass die Kerle ihre verkrüppelten Füße meinten. Blutrot vor Scham wurde sie, zugleich aber stieg ein unbändiger Zorn in ihr hoch. Nie hätte sie gedacht, dass in so einem vornehmen Haushalt über ihr Gebrechen gespottet würde. Die Hausfrau hatte nach einem kurzen Blick auf ihre Füße lediglich gefragt, ob sie Schmerzen beim Laufen habe, was sie vehement verneint hatte aus Angst, die just angetretene Stellung gleich wieder zu verlieren. In der Familie hatte sich niemand um ihr Gebrechen gekümmert, weil einige ihrer Brüder unter der gleichen Missbildung litten. Es war eben so und man musste es hinnehmen, weil es eben von Gott gegeben war. »Hört ihr wohl auf, die Marie zu verspotten«, Auguste wies die Männer mit bösem Gesicht zurecht. Marie merkte schnell, dass es auch hier unter den Dienstboten Hierarchien gab, und Auguste unter ihnen eine besondere Stellung einnahm. Die Männer gaben das Foppen auf, aßen zu Ende und verschwanden wieder in der Metzgerei. »Sie meinen es nicht so«, versuchte die Köchin Marie zu trösten, »es sind dumme Kerle, die wissen es nicht besser.«

Die elektrische Klingel schrillte. »Rasch, rasch, geh abräumen«, forderte Auguste Marie auf, die sogleich aufsprang und nach oben hastete. Dort war die Hausfrau allein und beobachtete

Marie, wie sie, etwas ungelenk, aber doch flink, das Geschirr auf einem großen Holztablett zusammenräumte und sich anschickte, es hinunter in die Küche zu tragen. Beifällig nickte sie, aber so, dass Marie es nicht merkte. »Ich bin jetzt im Laden«, damit kleidete sich die Metzgersfrau in einen blütenweißen Kittel und verschwand nach unten. Dieser befand sich in einem anderen Teil des geräumigen Hauses, in einem Anbau waren die Arbeitsräume der Metzger, wo das Fleisch zerlegt und fachgerecht für den Laden vorbereitet wurde. Anschließend an den Anbau gab es einen geräumigen Hof, der zur Straße hin durch ein breites Tor verschlossen war. Auf der anderen Seite befand sich der Schlachtraum, daneben ein Stall, wo das Schlachtvieh auch schon einmal eine Nacht bleiben musste, wenn erst am anderen Tag geschlachtet wurde. Im diesem Moment erklang von unten ein protestierendes Quieken, das jedoch alsbald verstummte. Dreimal wiederholte sich das jammervolle Geschrei, drei Schweine hatten ihr Leben gelassen. Marie lauschte, diese Töne kannte sie auch von zu Hause. Irgendwie fühlte sie sich schon nicht mehr so fremd. Sie tauchte die Hände in das Seifenwasser und wusch das gebrauchte Geschirr sorgfältig ab, und reihte es auf dem langen Tisch auf. »So, die Teller und Tassen für den täglichen Gebrauch werden hier im Schrank eingeräumt. Nur sonn- und feiertags kommt das gute Geschirr auf den Tisch«, Auguste zeigte Marie die Schränke, die Speisekammern, die Hauswirtschaftsräume, Waschküche und Bügelzimmer. Bis in den Keller wurde sie mit allem vertraut gemacht, was sie und ihre Arbeit anging. Marie rauchte der Kopf. Nun musste sie sich um die Schlafzimmer kümmern, leerte die Nachttöpfe, die unter den Betten standen, aus und säuberte sie mit heißer Seifenlauge. Dann schüttelte sie die Kopfkissen und Plumeaus auf und machte die Betten. »Huch«, erschrak sie plötzlich. Sie hatte Auguste nicht kommen hören, die plötzlich hinter ihr stand und die Betten betrachtete. »Das muss noch besser werden«, meinte sie dann, »Frau Neumann will es ganz akkurat haben.« Damit strich sie hier eine Falte fort, dort rückte sie ein Kissen gerade. »Aber du wirst es schon lernen.« Staubwischen, den

Boden mit dem Mopp bearbeiten, dann hastete Marie schon wieder hinunter, um den Einkaufszettel in Empfang zu nehmen. Eine weiße Schürze mit der bunten vertauschen und dann die Hauptstraße hinunter zum Krämerladen. »Wir bekommen eine Monatsrechnung«, rief Auguste Marie hinterher, die voller Eifer gar nicht daran gedacht hatte, um Geld zu bitten. »Der Laden schreibt es an. Wir brauchen kein Geld mitzunehmen.«

Nach ein paar Tagen hatte sich Marie so weit eingearbeitet, dass sie nicht mehr um alles und jedes fragen musste. Frau Neumann war mit ihr auch ganz zufrieden, obgleich sie befürchtete, Marie würde sich nicht dazu eignen, bei größeren Gesellschaften zu bedienen. Aber derartige Veranstaltungen gab es eigentlich gar nicht. Die Metzgersfrau hatte ihr Kaffeekränzchen, das reihum ging, ihr Mann seine Skatabende, die er mit seinen Freunden in der schräg gegenüberliegenden Gaststätte abhielt. Karneval nahm man traditionell an einer der zahlreichen Sitzungen im Gürzenich teil. Alljährlich wiederkehrende Feste veranstaltete die Fleischergilde in der Flora oder anderen Festsälen Kölns.

Soweit schien sich alles gut anzulassen, wenn, ja wenn nicht das Sprachproblem gewesen wäre. Marie war den Eifler Dialekt gewohnt, der nicht so leicht von Leuten aus anderen Regionen verstanden wurde. Hochdeutsch hatte Marie natürlich in der Schule gelernt, aber schon auf dem Schulhof verfielen die Kinder untereinander ohne Übergang wieder in die gewohnte Mundart. Oft rutschten Marie vertraute Dialektausdrücke dazwischen, wenn ihr nicht sogleich der hochdeutsche Begriff einfiel. Auf der anderen Seite sprach man im Metzgershaus die rheinische Mundart, die Marie ebenso fremd war. Dann gab es Missverständnisse, an manch stressigem Tag auch ungeduldiges Nachfragen oder Schimpfen. Manchmal wurde aber auch geschmunzelt und gelacht. Anfangs schämte Marie sich ihres Dialekts, beim längeren Nachsinnen über das Problem kam sie zu dem Schluss, dass sie dazu eigentlich gar keinen Grund hatte. Der rheinische Dialekt war auch keine Hochsprache. Sollte ihre Eifler Mundart schlechter sein?

Mit den Kindern der Familie hatte sich Marie rasch angefreundet. Sie besaß eine angeborene Begabung, mit Kindern umzugehen, und ihre Liebenswürdigkeit wurde ihr bald schon mit großer Anhänglichkeit vergolten. Zudem mochten die Kinder Maries Wortschatz und freuten sich über die Dialektausdrücke, fragten oft nach, wie dieses oder jenes Wort wohl in Maries Sprache hieß.

Langsam hielten sich auch die Gesellen zurück mit ihren Witzeleien, merkten sie doch, welch gutes Herz Marie hatte, und dass sie es eigentlich nicht verdiente, verspottet zu werden. So verging der erste Monat an ihrem ersten, richtigen Arbeitsplatz. Stolz nahm sie den vereinbarten Lohn entgegen und brachte zwanzig von den fünfunddreißig Mark zur Post. Der Postbeamte half ihr mürrisch beim Ausfüllen der Postanweisung an ihre Mutter. Die verbleibenden fünfzehn Mark teilte sie sich genau ein und verstaute fünf Mark in einen Briefumschlag, den sie tief unter der Matratze versteckte. Dahinein wollte sie ihr Erspartes fortan legen. So gingen einige Monate ins Land.

Der Metzger hieß Alfred und war ein Riese. Behäbig und füllig stand er hinter seinem Arbeitstisch und zerlegte mit seinen schweren, breiten Händen Rind, Schwein oder Kalb. Seine Augen über den fetten Wangen funkelten, wenn sie eine hübsche Frau erblickten. Marie fürchtete sich ein wenig vor ihm, obwohl er stumm an ihr vorbeiging und sie keines Blickes würdigte. Als sie eines Sonntags wegen einer Übelkeit, die sie, aus welchem Grund auch immer befallen hatte, früher aus der Kirche heimkehrte und in das obere Stockwerk hinaufstieg, um Tuch und Mantel abzulegen, stutzte sie. Merkwürdige Geräusche klangen durch die Tür ihrer Kammer. Es klang wie das Hecheln eines großen Hundes, vermischt mit grunzendem Stöhnen, unterbrochen von spitzen, unterdrückten Schreien. Nach einem letzten, lauten Schnaufen war es still. Was die Geräusche bedeuteten, war ihr klar, sie war ja nicht dumm, aber hier unmittelbar damit konfrontiert zu sein, machte ihr Angst. Auf dem Fuß kehrte sie um und lief eine Treppe tiefer in den Gang, wo die Schlafzimmer der Familie lagen und tat so, als ob sie aus dem schweren Schrank, der dort stand, frische Handtücher herausholen wollte. Eine Tür schlug, schwere Schritte kamen über den Flur die Treppe hinunter, verharrten vor der Schlafzimmertür des Metzgerehepaares. Es war Alfred, der stutzte, als er Marie sah. Einen Moment überlegte er, dann fuhr er sie an: »Was hast du hier zu suchen? Du solltest in der Kirche sein.«

»Ich, ich ...«, stotterte sie, weil ihr nichts einfiel. »Und meine Frau?«, fragte er weiter.

»Mit den Kindern, in der Kirche«, stotterte sie, »mir war schlecht von dem Weihrauch und ...«

»Schon gut, mach dich in die Küche«, befahl er grob, verschwand im Schlafzimmer und schloss die Tür hinter sich. Marie jedoch lief rasch nach oben in ihr Zimmer. Dort stand Hilde im Hemd vor der Waschschüssel. Als sie Marie erblickte, stieg vom Hals hinweg eine helle Röte in ihr Gesicht. »Ist die Kirche schon aus?«, fragte sie und legte den Waschlappen, mit dem sie sich gesäubert hatte, in die Schüssel zurück. »Ich bin früher gegangen, weil mir nicht gut war«, antwortete Marie, die ebenfalls errötet war, denn ihr war klar, wer bei dem heimlichen Tun den anderen Part gespielt hatte. Beide Frauen wagten nicht, einander anzuschauen. Marie zog sich um und ging an ihre Arbeit. Nach einiger Zeit kam die Hausfrau mit den Kindern aus der Messe. Mittags servierte Marie das Essen, schaute bewusst an Alfred vorbei, der es sich schmecken ließ, und mit Frau und Kindern plauderte. Sie spürte seinen forschenden Blick, tat aber so, als ob sie es nicht merkte.

Hilde hatte frei und ließ sich nicht blicken. Der Tag verging wie im Flug, nachmittags kam Besuch und Marie musste für den Kaffeetisch sorgen. Erst am Abend, als sie frei hatte, nahm sie ein Tuch um die Schultern und lief zum Rhein hinunter, um noch ein wenig frische Luft zu schnappen. Am Leinpfad setzte sie sich auf eine Bank und schaute den vorüberfahrenden Schleppern mit ihren Kähnen nach. Rauch stieg aus den schmalen Schornsteinen, wehte fort und verging im Wind. Das gefiel ihr, wie sie auch der Strom und seine Landschaft jedes Mal aufs Neue entzückte.

Nur gelegentlich kam ein Heimwehgefühl in ihr auf. Dann setzte sie sich hin und schrieb einen Brief nach Hause. Manchmal bekam sie Antwort, ihre Schwester Käthe griff zum Stift oder auch die Mutter selbst. Die Brüder ließen ihr Grüße bestellen. Meistens bekam sie Post, wenn sie Geld geschickt hatte. Sie sann über den Sonntagmorgen nach und das, was ihr bekannt geworden war. Der Metzger hinterging seine Frau mit der Verkäuferin. Das war niederträchtig gegen seine Frau, zudem noch eine Todsünde. Und auch gemein gegen die ganze Familie. Wie sollte sie sich verhalten? Am besten war es, man tat so, als wisse man von nichts. Oh, mein Gott, heilige Muttergottes, in was für Verhältnisse war sie da geraten? Sie konnte es kaum fassen. Das also wollten feine Familien sein? Sie starrte auf ihre Füße, die unförmigen, hässlichen Gehwerkzeuge, die sie verabscheute. Warum war sie mit diesem Schicksal geschlagen? Niemals würde sie so schicke Schuhe aus Krokodilleder tragen können, die sie sich sehnlichst gewünscht hatte, seitdem sie zum ersten Mal ein Paar dieser eleganten Fußbekleidungen gesehen hatte. Sie verlor sich in Grübeleien über ihre Zukunft. Ob sie jemals einen netten Mann finden würde? Trotz ihrer Gebrechen? Trotz allem?

Über ihr Sinnieren war es Nacht geworden. Sie nahm ihr Tuch fester um die Schultern und lief den kurzen Weg zurück zur Metzgerei. Hinter dem Haus, wo nur noch das Küchenfenster hell leuchtete, stieß sie fast mit Alfred zusammen, der dort an der Mauer lehnte und eine Zigarette rauchte.

»Halt, Marie, bleib einen Moment stehen«, hörte sie ihn flüstern. Erschrocken hielt sie inne. »Was hast du gesehen?«, mit diesen Worten packte er sie grob an der Schulter. Unwillig machte sie sich los: »Was soll ich gesehen haben?«, ging sie in Opposition. »Du musst vor der Tür gestanden haben. Hilde hat es auch gemeint. Das eine will ich dir sagen. Lässt du ein

Wort davon laut werden, fliegst du und die Hilde gleich mit«, damit stieß er sie beiseite und war rasch in der Finsternis verschwunden. Wütend starrte sie ihm nach. Sie wusste, dass er nicht ins Haus zurück, sondern in die Kneipe gegangen war, die gegenüber der Metzgerei lag. In der Küche war niemand mehr. Sie versorgte das Feuer, löschte das Licht und begab sich zu Bett. Hilde war schon oben und schlief. Oder sie tat so, als ob sie schlief, Marie war sich da nicht so sicher.

Marie hatte ihre Unbefangenheit verloren. Die Arbeit war ihr verleidet, seitdem sie wusste, was im Haus vor sich ging. Nach außen hin schien alles in Ordnung zu sein. Luise Neumann war wie immer, ihr Mann tat, als ob nichts gewesen sei. Nur ab und zu traf Marie ein stechender Blick aus seinen Augen. Sie wusste, was es bedeutete. Hilde besaß plötzlich zwei neue Kleider und ein Paar neue Schuhe. Marie ahnte, wo das Geld dafür hergekommen war. So vergingen einige Wochen, bis Hilde eines Morgens bleich wie die Wand nach dem Nachttopf griff und sich übergab. Als sich diese Attacken wiederholten, und sie sogar mitten im Bedienen aus dem Laden davonstürzte, weil sie den Anblick des blutigen Fleisches nicht mehr ertragen konnte, stellte Luise Neumann Hilde zur Rede. »Wenn du krank bist, dann geh zum Arzt. So geht es jedenfalls nicht mehr weiter mit dir.« Und ihr Mann stand hinter ihr und fügte hinzu: »Was sollen die Leute denken, wenn du einfach davonläufst.« Daraufhin brach Hilde in Tränen aus.

Marie, arglos wie sie war, gab Hilde einige gute Ratschläge und kochte ihr Tee gegen Magenbeschwerden. Hilde trank den Tee und ging wieder in den Laden. So verging noch eine Woche, bis Marie, die Alfred einen frischen Kittel in den Laden bringen sollte, ihn mit Hilde im Vorraum des Ladens in heftigem, geflüstertem Disput vorfand. »Du bekommst Urlaub und ich gebe dir …«, den Rest konnte Marie nicht verstehen. Hilde weinte. Als Marie das sah, stieg ein Verdacht in ihr auf, den sie gar nicht zu Ende denken mochte. Die beiden wandten sich abrupt um, als sie Marie sahen. »Was hast du hier zu suchen«, fuhr Neumann Marie an. »Hier, ein frischer Kittel, Ihre Frau schickt mich«, stotterte Marie, legte den Kittel auf einen Tisch, der seitlich von der Tür stand und entschwand. Spätabends, Marie saß, ihren Dutt lösend, auf ihrem Bett, als Hilde eintrat. Ihr Gesicht sah eingefallen und grau aus. Marie nahm all ihren Mut zusammen: »Hilde, was ist los mit dir? Bist du krank?« Die junge Frau brach laut weinend auf ihrem Bett zusammen. »Ich bekomme ein Kind, das ist los! Wenn ich nach Hause komme, schlägt mein Vater mich tot. Das ist los! Und Alfred hat mich von vorn bis hinten nur belogen. Das ist los! Ich gehe in den Rhein und ersäufe mich.« Damit sprang sie auf und stürzte zur Tür. Marie eilte herzu und hielt sie am Unterarm fest. Hilde wehrte sich, zog ihren Arm fort, da ergriff Marie in der Not nach ihrem Rock und krallte ihre Finger hinein. Hilde weinte lauter. »Sei still«, Marie drängte sie von der Tür fort, »du weckst das ganze Haus auf.«

»Sollen sie es doch alle hören. Soll Frau Neumann doch hören, was ihr Mann gemacht hat.« Hilde erschrak über ihre eigenen Worte und schwieg. Sie zerrte an ihrem Rock: »Lass mich los, ich lauf ja nicht mehr weg.«

»Was willst du tun?«, fragte Marie vorsichtig. »Ich will das Kind nicht«, flüsterte Hilde, »eine Bekannte hat gesagt, sie kennt eine Frau …«

Marie erschrak: »Hilde, das darf man doch nicht. Es ist eine Todsünde, und es ist sowieso verboten. Und gefährlich«, fügte sie noch hinzu.

»Das weiß ich alles«, Hilde zog sich langsam aus. Noch sah man ihrem Körper die Schwangerschaft nicht an.

»Ich brauche hundertfünfzig Mark, habe aber nur hundert. Kannst du mir den Rest leihen?«

Marie erschrak. Diese Frage brachte sie in Bedrängnis. Um mehr Zeit zum Nachdenken zu haben, wusch sie sich Gesicht und Hände und stieg dann in ihr Bett. Sie hatte inzwischen schon so einiges Geld beisammen, und wollte sich Bettwäsche und Handtücher, vielleicht auch ein neues Kleid kaufen.

»Lass mir Zeit bis morgen«, bat sie Hilde, »ich muss nachdenken.«

Damit zog sie sich die Bettdecke über den Kopf und wandte sich zur Wand, aber sie konnte nicht einschlafen.

An einem Tag in der kommenden Woche packte Hilde mittags eine kleine Tasche und war verschwunden, ohne sich von Marie zu verabschieden. Frau Neumann nahm Marie beiseite. »Hilde musste sich ein paar Tage frei nehmen, sie muss ihre Mutter pflegen, die plötzlich krank geworden ist. Dabei ist mir eingefallen, dass wir dich ein bisschen im Laden anlernen sollten, damit du sie vertreten kannst, falls die Krankheit ihrer Mutter länger dauert. Wenn du deine Morgenarbeit gemacht hast, kommst du am Nachmittag in den Laden für zwei Stunden. Dann zeige ich dir, was du wissen musst.«

Nach einigen Tagen hatte Marie das Wesentlichste verstanden und konnte nachmittags mithelfen. Sie verpackte die Fleischstücke, die Luise Neumann nach Wunsch der Kunden geschickt portionierte, und schnitt Schinken und Wurst auf Bestellung der Kunden in der gewünschten Menge. Nur mit dem Rechnen klappte es noch nicht so recht. Ein Viertelpfund Fleischwurst kosten wie viel, wenn ein Kilo so und so viel kostet … Das war schwer. Aber die Chefin konnte das flink wie ein Eichhörnchen im Kopf ausrechnen, während sie selbst mühsam mit dem Bleistift auf dem Einwickelpapier zugange war. Aber dann, mit einem Mal, war der Knoten geplatzt. Nun war man mit ihr zufrieden. Das Problem war nur, dass ihre Arbeit im Haus trotzdem nicht liegenbleiben durfte. Frau Neumann hatte eine Putzfrau engagiert, die sich ums Grobe kümmerte, so dass Marie etwas entlastet war. Und die Köchin musste auf- und abtragen. Nun ging es besser. Marie machte die Arbeit im Laden mehr und mehr Freude. Auf diese Art vergingen einige Wochen. An einem Freitagnachmittag, als der Laden voll bis an die Türe mit Kundinnen stand, die für das Wochenende einkaufen wollten, stand plötzlich Hilde in der Tür. Blass und abgemagert stand sie da und hielt ihre braune Handtasche vor ihrer Brust gepresst. Als sie Marie hinter der Theke erblickte, fiel ihr förmlich die Kinnlade herunter, und ihr Gesicht wurde bleich. Sie murmelte etwas vor sich hin und verschwand nach draußen. Marie machte sich große Sorgen, konnte aber nicht fort aus dem Laden. Luise Neumann hatte nichts gesehen. Nach Feierabend, als Marie den Laden geputzt hatte und in der Küche aufräumte, klopfte es ans Küchenfenster. Marie schob die Gardine ein Stückchen zur Seite und schaute hinaus. Als sie Hilde erblickte, eilte sie nach draußen. »Wohin«, rief Auguste ihr nach, »du bist noch nicht fertig.«

»Gleich, gleich«, kam es zurück und die Tür schlug zu.

»Du warst heute Nachmittag schon einmal da, was ist los? Wie geht es dir?«

Hilde begann zu lachen. Hohl klang es und spöttisch. »Bestens geht es mir, danke, bestens. Als meine Mutter herausbekommen hat, was mit mir los ist, hat sie meinen Vater angestachelt, mich hinauszuwerfen. Dann bin ich zu der Frau gegangen, um die Schwangerschaft zu beenden. Die hat mir geholfen. So gut geholfen hat sie mir, dass ich wochenlang mit heftigem Fieber im Bett gelegen habe. Eine alte Tante von mir hat mich aufgenommen und gepflegt. Jeden Tag musste ich mir anhören, was für eine große Sünderin ich bin, und dass kein Priester mich freisprechen wird. Und jetzt will ich, dass Alfred mir einen neuen Arbeitsplatz verschafft. Hier kann ich ja sowieso nicht bleiben.«

Marie nahm Hilde in den Arm. »Ich wollte dir deinen Platz doch nicht wegnehmen, habe nur als Aushilfe im Laden gearbeitet. Und die andere Arbeit noch dazu machen müssen … Glaub mir, einfach war das nicht.«

Hilde begann zu weinen. »Ich brauche Geld, damit ich fort kann von hier und irgendwo neu beginnen. Der Freund einer Bekannten hatte mir zweihundert Mark geliehen. Die muss ich ihm bis übermorgen zurückzahlen. Oder es abarbeiten. Er bietet mir einen Platz in der Brinkgasse an. Du weißt, was das bedeutet. Abarbeiten in der Brinkgasse …«

Marie starrte sie an. Von einer Brinkgasse hatte sie noch nie etwas gehört. Aber es konnte nichts Gutes bedeuten. Gar nichts Gutes.

Sie hatte eine Idee. »In der Wurstküche werden Überstunden gemacht. Ich gehe zu Herrn Neumann und sage ihm, dass du da bist.« Hilde wand sich hin und her. »Ich fürchte mich«, sie bebte vor Angst, »du weißt nicht, wie er sein kann.« Marie wuchs über sich selbst hinaus. »Bleib hier, ich komme gleich wieder«, befahl sie und rannte durch den Hintereingang durch den Hof in die Wurstküche. Dort stand Alfred und schaute seinem Gesellen zu, wie er in dem großen Wurstkessel rührte. »Herr Neumann«, rief sie ihn leise an. Er wandte seinen speckigen Kopf zu ihr herüber: »Was willst du? Ich habe keine Zeit«, gab er zurück und trat einen Schritt auf sie zu. »Hilde«, flüsterte sie, »Hilde geht es schlecht. Sie ist krank und braucht Hilfe. Sie bittet Sie ...«

Zornesröte trat in Alfreds Gesicht. Man konnte sehen, dass er am liebsten explodiert wäre. »Dieses Weibsstück! Was will sie?«, gab er ebenso leise zurück. »Sie braucht zweihundert Mark, die sie sich geliehen hatte und nun zurückzahlen muss. Geben Sie ihr doch das Geld als Entschädigung für ihre ... Krankheit ...« Marie stockte. Wie würde er reagieren?

»Das geht dich gar nichts an«, entgegnete er, nun lauter werdend. In dem Moment kam seine Frau schimpfend in die Wurstküche.

»Wo bleibst du, Marie, Auguste sucht nach dir. Die Küche sieht aus wie ein Saustall.«

»Still«, befahl ihr Mann grob, »ich habe Marie gerufen, damit sie mir einen Krug Bier von drüben aus der Kneipe holt.«

»Das könnte der Lehrling tun«, versetzte Frau Neumann in spitzem Ton und verschwand.

»Komm mit!« Alfred verließ die Wurstküche und betrat den Laden. »Warte hier!« Nach einigen Minuten kehrte er zurück und drückte ihr ein paar Scheine in die Hand. »Da, gib ihr das! Und sie soll sich nie mehr hier blicken lassen.«

Damit schob er sie aus dem Laden hinaus, nicht ohne ihr einen leichten Stoß zu versetzen.

Marie eilte aus dem Haus, wo Hilde geduldig an der gleichen Stelle gewartet hatte. Marie drückte ihr die Geldscheine in die Hand. »Das gab er mir und du sollst nicht mehr wiederkommen. Das waren seine Worte.« Hilde zählte das Geld. »Hundertfünfzig Mark. Das reicht nicht«, jammerte sie. Marie überlegte keinen Moment und holte aus ihrer Schlafkammer die ersparten fünfzig Mark unter der Matratze hervor und brachte sie Hilde. »Das ist mein Erspartes«, meinte sie, »bezahle deine Schulden, und wenn du kannst, gibst du mir das Geld zurück.« Hilde umarmte sie. »Danke, danke. Ich gebe dir das Geld zurück, ganz bestimmt.«

»Was wirst du nun tun?«, fragte Marie weiter.

»Ich gebe dem Mann das Geld zurück. Dann suche ich mir eine Arbeit in der Fabrik in Bayenthal. Da kann man mehr verdienen, und du bekommst dein Geld früher zurück.«

»Melde dich bald«, forderte Marie sie auf. »Damit ich deine Adresse habe.« Hilde versprach es mit heiligen Schwüren und lief eilig davon.

Marie begab sich ins Haus zurück, ließ sich von Auguste tüchtig ausschimpfen, erledigte ihre abendlichen Aufgaben und fiel todmüde ins Bett, nicht ohne noch ein langes Gebet für Hilde zu verrichten. »Lass sie auf den rechten Weg zurückfinden«, bat Marie, »und verzeih ihr die große Sünde.«

Am nächsten Tag, es war ein Samstag, fuhr Luise Neumann zu Besuch zu ihrer Mutter, die in Deutz wohnte. Marie sollte sie im Laden vertreten. Gegen Mittag, als alle Hausfrauen beim Kochen waren, war der Laden so gut wie leer. Die Gesellen waren zum Rheinufer gegangen, um dort ihre Mittagspause zu verbringen. Marie bekam die Aufgabe, eine Menge Wurst und Schinken auf Vorrat zu schneiden, da für ein Fest am Wochenende viel Aufschnitt gebraucht würde. Als sie in den Vorraum trat, um noch ein paar Würste zu holen, spürte sie, wie sie jemand am Schürzenzipfel zog. Erschrocken wandte sie sich um und blickte geradewegs in Alfreds aufgedunsenes Gesicht. »Hilde ist nun weg«, meinte er gleichmütig und griff ihr an die Brust. Entsetzt wich sie zurück, wandte sich um und wollte davonlaufen. »Bleibst du wohl hier«, mit diesen Worten hielt er sie am Arm fest. Er zog sie an sich und drückte sie mit seinem Gewicht an den Arbeitstisch. Mit einer Hand hielt er ihren Mund zu, mit der anderen Hand griff er unter ihren Rock. Mit letzter Gewalt zwängte sie sich unter ihm hervor: »Ich schrei, wenn Sie mich nicht loslassen.« Ihr Zorn und ihre Empörung waren so groß, dass es ihr völlig egal war, was nun wurde. »Du blöder Krüppel«, blaffte er sie wütend an und gab ihr einen Stoß, dass sie fast zu Boden stürzte. Dann verließ er den Raum, nicht ohne ihr noch einen zornigen Blick zuzuwerfen. »Warte nur«, murmelte er vor sich hin, »dich kriege ich auch noch.«

Als sie wieder allein im Laden stand, begann sie hilflos zu weinen. Die Tränen strömten ihr nur so über ihr Gesicht. Als die Türklingel ertönte, trocknete sie rasch ihr Gesicht mit ihrer Schürze. Frau Krämer stand dort, die regelmäßig zum Wochenende in der Fleischerei einkaufte. Ein schweres Schicksal hatte sie gehabt, das wusste Marie. Viele ihrer Kinder hatte sie durch die Tuberkulose, die man damals Auszehrung nannte, verloren. Nun wohnte sie in einem Haus außerhalb des Dorfes und kam nur noch zum Einkaufen dorthin. Marie hoffte, dass man ihre Tränen nicht mehr sah und fragte nach ihren Wünschen. »Ein halbes Pfund Fleischwurst und eine dicke Scheibe fetten Speck. Ach ja, und ein Pfund Schweinefleisch mit Knochen«, kam es von der anderen Seite der Theke hinüber. Frau Krämer war in Eile und drängte: »Ich muss schnell fort, meine Tochter kriegt ihr Kind.« Marie nahm den Speck und stellte ihn senkrecht auf das Schneidebrett. Mit dem Messer wollte sie die gewünschte dicke Scheibe davon absäbeln. Sie war immer noch so aufgeregt, dass sie einen Augenblick nicht darauf achtete, was sie tat. Da glitt das Messer ab. Mit einem lauten Schrei fuhr sie zurück. Die Messerschneide hatte zwei ihrer Finger getroffen und tiefe Schnitte verursacht. Marie hielt ihre verletzte Hand hilflos in die Höhe, das Blut strömte über ihren Unterarm und tropfte zu Boden. Frau Krämer rannte hinter die Theke, löste das Schürzenband, zog die Schürze unter Maries Armen hervor und versuchte, den Blutstrom zu dämmen. Dabei schrie sie mit Leibeskräften um Hilfe. Alfred stürzte herein, sah die Bescherung und begann zu fluchen. Aber geistesgegenwärtig band er mit dem

Schürzenband Maries Arm ab. Sodann rannte er in den Hof und fuhr sein Auto vors Haus, lud die immer noch blutende Marie hinein und brachte sie zum Arzt, der einen Kilometer weiter seine Praxis hatte. Unterwegs redete er mit Engelszungen auf sie ein, nur ja den Mund zu halten. Sie schwieg, befand sich in einem Schockzustand, der es ihr unmöglich machte, auch nur ein Wort hervorzubringen.

Der Arzt versorgte die tiefen Wunden und schickte Marie wieder nach Hause. Am nächsten Tag wurden die Schmerzen noch schlimmer, Fieber trat auf und Marie verbrachte die nächste Nacht unter großen Schmerzen und im Fieberwahn in ihrem Bett. Als Luise Neumann, die von ihrem Besuch wieder zurück war, sie morgens nicht in der Küche antraf, stieg sie hinauf in die Mädchenkammer, um sie zu wecken. Sie sah Marie hoch fiebernd und fantasierend im Bett liegen. Sofort wurde sie ins Krankenhaus gebracht. Die Ärzte glaubten, der Entzündung, die rasch um sich gegriffen hatte, und der drohenden Blutvergiftung nur beikommen zu können, indem sie Zeige- und Mittelfinger amputierten. Ganz allmählich ging es der armen Marie besser. Ihre Arbeitgeber waren inzwischen nicht untätig gewesen, man hatte Maries Mutter einen Brief geschrieben und von dem Unfall berichtet und angefragt, ob Maries Schwester nicht die Stelle von Marie einnehmen könne, so lange, bis Marie wieder auf den Beinen sei. Die Mutter war entsetzt, glaubte in ihrer Unwissenheit, Marie habe sich etwas zuschulden kommen lassen. Als Marie aus dem Krankenhaus entlassen wurde, immer noch mit einem dicken Verband um die verletzte Hand, packte sie ihre Siebensachen und ging, genauso arm, wie sie gekommen war, wieder in ihr Heimatdorf zurück. »Jetzt bin ich vollends ein Krüppel«, dachte Marie traurig, »jetzt bleiben mir nur noch das Dorf, die Kühe und der Stall.«

Kapitel Drei
Kölner Geschichten

Käthe stand im gemeinsamen Schlafraum und packte ihre Habseligkeiten. Sie hatte ein ebenmäßiges Gesicht, schöne, braune Augen und eine gerade Nase. Ihr dunkles, reiches Haar, auf das sie nicht wenig stolz war, trug sie in einem Knoten im Nacken.

Marie hatte ihr den Korb, die Mutter einen Pappkoffer zur Verfügung gestellt. Die Fächer im Schrank waren leer geräumt, die magere Ausbeute an einigermaßen anständiger Leibwäsche lag schon im Koffer. Wollstrümpfe, Unterröcke, Nachthemden, Blusen, es war nicht sehr viel, was Käthe einzupacken hatte. »Vergiss die Schürzen nicht«, mahnte Marie, die ihr beim Packen zuschaute. »Weiße Schürzen bekommst du von Frau Neumann, aber die normalen Schürzen musst du schon mitbringen.« Ihre Hand war immer noch dick eingebunden, und in den nächsten Tagen sollte sie noch einmal zum Arzt in die Kreisstadt fahren. Dort würde sie erfahren, wie es weitergehen würde. Im Haushalt hatte sie schon wieder mit angepackt, nur melken, waschen und putzen konnte sie noch nicht. Die Schmerzen waren nicht mehr sehr schlimm, nur ab und zu tat es weh, je nachdem, welche Arbeiten sie verrichtete.

»Was soll ich morgen anziehen?«, überlegte Käthe, sie war aufgeregt wegen der Reise nach Köln und hoffte, dass sie das mit dem Umsteigen schaffen würde.

»Das braune Kleid, auf dem Zug wirst du rußig«, empfahl ihr Marie, und Käthe nahm daraufhin das braune Kleid mit den stoffbezogenen Knöpfen aus dem Schrank und hängte es außen an den Kleiderhaken.

Endlich hatte sie alles eingepackt, ihr Gebetbuch, die Handschuhe und einen kleinen Hut legte sie oben auf den Korb. »Ich muss dir noch etwas sagen«, begann nun Marie, »du gehst ja jetzt in diese Familie. Die Frau Neumann ist ja ganz nett, aber ziemlich kleinlich, sie will alles ganz akkurat haben und kann ganz schön unangenehm werden, wenn ihr etwas nicht passt. Ihren Ärger mit dem Mann lässt sie gern an ihren Leuten aus.«

»Ja, das hast du mir doch alles schon gesagt«, wendete Käthe ungeduldig ein, »ich sehe das Haus ja schon förmlich vor mir und alle, die darin wohnen.«

»Aber über den Herrn Neumann habe ich dir noch nicht alles gesagt«, hielt Marie dagegen, »es ist wichtig, damit du weißt, was dir passieren könnte. Du bist noch jünger als ich, hübscher als ich sowieso. Und der Neumann mag hübsche Frauen, er steigt jeder nach, die ihm gefällt. Ich sage dir jetzt etwas, das darfst du unserer Mutter niemals sagen und auch keinem sonst.«

Und Marie berichtete ihr von Hilde und der Schwangerschaft und von der körperlichen Attacke des Metzgers auf sie selbst. Käthe erschrak.

»Warum hast du mir das nicht schon früher gesagt? Mit solchen Leuten will ich nichts zu tun haben«, jammerte sie, »wie soll ich mich da verhalten? Du hättest der Mutter etwas sagen sollen.«

»Du weißt doch, wie sie ist«, gab Marie zu bedenken, »sie hätte mir nicht geglaubt, weil sie unbedingt wollte, dass ich nach Köln gehe. Vielleicht hätte sie mir sogar die Schuld an dem Vorfall gegeben. Und jetzt will sie ja, dass du für mich dahin gehst. Mach das Beste daraus und lass ihn nicht näher als fünf Meter an dich herankommen.«

Mit gemischten Gefühlen bestieg Käthe am anderen Tag den Zug, der sie nach Remagen, und von dort aus über Bonn nach Köln bringen sollte. Es war ihre erste längere Reise, und sie genoss sie trotz des häufigen Umsteigens und langen Wartezeiten sehr. Auch hatte sie von den vielen Burgen erzählen hören und erinnerte sich aus dem Schulunterricht an einige Namen und Sagen, die sich mit den Burgen verbanden. Begeistert betrachtete sie Reste der Burg Rolandseck mit dem Rolandsbogen, den Ausblick auf den Rhein und auf die Schlepper mit den Kähnen, die hoch beladen ihren Weg rheinauf und rheinab machten. Obwohl es schon spät im Jahr war, begegnete ihr ab und zu eines der weißen Schiffe, die zum Drachenfels, nach

Linz oder Koblenz oder sogar nach Rüdesheim fuhren. In Bonn schließlich bestieg sie einen Zug der Köln Bonner Eisenbahnen, der sie an ihr Ziel brachte.

Irgendwann am späten Abend war sie dann auch angekommen, müde, mit verrußter Kleidung und kaum in der Lage, ein vernünftiges Wort zu sprechen, geschweige denn, den Ausführungen ihrer Chefin zu folgen. Luise Neumann schickte sie dann auch bald zu Bett, sie sah, dass es keinen Sinn hatte, auf die junge Frau, der fast die Augen im Stehen zufielen, noch länger einzureden. »Morgen um sieben Uhr!«, mahnte sie zuletzt noch. Käthe streifte ihre Kleidung ab, nahm noch nicht einmal zur Kenntnis, dass im benachbarten Bett jemand schlief und sank todmüde auf das schmale Lager.

»Wer bist du denn?«, hörte Käthe am anderen Morgen eine Stimme dicht an ihrem Ohr. Als sie die Augen öffnete, schaute sie direkt ins Gesicht einer etwa fünfunddreißigjährigen Frau mit wirren, blonden Haaren, die sich über sie gebeugt hatte. Vor Schreck setzte sie sich pfeilgerade im Bett auf und starrte ihr Gegenüber an.

»Käthe heiße ich«, kam es zögerlich von ihren Lippen, »ich bin gestern Abend angekommen.«

»Ach so, du bist die Neue, die für die Humpelliese aus der Eifel gekommen ist.«

Die Blonde wandte sich ab und zog das Nachthemd über den Kopf. Darunter war sie nackt. Erschrocken fuhr Käthe zusammen. Das kannte sie nicht, sich so schamlos zu entblößen. Selbst ihrer Schwester zu Hause gegenüber hätte sie sich niemals so gezeigt. Das tat man einfach nicht. Riesige Brüste hingen der Frau fast bis zum Bauchnabel. Sie schaukelten hin und her, als sie sich der Waschschüssel zuwandte und begann, sich ausgiebig Hals und Arme zu waschen. Dann zog sie einen unförmigen Büstenhalter über, ein Hemd und darüber einen Unterrock. Ein wadenlanges, schwarzes Kleid mit langen Ärmeln und eine bunt gemusterte Schürze vervollständigten ihre Kleidung. »Ich bin Agathe, die Verkäuferin. Seit drei Monaten bin ich hier«, hörte Käthe sie sagen. Sie selbst hatte rasch das Bett verlassen und ihren Koffer ausgepackt, dabei bemüht, Agathe nicht anzuschauen. »Und ich heiße Käthe, und die Humpelliese ist übrigens meine Schwester«, wiederholte Käthe, nun etwas mutiger geworden, »Außerdem hinkt sie nicht«, widersprach sie dann heftig. Agathe starrte sie an.

»Na, und?«, gab sie zurück, »jedenfalls sehen ihre Füße ziemlich komisch aus.« Damit verließ sie das Zimmer, nicht ohne Käthe noch einmal einen abfälligen Blick zuzuwerfen.

Käthe hörte eine Uhr schlagen. Es musste halb sieben sein. Rasch goss sie das gebrauchte Waschwasser in den bereitstehenden Eimer, obwohl dies Agathe gewiss selbst hätte tun müssen. Dann nahm sie sich frisches Wasser aus dem Krug. Viel war nicht mehr da, aber sie versuchte, sich gründlich zu reinigen. In einem frischen Kleid und mit einer bunten Schürze angetan, meldete sie sich in der Küche. Von oben bis unten wurde sie gemustert, dann erklärte ihr die Hausfrau, wie seinerzeit ihrer Schwester, was sie alles zu tun hatte. Zusätzlich sollte sie auch binnen kurzem für den Verkauf im Laden angelernt werden, »für alle Fälle«, wie die Chefin bemerkte.

So begann Käthe ihre Arbeit in Haushalt und Metzgerei. Sie war anstellig, flink und hatte gute Umgangsformen. Diese waren nicht anerzogen, vielmehr angeboren, denn zu Hause pflegte man eher einen legeren Umgangston. Luise war bald sehr zufrieden mit ihr. Alfred Neumann hatte sie am ersten Tag von oben bis unten derart gemustert, dass es ihr geradezu peinlich war, so angestarrt zu werden. Vor Verlegenheit wusste sie gar nicht, wo sie ihre Augen lassen sollte. »Na, du bist ja mal ein schönes Eifelmädchen«, raunte er ihr zu, als er ihr einmal allein im Treppenhaus begegnete. Ohne ein Wort drückte sie sich an seiner ausladenden Gestalt vorbei, ohne etwas zu entgegnen. Sie wich ihm aus, wo sie nur konnte und meist ignorierte er sie auch, ihm steckte wohl immer noch das Drama mit Hilde in den Knochen.

Käthe schickte ebenso wie vordem ihre Schwester pünktlich am Monatsanfang einen Teil ihres Verdienstes nach Hause. Sie versuchte, von dem Wenigen, was ihr blieb, noch zu sparen. Es war mühsam und sie brauchte einige Monate, um sich ein paar neue Schuhe leisten zu können. »Fünfzehn Mark«, schrieb sie ihrer Mutter, »fünfzehn Mark kostet ein paar Schuhe, die ich mir am Samstag gekauft habe.« Worauf ihre Mutter antwortete: »Du hättest gut noch deine schwarzen Schuhe tragen können, neue Sohlen sind nicht so teuer wie ein neues Paar.« Aber die Mutter verstand nicht, dass man auch einmal Lust auf etwas Neues haben konnte. Sie, die immer noch ihre bis auf den Boden reichenden Kleider und lange Schürzen trug, keinen Mantel besaß, sondern ein dickes Umschlagtuch um Kopf und Schultern legte, wenn sie in kühler Jahreszeit das Haus verließ, die jeden Pfennig dreimal umdrehte, ehe sie ihn ausgab, konnte es einfach nicht begreifen, dass ihre Töchter Wünsche hatten, die man mit etwas Geld erfüllen könnte. Sehr selten fuhr Käthe nach Hause, das Fahrgeld war teuer, und sie bekam wenig Urlaub. Mit Agathe bekam sie nicht viel Kontakt, obwohl sie das Zimmer miteinander teilten. Sie war Käthe zu grobschlächtig, zu laut und zu neugierig. Mit den Kunden kamen beide bestens zurecht; Agathe traf meist den Ton derjenigen Kundin, die sie gerade vor sich hatte, und war bei allen beliebt. Besonders gut gefiel es den Kunden, wenn Agathe über Gott und die Welt herzog. Sie bekam allen Dorfklatsch mit und wusste alles Getratsche noch meisterhaft auszuschmücken. Käthe war zurückhaltender, manche der feineren Kundinnen mochten von ihr lieber bedient werden. Ihr oblagen zusätzlich die meisten Arbeiten in dem großen Geschäftshaushalt. So vergingen die restlichen Monate des Jahres und Weihnachten kam. Käthe fuhr nicht nach Hause, es gab eine kleine Bescherung für die Dienstboten. Schürzen, Strümpfe oder ähnliches lagen auf dem Gabentisch.

In ihrer mageren Freizeit lernte sie im Gegensatz zu Marie, die lieber für sich geblieben war, einige Mädchen aus anderen Häusern kennen. Adele arbeitete in einer Bäckerei und Barbara war Dienstmädchen in einer Fabrikantenvilla, beide wohnten im Nachbarort. Die Freundinnen trafen sich an den freien Sonntagnachmittagen, man ging zusammen spazieren, im Frühjahr gern auch über den Leinpfad am Rhein vorbei, wo es immer etwas Interessantes zu sehen gab. Manchmal, nicht allzu oft, leisteten sich die Mädchen eine Tasse Kaffee auf den Rheinterrassen. So war es auch an einem schönen Sonntag im Mai geplant gewesen. Käthe hatte gerade ihr helles Sommerkleid angezogen, nahm ihre kleine Handtasche und wollte zur Hintertür das Haus verlassen, als sie im Flur gegen Alfred prallte. In dem schmalen dunklen Gang, durch den nur wenig Licht durch das kleine Fensterglas in der Tür hereinfiel, hatte er ihr aufgelauert. »Wohin so eilig, schönes Eifelmädchen?«, schmeichelte er ihr und fasste sie beim Oberarm. »Nicht so schnell. Hast du denn überhaupt heute frei?«

»Ja, gewiss«, antwortete sie eilig und bemühte sich, von ihm fortzukommen.

»Aber an meiner Schützenuniform ist ein Knopf lose, den musst du mir noch annähen«, befahl er und wies wieder ins Haus hinein. Wieder in der Küche, schaute sie ihn fragend an. »Das Jackett hängt im Schlafzimmer am Schrank, hol es herunter«, gebot er und nahm am Küchentisch Platz. Widerwillig stieg sie die breite Treppe hinauf und betrat das Schlafzimmer. Peinlich aufgeräumt hatte sie es noch am Morgen, während die Herrschaften beim Frühstück saßen. Die Jacke hing richtig auch am Schrank. Sie griff danach, im gleichen Moment wurde sie von hinten von zwei Armen grob umfasst, große Hände legten sich besitzergreifend um ihre Brüste. Sie kreischte auf und versuchte, sich loszumachen. Die Gestalt hinter ihr zerrte sie seitwärts, warf sie bäuchlings aufs Bett. Mit einem Arm hielt er ihren Oberkörper nieder und drückte ihr Gesicht in die rote Steppdecke. Mit dem anderen Arm zerrte er ihren Rock hoch. Sie wand sich hin und her, um sich zu befreien. Laut zu schreien war ihr nicht mehr möglich. Er nestelte an ihrem Schlüpfer, zerrte ihn ein Stück hinunter und wollte ihr zwischen die Beine greifen. Verzweifelt wand sie sich hin und her, es war ihr jedoch nicht möglich, sich von seiner Last zu befreien. Ganz plötzlich aber ließ er von ihr ab, zog sie vom Bett hoch und zischte: »Hau ab, und wehe, du sagst ein Wort.« Jetzt hörte sie Geräusche aus dem Untergeschoss, seine Frau mochte aus der Andacht wieder nach Hause gekommen sein, oder Auguste, die Köchin, machte sich zu schaffen wegen des Nachmittagskaffees. Sie verließ das Zimmer, ohne ihn anzuschauen. Die Freude am freien Nachmittag war ihr vergangen. Sie ging in ihr Zimmer und setzte sich auf ihr Bett. Jetzt erst kamen die Tränen. Sie schluchzte verzweifelt und ratlos vor sich hin. Als die Tränen versiegt waren, überlegte sie, was sie tun sollte. Was war er bloß für ein Kerl? Musste man sich als Frau wirklich alles gefallen lassen? Ihr erster Impuls war, zu seiner Frau zu gehen und ihr alles zu sagen. Sie befand sich nun in der gleichen Situation wie ihre Schwester Monate zuvor. Gewiss würde sie ihre Arbeit verlieren, aber in diesem Hause mochte sie ohnehin nicht mehr arbeiten. Er würde sie zukünftig nicht mehr in Ruhe lassen, dessen war sie sich sicher. Aber wäre es nicht möglich, in einem anderen Haus Arbeit zu finden? Sie überlegte, dann fasste sie einen Entschluss. In der Küche war tatsächlich Auguste zugange und stellte geräuschvoll Teller und Tassen zusammen, um sie hinauf ins Esszimmer zu tragen. Auch ihre Chefin war schon nach Hause gekommen. »Lass mich das machen«, damit nahm sie der Köchin das Tablett aus der Hand und trug es selbst die Treppe hinauf ins Esszimmer, wo Frau Neumann inzwischen mit einer Stickerei in einem geblümten Armsessel saß. Die Kinder waren nirgends zu sehen. »Du hast doch frei heute«, Luise Neumann war erstaunt. Das war ihr noch nicht vorgekommen, dass ein Hausmädchen auf seinen freien Tag verzichtete.

»Es ist so, Frau Neumann«, begann Käthe und deckte gleichzeitig den Tisch, um ihrer Chefin nicht ins Auge blicken zu müssen, »ich habe etwas auf dem Herzen.« Luise Neumann lachte: »So lange es nichts unter dem Herzen ist.« Sie fand sich äußerst witzig und konnte mit Kichern kaum aufhören.

»Ich muss nach Hause fahren, die Mutter hat geschrieben, der Vater ist sehr krank. Sie möchte uns jetzt alle zu Hause haben. Deshalb möchte ich auch kündigen.«

Luise Neumann war bestürzt. Es war ihr peinlich, so gelacht zu haben.

»Das ist aber schade«, entgegnete sie, »aber deshalb brauchst du nicht zu kündigen. Es würde mir leid tun, dich zu verlieren. Fahre für ein, zwei Wochen heim. Das Fahrgeld gebe ich dir. Wenn es deinem Vater wieder besser geht, kommst du wieder zurück. Einverstanden?«

Käthe überlegte. Die Ausrede mit der Krankheit ihres Vaters war ihr sehr unangenehm, sie war außerdem ein wenig abergläubisch und fürchtete, ihre Worte könnten schlimme Konsequenzen nach sich ziehen. Aber der Schock saß zu tief.

»Ich danke Ihnen, Frau Neumann«, begann sie langsam und versuchte, die richtigen Worte zu finden, »es ist sehr freundlich von Ihnen. Dann will ich morgen fahren und schreibe Ihnen, wie es mit dem Vater steht. Dann erst wird man sehen, wie es weitergehen kann.«

Frau Neumann sah Käthe nicht gern ziehen; sie mochte die junge, fleißige Frau mit den guten Manieren sehr gern. Alfred trat ein und setzte sich an seinen Platz an der Stirnseite des Tisches. »Käthe wird uns verlassen«, berichtete sie ihrem Mann ohne viel Umschweife, »die Mutter braucht sie vorübergehend zu Hause.« Alfred murrte, schwieg aber, als Käthe mit der Kaffeekanne hereinkam und begann, den Kaffee einzuschenken. Als Käthe zu ihm trat, um seine Tasse zu füllen, lächelte er sie unschuldig an: »Du kommst aber doch wieder, nicht? Du bist unentbehrlich hier im Haus.« Dabei tätschelte er freundlich ihren rechten Arm, der die Kanne hielt. Im nächsten Moment schrie er auf, ein Schwall Kaffee ergoss sich in seinen Schoß, er sprang auf und hielt sich die Hände vor seinen schmerzenden Unterleib. Dann rannte er aus dem Raum. »Es tut mir so leid, Herr Neumann, ich war so ungeschickt«, rief sie ihm hinterher und entschuldigte sich wortreich bei Frau Neumann für das Malheur. In der Küche brühte sie neuen Kaffee auf und bat Auguste, ihn zu servieren. Insgeheim freute sie sich, hatte sie sich doch auf eine Art für Alfreds Übergriff rächen können. Dann begab sie sich in ihr Zimmer, um ihre Siebensachen zu packen. Was aber würde die Mutter sagen, wenn sie auf einmal vor der Tür stand? Der Vater war ja schon lange nicht mehr gut beieinander, das wussten alle im Haus, aber sterbenskrank war er jedenfalls noch nicht gewesen bei ihrer Abreise. Am nächsten Morgen stand sie reisefertig vor Frau Neumann und verabschiedete sich. An der Haustür begegnete ihr der Postbote und händigte ihr einen Brief aus. Als sie auf den Absender schaute, kroch ihr Eiseskälte über den Rücken. Das Schreiben war von der Mutter. Rasch riss sie den Umschlag auf. »Komm rasch«, entzifferte sie mühsam, weil ihr beim Lesen die Tränen in die Augen stiegen, »der Vater liegt im Sterben. Wir warten auf dich. Deine Mutter Anna.«

»Ich bin schuld«, dieser Gedanke schwirrte ihr immerfort während der ganzen Reise durch den Kopf. Dieses Mal hatte sie keinen Blick übrig für die Schönheiten der Rheinlandschaft, die Fahrt dauerte ihr viel zu lange. Am späten Abend schließlich stand sie, müde und verschwitzt, am Bett des Vaters, der sie mühsam anlächelte. »Schön, dass du da bist, Käthchen, auf dich habe ich besonders gewartet, weil du ja so weit fort warst. Jetzt kann ich ruhig sterben, jetzt, wo ihr alle da seid.«

»Nein, Vater, du darfst noch nicht sterben. Der Doktor wird dir helfen, ganz bestimmt.«

Der Vater lächelte nur matt und winkte ab. »Ihr müsst eurer Mutter zur Seite stehen«, bat er seine Kinder, die schließlich alle um sein Lager versammelt waren, »es werden schlimme Zeiten kommen. Ich habe die Zeichen gesehen. Haltet zusammen, damit euch nichts Böses widerfährt.«

Seine Kinder schauten einander an. Was hatte der Vater wohl gemeint? Vor drei Jahren erst hatte es einen neuen Reichstag gegeben und Hitler war Reichskanzler geworden. »Gib uns vier Jahre Zeit«, hatte er gesagt. Und die Arbeitslosigkeit hatte abgenommen. Er hatte also nicht gelogen. Die Zeiten waren doch besser geworden, nicht schlechter.

Die Söhne hielten abwechselnd Wache an seinem Bett. Anna, Marie und Käthe kümmerten sich um den Kranken. Auch die älteste Schwester Else kam jeden Tag vorbei. Wegen ihrer Schwangerschaft konnte sie jedoch nicht so bei der Pflege helfen, wie sie es gern getan hätte. Einmal ließ Anna noch den Doktor kommen, der aber nichts mehr tun konnte. Das Herz war zu schwach, es klopfte unregelmäßig, der Blutdruck schwankte, schließlich fiel der Kranke in einen komatösen Schlaf. Am frühen Morgen tat der Vater kurz vor seinem einundsiebzigsten Lebensjahr seinen letzten Atemzug. Die Verwandten von nah und fern eilten herbei, Abschied zu nehmen. Das ganze Dorf und viele Menschen darüber hinaus nahmen an der Beerdigung teil.

Anna trauerte sehr um ihren Peter, sie hatten gut zusammen gelebt und gearbeitet. Es war keine Liebesheirat gewesen, sie waren 1903 durch ihre Eltern miteinander verheiratet worden, die das Vermögen der Familien miteinander verbinden wollten. Eine Heirat zwischen Verwandten zweiten Grades war damals von der katholischen Kirche verboten. Sie hatten also eine kirchliche Dispens gebraucht. Eigens waren beide Eltern mit ihnen nach Trier gereist und dort beim bischöflichen Vikariat (Kirchengericht) vorstellig geworden. Als Argument hatte man eine bestehende Schwangerschaft vorgeschoben. Dies hatte ausgereicht, eine Sondererlaubnis zu erhalten. Die Hochzeit ging still und ohne große Feier vonstatten. Nach neun Monaten und vier Tagen nach der Hochzeit wurden die ersten Kinder geboren. Ein Zwillingspaar, Junge und Mädchen, beide gesund, was die jungen Eltern sehr beruhigte und glücklich machte. Hatten doch Unkenrufe ihnen blöde oder verwachsene Kinder geweissagt. Das dritte Kind war ein Junge. Er hatte Klumpfüße. Als der Pfarrer davon erfuhr, redete er den Eltern ins Gewissen. Sie dürften nunmehr keine weiteren Kinder zeugen. Zwar versuchten sie, stark zu bleiben und dem Pfarrer zu folgen, aber es gelang ihnen nicht. Inzwischen war aus der Vernunftehe eine intensive und sinnliche Beziehung geworden und beide wollten und konnten auf den Liebesakt nicht verzichten.

Weitere Kinder folgten, manche hatten Glück, manche wurden mit dem Defekt geboren, so auch Mariechen.

Als die Trauertage vorüber waren, setzte sich Mutter Anna mit ihren Kindern zusammen und beratschlagte, wie es weitergehen sollte. Als alle in der großen Stube versammelt waren, begann die Mutter zu beten. Sie beteten für den Vater den glorreichen Rosenkranz, dann ergriff Anna das Wort: »Jetzt ist der Vater nicht mehr unter uns, und wir müssen ohne ihn zurechtkommen.«

»Aber Vater konnte doch schon lange nicht mehr arbeiten«, fiel Adam ihr ins Wort, »die Arbeit haben wir doch schon lange für ihn mitgemacht.«

»Du gewiss nicht, du bist doch tagsüber fort im Wald und hilfst doch nur, wenn Not am Mann ist.« Das war Karl, der es nicht ertragen konnte, dass Adam wie stets das erste Wort haben wollte.

»Schweigt still«, gebot Anna ihren Söhnen, »dass Vater krank war, wussten wir schon lange. Trotzdem ist die Situation jetzt eine andere. Vater konnte zwar nicht mehr viel arbeiten, aber er hat als Familienoberhaupt bestimmt, was zu tun war. Damit ist's nun vorbei. Vater hat ein Testament gemacht und mich als Erbin nach ihm eingesetzt. Deshalb werde ich jetzt bestimmen. Von den Eigentumsverhältnissen her wird sich vorab nichts ändern. »Vorläufig«, fügte sie noch hinzu und fuhr fort: »Aber ich will von euch wissen, wie eure Pläne sind.«

Die Söhne blickten sich verständnislos an, die Töchter senkten die Köpfe. Niemand sagte etwas.

Dann ergriff Karl das Wort: »Ich habe bisher immer die meiste Arbeit auf dem Hof gemacht und denke, dass ich es auch weiter tun werde. Richard und Else sind ja schon verheiratet und haben einen eigenen Hausstand, Hermann arbeitet auf dem Ettenhof, Martin ist Knecht auf dem Baulerhof. Adam ist Waldarbeiter und wird mir helfen, wenn es nötig ist. Ach ja, Heinrich habe ich ganz vergessen. Heinrich hat ja seine eigenen Pläne, wie er sagt. Er ist in die Partei eingetreten und trägt ein braunes Hemd. Er hat so viel zu tun, dass er es nicht für nötig befunden hat, heute hier bei uns zu sein. Ich denke, Mariechen oder Käthe werden wieder in Stellung gehen. Vielleicht auch Johanna. Und Mutter und eine unserer Schwestern werden für uns sorgen. So wird sich kaum etwas ändern, oder?«

Die Mutter nickte. »Also bleibt erst einmal alles Hab und Gut hier und bei mir. Nach meinem Tod könnt ihr dann teilen, was zu teilen ist. Also niemand wird seinen Pflichtteil verlangen, oder?«

Die Kinder nickten, einige von ihnen eher zögerlich, aber dann waren alle einverstanden.

»Und wer will wieder in Stellung gehen? Marie, Käthe oder Johanna?«, fragte die Mutter, »denn vier Frauen brauchen wir nicht im Haus.«

Die Schwestern schwiegen. Marie ergriff das Wort: »Ich möchte bei der Mutter bleiben und ihr im Haushalt helfen. Die Arbeit in der Fremde ist nichts für mich.« Als ältere der drei Schwestern hatte sie das erste Wort und damit auch die Entscheidung für Käthe und Johanna mit getroffen. »Ich möchte auch zu Hause bleiben«, schüchtern wagte Johanna, sich ins Gespräch einzubringen. Anna winkte ab: »Zu dir komme ich später.« Die Jüngste senkte den Kopf und schwieg. Auch Käthe versuchte ein Veto einzulegen. »Nein«, wandte sie ein und schaute Marie eindringlich an, »Marie, es geht nicht. Ich kann nicht mehr dorthin gehen.« Im gemeinsamen Schlafzimmer hatte sie Marie gegenüber eines Abends vor dem Einschlafen angedeutet, dass Neumann handgreiflich geworden war.

»Warum nicht?«, ergriff Anna das Wort, »was ist dort vorgefallen?« Käthe erschrak und bereute sogleich ihre unbedachte Äußerung. Marie schaltete schnell. »Nichts, Mutter«, versuchte sie Anna zu beruhigen, »es ist gar nichts vorgefallen. Aber ich glaube, Käthe würde sich, wenn sie wieder in Dienst soll, gern eine Stellung bei einer anderen Familie suchen. Oder vielleicht auch in die Fabrik gehen.«

»Warum das denn?«, wollte Anna wissen, »bei den Neumanns hat sie es doch gut gehabt, eine honorige Familie und ein gutgehendes Geschäft.«

»Mutter, lass Käthe doch auch mal zu Wort kommen, bitte. Sie soll schließlich fort.«

»Es ist so, Mutter, die Neumanns haben sich bestimmt schon eine neue Dienstmagd gesucht, weil sie glauben, dass ich nicht mehr zurückkommen werde. Ich habe ihnen gesagt, dass ich dir helfen will, Vater zu pflegen. Dass er so schnell von uns gehen würde«, sie schluckte, »das haben wir ja alle nicht gewusst.«

Anna starrte Käthe misstrauisch an, gab sich dann aber zufrieden.

»Dann schau, dass du bald etwas Neues findest«, war ihre abschließende Bemerkung. Damit war für sie das Thema erledigt.

Abends saßen die beiden Schwestern in ihrer Schlafkammer nebeneinander auf Maries Bett. Marie trug schon ihr Nachthemd aus Biberstoff, ehemals weiß, jetzt etwas angegraut, schließlich war es im Winter nicht möglich, die Wäsche auf die Bleiche zu legen. Käthe saß im hellrosa baumwollenen Unterrock auf ihrem Bett und bürstete ihr langes, dunkles Haar. »Was ist denn nun eigentlich in Köln passiert?«, fragte Marie ihre Schwester, »du hast da so etwas angedeutet.«

Käthe warf zornig die Haarbürste aufs Bett.

»Ach, du weißt ja nicht, was der Neumann mit mir gemacht hat?«, begann sie. »Er hat mich aufs Bett geworfen und festgehalten, so dass ich mich nicht wehren konnte. Dann hat er …«, sie konnte nicht weiter.

»Hat er …?«, Marie sprach zum Fenster gewandt, sie schämte sich so, dass sie Käthe nicht anschauen konnte. Dann gab sie sich einen Ruck: »Hat er es … mit dir gemacht? Ich meine … so richtig?«

»Nein, hat er nicht«, Käthe weinte fast, als sie die Worte herausbrachte. »Nur gut, dass seine Frau ins Haus kam, da hat er mich losgelassen. Und mir gedroht, wenn ich ihr etwas sagen würde. Und ich hatte solche Angst. Ich kann da nicht mehr hin.«

Käthe schlang einen Arm um Maries Schulter. Nah wollte sie ihrer Schwester sein, um dadurch Trost zu finden.

»Und das Schlimmste habe ich dir ja noch gar nicht gesagt. Das Schlimmste ist, dass ich auch noch an Vaters Tod schuld bin.«

»Wieso?«, verständnislos starrte Marie Käthe an.

»Weil ich zu Frau Neumann gesagt habe, Mutter habe mir einen Brief geschrieben und meine Rückkehr angefordert, weil Vater krank sei, und ich ihr bei der Pflege helfen müsse. Dass er im Sterben lag, wusste ich ja gar nicht. Gott straft mich jetzt dafür.«

»Das glaube ich nicht«, spontan sprang Marie vom Bett auf, »das war ein Zufall, ganz bestimmt.« Dann überlegte sie einen Augenblick.

»Wenn du nicht sicher bist, dann frage doch Mutter.«

»Nie würde ich Mutter davon erzählen. Sie würde mir ganz gewiss die Schuld geben.«

»Dann frage einen Priester. Der müsste es ganz bestimmt wissen. Aber frage nicht unseren Pastor. Du weißt, dass ich nicht besonders viel Vertrauen zu ihm habe.« Marie zögerte. »Da gibt es etwas, was du nicht weißt ...«

Nur halb hatte Käthe zugehört.

»Und was soll ich jetzt überhaupt machen«, verzweifelt blickte sie ihre Schwester an. »Soll ich jetzt nach Köln zurück in dieses ... dieses ... Haus?«

»Fahr dorthin und suche dir von dort aus eine andere Stelle. Das ist einfacher als wenn du es von hier aus machst. Und Mutter kann dich nicht so einfach kontrollieren.«

Käthe nickte, flocht ihre Haare zu einem Zopf. Gedankenverloren kratzte sie sich an der unbedeckten Wade. Dann schlüpfte sie unter ihre Decke und gähnte. »Gute Nacht Marie. Du hast es gut, du kannst zu Hause bleiben.«

»Ach, Käthchen, du verstehst mich doch. Ich bin nichts für die Stadt. Und meine Hand ist ja immer noch nicht so richtig in Ordnung. Und hinter der Theke mit meinen Füßen? Das lange Stehen war gar nicht gut für mich. Ich habe nur nie etwas gesagt.«

Aber Käthe war schon eingeschlafen.

Der nächste Morgen war ein Samstag. Nachdem sie mit Marie tagsüber das Vieh und den Haushalt versorgt hatte, saßen die Schwestern am Nachmittag mit der Mutter bei einer Tasse Malzkaffee.

»Wann reist du ab«, wollte Anna wissen.

»Soll ich nicht noch ein wenig helfen, bis Maries Hand wieder ganz in Ordnung ist?«, wagte Käthe einzuwenden.

»Nichts da, die Hand ist so gut wie heil, und bei der Wäsche kann Johanna helfen, sie ist alt genug«, barsch wies Anna Käthe zurecht, »am besten fährst du am Montag.« Damit war der Fall für sie erledigt. Käthe senkte den Kopf. Die Mutter hatte das letzte Wort. Damit erhob sie sich, nahm ein Umschlagtuch um und ging hinaus.

»Wohin?«, wollte Anna noch wissen, bevor ihre Tochter die Tür hinter sich zuschlug.

»Ich will nochmal in die Kirche, bevor ich abreise«, war die kurze Antwort, ehe sie sich auf den Weg ins Dorf hinunter machte. Käthe litt immer noch unter ihrem schlechten Gewissen und glaubte sich schuldig am Tod des Vaters. Maries Bemerkung, besser nicht zum Dorfpfarrer zu gehen, hatte sie gar nicht richtig verstanden. Der Pfarrer, so glaubte sie, würde ihr einen Rat geben können. Wie jeden Samstag, saß er in seinem engen Beichtstuhl und wartete auf seine sündigen Pfarrkinder. Er kannte sie alle und hätte schon ohne ihr Bekenntnis ihre Sündenregister aufzählen können. Käthe betrat die Kirche, tunkte ihre Finger in das Weihwasserbecken und bekreuzigte sich. Nach einem tiefen Kniefall schaute sie zum Beichtstuhl hin, wo schon einige Dorfbewohner warteten. Sie nahm in einer der harten Kirchenbänke Platz und begann zu beten. Sie bat Gott um Verzeihung für ihre Lüge, die sich dann doch als Wahrheit, als grausame Wirklichkeit entpuppt hatte. Nicht weit von ihr stand eine Marienfigur auf einem kleinen blumengeschmückten Altar. Davor brannten viele Kerzen. Die Marienverehrung in ihrem Heimatdorf war groß. Sie betrachtete die Statue, die unverwandt und unbeteiligt in den Kirchenraum starrte. »Oh liebe Muttergottes«, bat sie aus tiefster Seele, »hilf mir in meiner Not.«

Der Letzte hatte den Beichtstuhl verlassen. Nun war sie an der Reihe. Klopfenden Herzens kniete sie sich zur vergitterten Öffnung in der Trennwand nieder und bekreuzigte sich »Im Namen des Vaters und des Sohnes und des Heiligen Geistes. Amen.« Dann schwieg sie, ratlos, wusste nicht, wie sie beginnen sollte.

»Nun, meine Tochter?«, mit salbungsvoller, eher schon ölig zu bezeichnender Stimme forderte der Priester Käthe auf, zu beginnen. Eine leichte Ungeduld war zu spüren. Er sehnte sich, seinen engen Käfig verlassen zu können, wusste, dass seine Haushälterin Waffeln gebacken hatte, die er nach seinem Dienst zu mehreren Tassen echten Bohnenkaffees verzehren wollte. Käthe hatte er natürlich gleich an ihrer Stimme erkannt. »Ja, so«, flüsterte sie befangen, unsicher, »ich weiß nicht, ob es eine Sünde ist, was ich getan habe ...« Sie schwieg wieder, ratlos, schickte sich an, aufzustehen, um den Beichtstuhl zu verlassen.

»Nein, bleib hier«, die schmalzige Stimme fiel abrupt in einen harten, strengen Ton. »Gehen wir doch mal die Gebote durch, dann finden wir schon, wo es fehlt.« Eindringlich fragte er sie ab, ob sie stets den Sonntagsgottesdienst besucht habe, ihren Arbeitgeber nicht betrogen oder bestohlen habe. Als er zum sechsten Gebot kam, fragte er sehr ausführlich nach ihrem Sexualleben. »Hast du einen Freund gehabt dort in der Stadt? Nein? Bist du ganz sicher, dass du dir nichts in der Hinsicht vorzuwerfen hast? Aber auch allein im stillen Kämmerlein kann man sündigen. ... Nein, wirklich nicht? ... Na, gut.« Als sie wieder zu Wort kam, berichtete sie in knappen Worten von Alfreds Übergriff. »Du hast ihn gewiss durch dein Äußeres gelockt, ihm schöne Augen gemacht, nicht?«, gleich zeigte er Verständnis für den armen verführten Mann und gab ihr die Schuld an dem Vorfall. »Berichte, wie es sich zugetragen hat, frank und frei und lasse nichts aus ...«

Zorn stieg in Käthe auf. Sie starrte durch das Gitter, versuchte, die Gesichtszüge des Priesters zu erkennen. Typisch, dachte sie, er ist ja auch ein Mann.

»Nun, ich warte …«, begann der Priester wieder. Da fiel ihm Käthe ins Wort: »Ich habe ihn nicht verlockt oder gereizt, oder was immer Ihr auch meint.« Sie war so aufgewühlt, dass sie zu flüstern vergaß und ihre Stimme erhob. Doch rasch beruhigte sie sich wieder, als ihr einfiel, dass draußen vielleicht wieder Menschen im Hintergrund warteten, die alles mithören würden. Murmelnd berichtete sie ihm von ihrer Lüge der Hausfrau gegenüber, der sie gesagt habe, dass sie fortmüsse des kranken Vaters wegen. Und just im gleichen Moment habe der Brief der Mutter sie erreicht mit der Mitteilung, der Vater liege im Sterben. »Aber ich konnte doch nicht mehr in dem Haus bleiben, weil ich Angst hatte, dass der Mann mich wieder überfallen könnte.«

Der Geistliche schwieg. Käthe wurde ungeduldig, sie spürte, dass ihr Gegenüber ihr immer noch nicht wohlgesonnen war. Und richtig, er kam noch einmal auf die versuchte Vergewaltigung durch Alfred Neumann zurück. »Berichte mir zunächst in allen Einzelheiten wie es sich zugetragen hat. Dann kann ich mir ein Urteil bilden«, forderte er sie auf. Sie schwieg. »Wenn du es mir nicht sagst, kann ich dich nicht lossprechen.« Das kam einer Drohung gleich. Sie bekam Angst. »Sprich!« Das war ein Befehl. Sie nahm sich zusammen und versuchte, so gut wie es ihr eben möglich war, zu schildern, wie es zu der versuchten Vergewaltigung gekommen war, und welche Handlungen Alfred an ihr vorgenommen hatte. Immer wieder fragte der Priester nach, wollte es genau und immer noch genauer wissen. Schließlich gab er sich zufrieden. »Ich will dir glauben«, kam es schließlich fast zögernd von seinen Lippen. »Du hast dich keiner Sünde im sechsten Gebot schuldig gemacht.« Er schwieg. Nach einer Weile fuhr er fort: »Du bist nicht schuld am Tod deines Vaters. Das war ein Zufall, wie es sie im Leben oft gibt. Aber du hast gelogen. Ganz bewusst hast du deine Arbeitgeber belogen. Bereust du diese Sünde?«

Empört und zornig wollte Käthe widersprechen. »Es war eine Notlüge«, wollte sie rufen, »wie hättet Ihr Euch verhalten ...« Dann fiel ihr ein, wie unsinnig dieser Gedanke war. Ein Pfarrer würde niemals lügen oder in irgendeiner Weise sündigen. Dann wäre er ja kein Priester mehr. Ihr war bewusst, dass sie mit ihm wohl kaum diskutieren könnte. Er würde in jedem Fall recht behalten. Also senkte sie den Kopf und bejahte leise seine Frage. Schweigend nahm sie seine Belehrung und Ermahnung entgegen, ebenso wie die Buße, die er ihr auferlegte. Nach der Absolution nahm sie wieder in einer Kirchenbank Platz und verrichtete die ihr auferlegten Gebete. Sie war nicht zufrieden, nicht mit sich und noch weniger mit dem Pfarrer. Früher hatte sie sich nach der Beichte jedes Mal einem ruhigen und versöhnten Gefühl überlassen können. Nun aber verließ sie enttäuscht, unzufrieden und missgestimmt die Kirche.

Abends bei der Stallarbeit, die sie zusammen mit Marie besorgte, wobei sie das Melken übernahm, war sie still und bedrückt. »Was ist los, Käthchen«, Marie wollte ihr den Arm um die Schultern legen, doch Käthe wehrte ab. »Lass nur, ist schon gut.«

»Aber du hast doch was?«, Marie nahm den Milcheimer auf und brachte ihn ins Haus. Als sie mit einem neuen, sauberen Eimer zurückkehrte, sah sie, wie Käthe beide Hände vors Gesicht hielt und weinte. »Dieser Pfarrer, dieser ...«, klang es gedämpft zwischen ihren Fingern. »Warst du bei unserem Pastor?«, vorsichtig löste Marie Käthe die Hände vom Gesicht. »Er hat mich so ausgefragt, einfach schrecklich war es. Er wollte alles ganz genau wissen. Es fragte so peinliche, so indiskrete Dinge. Das alles geht ihn doch gar nichts an. Er wollte mir zuerst sogar die Schuld an allem geben. Dann fragte er nach Einzelheiten ...«, gleich einem Wasserfall stürzten ihr die Worte aus dem Mund.

»Ich weiß ...«, tröstend strich Marie Käthe übers Haar. Zärtlichkeit zwischen den Schwestern war sonst nicht üblich, aber dies war eine besondere Situation. »Du weißt gar nichts ...«, begehrte Käthe auf. »Doch, ich weiß …«, beharrte Marie, »deshalb hatte ich dir gesagt, du solltest nicht zu ihm gehen. Mich fragte er früher bei jeder Beichte nach Dingen, die ich im Leben nicht tun würde. Ich gehe nicht mehr zu ihm, nie mehr. Ein brünstiger Eber ist er, nichts weiter …«

Am anderen Tag packte Käthe ihre Habseligkeiten zusammen und machte einige Abschiedsbesuche. Abends saß die Familie nach der täglichen Arbeit noch eine halbe Stunde beisammen. Anna gab ihrer Tochter eine Menge guter Ratschläge. »Und benimm dich gut. Nicht, dass deine Arbeitgeber Grund zur Klage haben. Achte auf dich.« Und so ging es noch eine Zeitlang weiter, bis Käthe es leid war und, sich mit Müdigkeit entschuldigend, früher als sonst zu Bett ging.

Schweren Herzens fuhr sie wieder nach Köln. Erleichtert wurde sie von Luise Neumann begrüßt. »Bin froh, dass du wieder hier bist. Wir sind gar nicht gut zurechtgekommen ohne dich.« Und gleich hatte sie eine Menge Aufträge für sie. Alfred ignorierte sie weitgehend, was sie beruhigte. Ab und zu ließ er eine witzig gemeinte, aber eher flegelhafte Äußerung gegen sie los, die sie aber geflissentlich überhörte. So vergingen einige Wochen, in der sich Käthe unbehelligt ihren Aufgaben widmen konnte. Den Kontakt zu Adele und Barbara nahm sie wieder auf. Nur ab und zu, wenn ihr Alfred in seiner blutigen Metzgerjacke im Gang oder auf der Treppe begegnete, kamen Abscheu und Ekel von damals wieder hoch. Der Wunsch, auf der Stelle das Haus zu verlassen und sich eine neue Stellung zu suchen, ließ sich doch nicht so einfach verwirklichen, wie sie gedacht hatte. Ihre Freundinnen redeten ihr gut zu, zu bleiben, weil im Dorf keine Stellen mehr frei seien, und die Stadt sei doch ein »gefährliches Pflaster«, wo man leicht unter die Räder kommen könne.

An einem dunklen Abend klopfte es ans Fenster, als Käthe noch allein in der Küche aufräumte. Sie schaute hinaus und erblickte eine junge Frau, die ihr zuwinkte. Leise schlüpfte sie zur Tür hinaus und lief hinter das Haus. Selbst in der Dunkelheit, die nur durch das Licht der Küche erhellt wurde, konnte Käthe sehen, dass die Frau ein auffälliges Kostüm trug und ein grell geschminktes Gesicht hatte. »Marie ist wieder zu Hause, ich bin ihre Schwester«, gab sie zur Antwort auf die Frage nach Marie. »Ich bin Marie noch etwas schuldig«, damit drückte sie Käthe einen verschlossenen, grauen Briefumschlag in die Hand. »Ich kann mich doch darauf verlassen, dass Sie ihn ihr geben?« Käthe versprach es. »Was soll ich ihr denn sagen, vom wem der Umschlag kommt?«

»Von Hilde«, entgegnete die junge Frau, »das bin ich. Und bestellen Sie ihr schöne Grüße. Sagen Sie ihr, es hätte alles nichts genutzt, und ich wäre jetzt da, wo ich nie hingewollt habe.« Damit drehte sie sich um und lief ums Haus auf die Straße zurück. »Moment noch«, Käthe lief ihr hinterher und sah noch, dass Hilde einige Meter weiter auf der Beifahrerseite in ein schwarzes Auto stieg und davonfuhr.

So verging ein weiteres Jahr und wieder begann ein neues. Inzwischen war sie ab und zu nach Hause gefahren, um ihre Familie zu besuchen. Dort hatte sie auch den Umschlag Marie übergeben, die heftig geweint hatte, als sie ihn öffnete und hundert Mark darin fand. »Die arme Hilde«, schluchzte sie, »jetzt ist sie ganz verloren und verdammt.«

Johanna hatte auf Drängen der Mutter eine Stelle in Paderborn angenommen. Marie berichtete ihr, dass die Mutter ihrem Bruder, der dort im Umland einen Pachthof bewirtschaftete, versprochen habe, ihm Johanna zu schicken, die dort helfen sollte. Seine Schwiegertochter war mit dem dritten Kind schwanger und brauchte Unterstützung. Die Schwester sei nicht gern von zu Hause fortgegangen, aber die Mutter habe sich nicht umstimmen lassen.

Im Februar 1938 wollte Käthe mit ihren Freundinnen Karneval feiern. »Wir nehmen uns frei und fahren zum Rosenmontagszug«, beschlossen die drei jungen Frauen. Man hatte gehört, im Gürzenich sei die Proklamation des Kölner Dreigestirns erstmals mit einer Frau als »Jungfrau« erfolgt. Der Festausschuss und die Deutsche Arbeitsfront hatten dies beschlossen. Im vergangenen Jahr waren auch die Funkenmariechen, die bislang auch durch Männer verkörpert worden waren, »weiblich« geworden. Die Nazis hatten Karneval beinahe zum nationalen Ereignis gemacht.

Käthe, Adele und Barbara schafften es auch richtig, gemeinsam einen ganzen Sonntag frei zu bekommen und wollten sich früh auf den Weg machen. Käthe hatte sich schon fein gemacht und eine bunte Schleife ins Haar gesteckt. Nach dem Essen und Spülen räumte sie das Geschirr in die Schränke ein, putzte sorgfältig den Küchentisch ab und säuberte die Spülschüsseln, da rauschte Luise Neumann aufgeregt in die Küche. »Käthe, du musst heute hier bleiben«, ordnete sie an, »Agathe ist krank geworden und liegt im Bett.« Käthe wandte sich erschrocken um. »Aber ich treffe mich doch gleich mit …«

»Das geht nicht, auf gar keinen Fall«, vor Ärger stieg Luise die Röte vom Hals her hoch bis in die Schläfen. Käthe kannte die Symptome. Da würde ihr alles Flehen nicht helfen. »Du kannst abends zum Tanz gehen. Vielleicht geht deine Freundin mit«, war die einzige Konzession, die Luise machte. Käthe schickte sich drein, lief nach draußen, wo Adele auf sie wartete. Wütend stampfte ihre Freundin, die unter ihrem Mantel ein Charleston Kostüm trug, mit dem Fuß auf. »Immer dieser Ärger mit der doofen Luise«, wetterte sie, »dann gehe ich allein mit Barbara. Vielleicht sind wir abends wieder zurück. Später holen wir dich zum Tanzen ab.«

Käthe schloss die Tür und kehrte ins Haus zurück. Sie würde am Nachmittag eine große Damengesellschaft, die Luise zum Kaffee eingeladen hatte, bedienen müssen, dann das Geschirr spülen und vielleicht, wenn sie Glück hatte, um acht Uhr fertig sein. Seufzend zog sie sich um und begann mit ihrer Arbeit.

Abends gegen halb neun war dann die Arbeit getan. Käthe hatte sich wieder umgezogen und schick gemacht, soweit es ihr mit ihren armseligen Mitteln möglich war. Plötzlich klopfte es an ihre Tür. »Wir gehen gleich zu Freunden zum Feiern«, verkündete Luise, »die Oma passt auf die Kinder auf. Du kannst also zum Ball in den Saal gehen. Hier ...«, damit zeigte sie auf ein Bündel, das sie über dem Arm trug, »das kannst du gern anziehen. Ein Kostüm, das ich vor Jahren getragen habe. Es passt dir vielleicht ...«, sprach's und verschwand durch die Tür. Das Bündel ließ sie auf Käthes Bett liegen. Auf diese Weise zeigte sie ihre Dankbarkeit für Käthes Einsatz. Käthe nahm es und zog es auseinander. Es entpuppte sich als langes, hellblaues Kleid mit weiten Ärmeln, gleich dem Gewand eines Burgfräuleins. Käthe strahlte vor Freude und probierte es gleich an. Es passte genau. Wenn jetzt noch Adele käme ... Und, als wollte das Schicksal etwas wieder gutmachen, ging im gleichen Moment die Türschelle. »Siehst du aber hübsch aus«, lobte die Freundin sie. Adele hatte schon ein paar Likörchen intus und strahlte über das ganze Gesicht. »Komm schnell, die andern sind schon im Saal.« Rasch war man unterwegs und schon bald hörten sie schon die fröhlichen Klänge der Tanzmusik. Unbeschwert gab sich Käthe der guten Laune hin. Sie hatte schon viel vom Kölner Karneval gehört und wollte einmal mittun und fröhlich sein. An einem langen Tisch hatten Adele und Barbara einen Platz für sie reserviert. Wie aus dem Nichts stand unvermittelt ein Glas mit gelber Brause vor Käthe, von der sie vorsichtig trank. Es prickelte und schmeckte süß. Das gefiel ihr. Wegen des Musik- und Stimmenpegels im Saal war eine Unterhaltung kaum möglich. Da stand auf einmal ein junger Mann vor ihr. Mittelgroß, schlank, dunkelhaarig, glattrasiert und mit einem freundlichen Gesicht. Er lächelte sie an und nickte ihr aufmunternd zu. »Wollen wir tanzen?« Schüchtern stand sie auf und nahm seinen Arm, an dem er sie zur Tanzfläche führte. Sie hatte von ihren älteren Schwestern ein paar Tanzschritte gelernt und ließ sich bereitwillig von ihm führen. Man spielte Walzer, Swing und Foxtrott. Die langsamen Tänze mochte Käthe lieber, dabei fühlte sie sich sicherer. Als die Kapelle einen Charleston intonierte, führte der junge Mann sie an ihren Tisch zurück. Sie hatten kein Wort gewechselt, sich aber tief in die Augen geblickt. Und was sie da entdeckten, gefiel beiden sehr gut.

Als die Karnevalstage schon vorbei waren, klopfte es eines Abends, sie war noch mit Spülen und Aufräumen beschäftigt, ans Küchenfenster der dem Kirchplatz zugewandten Seite des Hauses. Käthe öffnete es um einen Spalt und schaute hinaus. Draußen stand der junge Mann mit einer Papierblume, die noch von Karneval stammen mochte, in der Hand. »Hast du Zeit für einen kleinen Spaziergang? Nur bis zum Rheinufer?« Bittend hob er die Blüte zu ihr empor. Sie lächelte sanft und nickte. Mit diesem Ereignis begann eine grundlegende Wende in Käthes Leben.

Sie tat immer noch gewissenhaft ihre Arbeit, freute sich aber auf die Abende, wenn Paul – so hieß der junge Mann – ans Küchenfenster klopfte und sie zu einem Spaziergang abholte. Nach einiger Zeit beschloss er, sie seinen Eltern vorzustellen. Sein Vater hatte vor zehn Jahren ein kleines Doppelhaus außerhalb des Ortes gebaut, in das auch seine Schwester mit ihrem Mann eingezogen war. Dorthin führte er Käthe an einem Sonntagnachmittag am Rheinufer vorbei den Weg an der kleinen Bootswerft hoch und weiter entlang zu seinem Elternhaus. Seine Eltern nahmen sie freundlich auf, der Vater herzlicher als die Mutter, die das Mädchen vom Lande sehr skeptisch betrachtete. Aber letztlich ging doch alles gut. Nach einem Sommerfest seines Fußballvereins – Paul war Vereinsmitglied und ein guter Stürmer – hatte Käthe leichtsinnigerweise ein Gläschen Bowle zu viel genossen, da geschah auf einer Bank am Ufer des Rheins das, was eigentlich schon überfällig war. Und zwei Monate später gestand sie ihm ein wenig verschämt, aber voller Sorge, dass sie wohl schwanger sei. Seine Mutter war nicht begeistert, sie hätte sich für ihren Jüngsten eine bessere Partie gewünscht als ein Mädchen vom Land. Der Vater schwieg und nahm seine zukünftige Schwiegertochter tröstend in den Arm. Am schlimmsten aber war es für Käthe, den fälligen Brief nach Haus zu schreiben. Und richtig, Anna war außer sich vor Zorn. Dass ihre Tochter sich so weit hatte gehen lassen, hätte sie nie von ihr gedacht. Keines ihrer Kinder habe sie so enttäuscht. Dabei vergaß sie völlig, dass auch ihre Älteste seinerzeit hatte ziemlich eilig heiraten müssen. Sie beorderte Käthe sofort nach Hause, um ihr persönlich zu sagen, was sie von ihrem Verhalten hielt. Aber Käthe weigerte sich. Sie teilte ihrer Mutter mit, dass sie in Köln bleiben würde. Sie nannte ihr den Termin der standesamtlichen Trauung und schrieb, man würde sich einige Zeit später in der hiesigen Kirche trauen lassen, in aller Stille und ohne große Feier. Die Familie sei aber herzlich eingeladen, den neuen Schwiegersohn und dessen Familie kennenzulernen. Die Mutter weigerte sich, zu kommen, und so fand die standesamtliche Trauung ohne Käthes Familie im Juli 1939 statt. Am 1. September 1939 begann der Überfall auf Polen. Am gleichen Tag begann in Großbritannien die Mobilmachung, einen Tag später in Frankreich, am 3. September, übergaben die Botschafter der beiden Länder ihre Kriegserklärungen an Deutschland. Der Zweite Weltkrieg hatte begonnen. Im gleichen Monat wurden Paul und Käthe in der Kirche getraut. Zur kirchlichen Trauung sandte Anna ihre Tochter Marie nach Köln mit einem Korb voll Naturaliengeschenken in Form von Butter, Eiern und Speck samt einem etwas freundlicheren Glückwunschbrief, dem ein Geldschein beigelegt war. Käthe hörte nach der Hochzeit mit Arbeiten auf und zog zu Paul ins Haus der Eltern, die ihnen eine Schlafkammer überließen. Der erste Sohn, Klaus, wurde im Januar 1940 geboren. Sein Vater war noch ein Jahr zu Hause und konnte für seine Familie sorgen. Mit der zweiten Schwangerschaft hatte das Ehepaar eigentlich noch warten wollen, aber dann war es halt wieder passiert. Probate Mittel der Empfängnisverhütung gab es nicht viele. Außerdem hatte die katholische Kirche sie verboten, und Käthe hätte aus Angst vor der ewigen Verdammnis niemals gewagt, etwas gegen die Gesetze der Natur zu unternehmen. Im Januar 1941, einige Tage nach der Geburt der Tochter Karin, erfolgte Pauls Einberufung zur Wehrmacht. »Ich komme bald zurück«, versprach er seiner jungen Frau. Aber er würde in Wahrheit auf Jahre hinaus nur während der sehr knappen Urlaube seine Familie sehen. Als das Haus in Köln Anfang 1942 durch einen Bombenangriff unbewohnbar wurde, zog Käthe mit Klaus und Karin wieder auf den elterlichen Hof in die Eifel, während ihre Schwiegereltern nach Thüringen evakuiert wurden.

Kapitel Vier
Mariechen und ihr Garten

Inzwischen hatte Hitler den Bauernstand zum wichtigsten aller Stände erklärt. Mit einer Vorratshaltung von Fleisch und anderen Lebensmitteln sollte die Versorgung der Bevölkerung gesichert werden, denn Hitler hatte weitgestreckte Kriegsziele, von denen kaum jemand wusste. Eine ständische Organisation, der »Reichsnährstand«, war gegründet worden, in die jeder Bauer Beiträge zu zahlen hatte. Förderprogramme dienten der Urbarmachung von Ödlandflächen, Sanierung der Ställe, Bau von Jauchekellern und so weiter. Die ersten Weidegenossenschaften wurden gegründet. Ein »Reichserbhofgesetz« war schon 1933 beschlossen worden, um der Zersplitterung der Betriebe im Erbgang zuvorzukommen. Viele Höfe hatten sich zuvor durch diese Erbgänge verschulden müssen.

Mariechens Leben auf dem heimatlichen Hof verlief seit ihrem Kölner Intermezzo wieder arbeitsreich und eintönig, nur unterbrochen von den Sonn- und Feiertagen, an denen es – je nach Jahreszeit – ein wenig Kurzweil gab. Zusammen mit ihrer Mutter versorgte sie ihre drei noch im Haus lebenden Brüder. Damals war es undenkbar, dass sich Männer im Haushalt nützlich machten. Das war allein die Aufgabe der Frauen.

Mariechens Leben in ihrem Dorf war schwer, zu schwer, würde man heute denken. Haus- und Landwirtschaft waren damals Knochenarbeit und verlangten von allen Dorfleuten oft übermenschlichen Einsatz. Mit ihren noch nicht mal dreißig Jahren sah Marie älter aus, als sie nach Jahren zählte. Das galt aber für alle Frauen des Dorfes, mit Ausnahme vielleicht der Lehrersfrau und Trudi, die den Laden und die Gaststätte des Dorfes führte. Eine weitere Gaststätte wurde von Gisela betrieben, aber dort ließen die Frauen ihre Männer ungern hingehen. Sie wussten, warum. Gisela benutzte sogar einen Lippenstift und trug ihr Haar halblang und offen in reizvollen Wellen. Ihre Hemden, die sie absichtlich und für jeden sichtbar zum Trocknen auf die Leine hängte, waren kurz und rosa, und ihre Schlüpfer hatten breite Spitzen am Bein. Was man daraus schließen konnte, bedurfte keiner langen Überlegung, sondern war an zehn Fingern leicht auszurechnen.

Man war von frühmorgens bis spätabends auf den Beinen. Maries Arbeit begann schon vor dem Frühstück im Stall und endete fast immer erst spätabends zum Beispiel mit dem Ansetzen des Brotteigs oder dem Einweichen der Wäsche. Freizeit kannte sie kaum, Bücher las sie nicht, weil es außer der Bibel, den Gebetbüchern, landwirtschaftlichen Werken und einem Kräuterbuch, von dem noch die Rede sein wird, keine im Haus gab. Wenn eine ihrer Freundinnen den Namenstag feierte, wurde zum Kaffee eingeladen, die hohen kirchlichen Feiertage wie Weihnachten, Ostern, Fronleichnam oder Allerheiligen wurden feierlich begangen, im Marienmonat Mai blühte das Leben in der Natur. Blumengeschmückte Marienaltärchen zierten Haus und Stube.

Zu ihren Pflichten gehörte auch das Bestellen des Gartens, der sich hinter ihrem Haus befand. Das war aber eine Aufgabe, die ihr nicht sauer wurde. Mariechen liebte den Garten über alles. Er war recht groß und von einem Staketenzaun umschlossen. Hinein kam man durch ein kleines Tor, dass durch eine Drahtschlinge, die man über den Zaunpfahl hängte, verschlossen wurde. Ringsherum lief ein Weg, wandte man sich aber gleich nach rechts, gelangte man zu einem Gartenhäuschen, in dem Bienenkörbe, aber auch allerlei Gerät untergebracht waren. Dieses Häuschen barg eine schöne Erinnerung. Großvater und Vater hatte nebenher Bienenzucht betrieben. Karl führte die Arbeit mit den Honiglieferanten fort.

Marie wusste genau, was im Haus gebraucht wurde und bestimmte in Abstimmung mit Anna die Menge dessen, was angepflanzt werden sollte. Erbsen, Möhren, grüne Bohnen, dicke Bohnen, Stangenbohnen hatten ihren Platz. Gurken und Salatsorten gediehen je nach Jahreszeit und wurden zu den

Mittagsmahlzeiten oder zu Bratkartoffeln am Abend gereicht. Petersilie, Dill, Schnittlauch, Radieschen wurden auch immer nachgesät. Zwiebeln wurden ständig gebraucht zum Würzen und vor allem, wenn man geschlachtet hatte. Man hängte sie zum Trocknen auf oder lagerte sie in Kisten, sie reichten bis es neue im Garten gab. Für die verschiedenen Salatsorten brauchte man auch Schalotten. Wurzeln, Blumenkohl, Kohlrabi, Wirsingkohl, Rot- und Weißkohl, Rote Bete, Sellerie, Porree, Suppengemüse aller Arten, nichts durfte für die Versorgung in den Sommermonaten und für das Haltbarmachen im Winter fehlen. Mariechen hatte einen grünen Daumen, und alles wuchs und gedieh, wenn das Wetter mitspielte, meist zu ihrer Zufriedenheit. Aber die größte Freude machten ihr doch die Blumen.

Ganz von allein erschienen im Frühjahr die Schneeglöckchen, Krokusse und später die duftenden weißen Narzissen. Daneben lockte die Sonne die Tulpen aus der Erde. Für Rosen und andere Sommerblumen sorgte Mariechen mit Liebe. Blumen zum Schneiden gediehen teilweise zwischen den Gemüsereihen. Astern und Malven wurden gesät. Mariechen pflanzte Dahlien, Schwertlilien und Gladiolen, deren Knollen im Keller überwinterten. Büsche von Forsythien, weißem Schneeball, Syringen (Flieder) und anderen alten Sorten standen neben Pfingstrosen, Lupinen, Margeriten und tränenden Herzen. Sie verstand es, die Hortensien gut über den Winter und wieder zum Blühen zu bringen. Da Mariechen auch noch für die Pflege der Familiengräber auf dem Friedhof zuständig war, setzte sie ihren Ehrgeiz darein, möglichst viele Schnittblumen für den nötigen Blumenschmuck der Gräber zu haben. Wohl auch deshalb mochte sie die Astern besonders, denn sie hielten sich lange in den Grabvasen. Ach ja, auch die Strohblumen waren eine Besonderheit in ihrem Gartens. Diese waren neben den Astern ihre Lieblinge.

Mariechen kannte nichts Schöneres, als an Sommerabenden, wenn alle Arbeit getan war, zusammen mit ihrer Mutter im Garten auf der Bank zu sitzen, und ihr Werk zu betrachten. Denn sie betrachtete es als ihren Verdienst, all das Knospende und all das Nützliche, was ihre Hände und Gottes Segen hervorgebracht hatten. Gern ließ sie ihren Blick schweifen über all das Schöne, und sie war mit Recht stolz darauf.

Am Ende war es ein gutes Jahr gewesen, zumindest, was das Wetter und die Ernte anging. Nur nicht für sie, denn nachdem Heu und Getreide, Kartoffeln und Gemüse eingebracht worden waren, litt sie unter heftigen körperlichen Beschwerden, die nicht allein durch ihre kranken Füße hervorgebracht wurden. Bei der Heuernte hatten sie begonnen. Durch eine unbedachte Bewegung beim Heuwenden hatte sie sich verrenkt. Selbst der sogenannte »Knochenflicker« (das waren Menschen, die sich in der Anatomie auskannten und Knochen einrenken konnten, manchmal auch Krankheiten durch »Besprechen« zu heilen versuchten), den man in solchen Fällen aufsuchte, weil die Landwirte damals noch keine Krankenversicherung hatten, wusste keinen Rat mehr. Es musste sich wohl etwas entzündet haben. Mariechen ertrug die Pein bald nicht mehr. Mit heftigen Schmerzen stand sie auf, mit Schmerzen ging sie zu Bett und wusste nicht, wie sie liegen sollte. Als sie meinte, dass es nun gar nicht mehr ginge, besann sie sich auf das alte Buch der Hausmittel, das sich im Haus befand. Dort las sie, von der schmerzstillenden Wirkung von Arnika, Rosmarin, Brennnesseln und Lavendel. Als sie schließlich ihren schmerzenden Rücken mit Umschlägen aus Lavendeltee behandelt hatte, wurden ihre Beschwerden besser.

Kapitel Fünf
Geliebter Feind

Die politischen Aktivitäten ihres Bruders Heinrich bekümmerten Marie allerdings sehr und störten ihr Wohlbefinden. Unzufrieden mit seinem Dasein und stets auf der Suche nach neuen Chancen, der harten Arbeit ohne rechte Entlohnung zu entfliehen, hatte er sich schon früh den Nationalsozialisten zugewandt, von denen er sich Besserung der sozialen Umstände in Deutschland und natürlich auch in seiner Region versprach. Als er einige politische Versammlungen besucht hatte, war er zur Überzeugung gelangt, dass nur die neue Regierung unter Hitler Frieden und Wohlstand bringen könne. Die Versprechungen der Partei hinsichtlich des »Neuwerdens« Deutschlands sog er ein wie ein Schwamm und gab die Parolen begeistert weiter. Bei seiner Mutter und den Geschwistern traf er dabei auf taube Ohren, was ihn sehr ärgerte. Seine Freizeit verbrachte er ausschließlich bei seinen Parteifreunden, von denen es im Dorf auch einige gab. Die Reichstagswahl 1936, bei der die NSDAP 92,5% der Stimmen erhalten hatte, bestärkten ihn noch mehr in seiner Überzeugung, das Richtige zu tun. Als der Krieg begann, hatte er es längst verstanden, sich beim neuen Bürgermeister durch Spitzeldienste beliebt und unentbehrlich zu machen (der alte war kurzerhand abgesetzt worden, da er sich geweigert hatte, der Partei beizutreten), so dass er zum Kriegsdienst nicht eingezogen wurde.

Auch der lange Adam mit seinen krummen Beinen war freigestellt. Er war Waldarbeiter geworden und hatte sich in Friedenszeiten ganz schön etwas dazuverdient. Aber Maries Brüder Karl, Hermann und Martin waren fort, um »für Volk und Vaterland zu kämpfen«, wie es die diktatorische Regierung unter Hitler befohlen hatte. Gern waren sie nicht ins Feld gegangen, die jungen Männer aus dem Eifeldorf. Karl stand in Frankreich, Martin und Hermann kämpften in Russland. Von ihnen hatte man lange nichts gehört.

Der Krieg dauerte nun schon über drei Jahre und seit Langem halfen französische Kriegsgefangene im Dorf auf den Höfen, wo Väter und Söhne eingezogen worden waren. So war es auch auf dem Heintzenhof.

Dort war Robert, der französische Kriegsgefangene, der seit 1941 dem Hof zur Arbeit zugewiesen war, damit beschäftigt, auszumisten. Groß, schlank, mit regelmäßigen Gesichtszügen und dichtem, dunklen Haar, hätte er der Schwarm aller Evastöchter des Dorfes sein können, wenn, ja, wenn er nicht ein Kriegsgefangener gewesen wäre, dem der Umgang mit den Dorfbewohnern streng verboten war. Stumm griff Marie nach einer Mistgabel und half bei der Arbeit. Dann holten sie zusammen Heu vom Heuboden in der Scheune. »Attention«, rief Robert und warf ein Bündel Heu hinunter, das haarscharf an Maries Kopf vorbei fiel und sie noch streifte. Darüber mussten sie beide lachen. Dann fütterten sie die Kühe, die in einer Reihe mit Ketten um den Hals angebunden dastanden.

»Morjen«, brummte Adam, als er den Kopf zur Stalltür hineinsteckte. Am Abend vorher hatte er insgeheim und ausgiebig dem Selbstgebrannten zugesprochen. Der war ihm nicht gut bekommen und deswegen war er denkbar schlecht gelaunt. Er hatte beide lachen gehört, was seine Stimmung durchaus nicht verbesserte. Gerade war er damit beschäftigt, sein Werkzeug zusammenzutragen, um in den Wald zu fahren. Mariechen blickte demonstrativ an ihm vorbei; sie sah an seinem Gesicht, was los war. Sie mochte es nicht, wenn er trank. Und den Selbstgebrannten hätte man für noch schlechtere Zeiten bewahren können.

Heinrich war abends nicht nach Hause gekommen. Er hatte bei seiner Liebsten, die im Nachbardorf bei ihrer Großmutter wohnte, übernachtet. Anna war ihm sehr böse, denn das gehörte sich nicht und war ohnehin eine Todsünde. Und dass die Großmutter dieser leichtfertigen Person, dieser Erna, das duldete, verstand sie ganz und gar nicht.

»Du hast wieder vom Selbstgebrannten getrunken«, warf Marie Adam verächtlich hin.

»Das geht dich gar nichts an. Mach, dass du deine Arbeit tust«, blaffte er zurück. Mit hämischem Blick fügte er noch hinzu: »Und halt dich von dem Franzos' fern!«

Sie konnte nicht verhindern, dass ihr die Zornesröte ins Gesicht stieg. Sie trat dicht an ihn heran: »Was fällt dir ein? Was willst du mir vorwerfen? Ich brauche mich nicht vor dir zu rechtfertigen, du, du …«, es verschlug ihr die Rede; sie griff nach dem Melkeimer und ging durch den Stallgang zurück, um mit dem Melken zu beginnen.

Gleich vielen anderen Menschen wünschte Marie sehnlichst, dass der Krieg bald enden sollte. Unter der Hand spottete man im Dorf über den »Hippeler«, wie man Hitler heimlich titulierte. Was natürlich niemand von den Dorfspitzeln hören durfte.

Robert hatte Marie heimlich zu verstehen gegeben, er sei sicher, seine Kameraden würden bald kommen, ihn zu befreien. Seine Hoffnung gründete sich auf dem Desaster von Stalingrad, von dem er durch andere Gefangene, mit denen er abends zusammenkam, erfahren hatte. Inzwischen war die vernichtende Niederlage von Stalingrad überall in Deutschland bekannt geworden. An die Stelle von Siegesmeldungen traten nun Floskeln über Opfergeist und Mut. Göring hatte sich nicht gescheut, Vergleiche mit der griechischen Geschichte anzustellen: »Kommst du nach Deutschland, so berichte, du habest uns in Stalingrad liegen gesehen, wie das Gesetz, das heißt, das Gesetz der Sicherheit unseres Volkes, es befohlen hat.«

Nachdenklich schaute Marie Robert an und wusste nicht, was sie sich wünschen sollte. Er war ihr Feind, so war es ihr beigebracht worden. Aber was war das eigentlich, ein Feind? Er hatte ihr doch gar nichts getan … wieso musste sie ihn Feind nennen? Nur, weil es andere so befahlen? Robert ging zur Kirche, genau wie sie. Er war katholisch, genau wie sie. Zwar stand er fast versteckt bei der Tür, aber sie sah ihn doch jedes Mal, wenn er zur Kommunionbank ging, als Letzter fast, so als ob er sich nicht getraue. Also war er fromm. Und wer fromm war, konnte doch nicht wirklich böse sein, oder?

Robert nannte sie Marie. Wollte er nett sein, rief er »Mariesch« weil er das »ch« in »Mariechen« nicht hinbekam. Robert war Anfang dreißig, aber so genau wusste Marie es nicht. Ihre Kenntnisse des Französischen waren mehr als gering. Robert war sehr einsam, obwohl es ihm, gleich den anderen Kriegsgefangenen im Dorf, relativ gut ging. Jedenfalls, was Unterbringung und Essen anging. Adam allerdings piesackte ihn hin und wieder. Auch befahl er ihm, ihn ab und zu zum Arbeiten in den Wald zu begleiten. Davor hatte Robert Angst. Vor herabstürzenden Bäumen, vor schlagenden Ästen, so eine Art Kindheitstrauma war das, seitdem er einmal einen Blitz in einen Baum hatte schlagen sehen. Robert war für das Vieh zuständig, für den Stall und je nach Jahreszeit, für die Feldarbeit. Seine Stärke war aber das Handwerkliche. Ein Segen in mageren Kriegszeiten. Er konnte Maschinen reparieren, auch Landmaschinen, sogar mit geringstem Aufwand und probaten Mitteln. Das machte ihn auch für die anderen Höfe interessant. Adam und Heinrich profitierten davon, indem sie ihn für solche Arbeiten ausliehen, das Geld für die Reparaturen aber selbst einsteckten. Robert wurde auf den Höfen, auf denen er arbeitete, mit Essen und manchmal mit einem Stück Speck, von dem Adam nichts erfuhr, zusätzlich entlohnt. Dieses wiederum tauschte Robert im Lager im Nachbarort gegen Zigaretten. Er rauchte gern, und Tabak war in Kriegszeiten eine Mangelware.

Auf dem Heintzenhof baute man im Übrigen selbst heimlich Tabak an, trocknete die Blätter und schnitt sie mit einer kleinen Schneidemaschine zu feinen Streifen. Das war natürlich streng verboten, und Robert bekam auch davon ganz gewiss nichts ab. Auch fürs Schnitzen hatte Robert eine Begabung. Der kleinen Karin hatte er eine Puppe geschnitzt mit einem schönen Gesicht. Das jüngste Kind, Werner, das nach einem Heimaturlaub von Paul hier geboren worden war, hatte eine Rassel von ihm bekommen, obwohl es gerade erst ein paar Monate alt war und noch zu klein und zu schwach, um das hölzerne Ding überhaupt zu halten. Dem fast vierjährigen Klaus schenkte er ein geschnitztes Pferdchen, das dieser hütete wie einen Schatz.

Robert mochte Marie sehr gern. Nicht nur, weil sie ihm oft etwas zusteckte, wenn sie zusammen im Stall arbeiteten. Nicht nur, weil sie ihm bei der Stallarbeit manchmal ein paar Brocken Deutsch beibrachte, und er sich dafür mit französischen Begriffen revanchierte. Sondern, weil er ahnte, nein, wusste, dass sie genauso einsam war wie er, fühlte er sich zu ihr hingezogen. Bei dem Unterricht geriet ihr jedoch manchmal eine Vokabel ihres Eifler Dialekts dazwischen. Darüber konnte es geschehen, dass beide in lautes Lachen ausbrachen, wenn er solch ein Wort absolut nicht über die Lippen bringen konnte.

Eines Tages, als Adam ihn wegen einer Nichtigkeit beschimpft und ihm angedroht hatte, ihn zu melden, traf Marie ihn ziemlich verzweifelt im Stall an, wo er auf ihrem Melkschemel saß und das Gesicht in den Händen verbarg. Da legte sie die Hand tröstend auf seine Schulter. Er schaute zu ihr auf, wandte sich zu ihr um, umfasste ihre Hüften mit beiden Armen und barg den Kopf in ihrer blauen Schürze. Seine Reaktion erschreckte sie zuerst, und dann verunsicherten sie noch mehr die Gefühle, die er in ihr wachgerufen hatte. Sie wünschte, dass er seine Arme nie wieder von ihr lassen würde. Gleich darauf schämte sie sich. »Ist das nicht eine Sünde«, ging es ihr durch den Kopf, und »müsste man das jetzt beichten?« Im kleinen Eifeldorf waren ja alle streng katholisch erzogen, es gab nur Sünde oder Nichtsünde, Ja oder Nein, es gab kein Vielleicht. Trotzdem hatte sie schon manches Mal von ihm geträumt, aber jedes Mal danach sofort ein schlechtes Gewissen bekommen. Gebeichtet hatte sie ihre Empfindungen aber nicht, es schien ihr irgendwie nicht richtig, das dem Pfarrer zu sagen. Sie hätte gar nicht gewusst, wie sie das überhaupt hätte formulieren sollen. Sie fürchtete sich vor ihm und schämte sich. Wenn es um das sechste Gebot ging, war der Pfarrer unerbittlich, diese Erfahrung hatte sie ja schon viel früher machen müssen. Und nicht nur sie kannte das aus eigener Erfahrung, auch ihre Schwestern und andere junge Frauen des Dorfes hatten das gleiche erlebt. Und doch – seit diesem Tag blickten Roberts dunkle Augen sie oft so eindringlich an, dass es ihr ganz anders wurde.

Von ihren sechs Kühen hatten sie zwei abgeben müssen. Eine Schande war es, das musste man schon sagen. Und von den Vieren stand eine Kuh trocken, die Geburt des Kalbes war in den nächsten Tagen zu erwarten. Man wusste ja bald nicht mehr, wovon man leben sollte. Die Mangelwirtschaft wurde ja immer schlimmer. Wenn Marie darüber nachdachte, wurde sie immer aufgebrachter. Sie zog beim Melken so heftig an den Zitzen einer Rotbunten, dass diese ihr als Antwort auf die Malträtierung heftig den Schwanz um die Ohren schlug. Und jetzt noch der Adam mit seinen Gemeinheiten … Jetzt stiegen ihr doch die Tränen in die Augen. Was war das für ein Leben hier auf dem Hof? Wenn der Krieg vorbei wäre, würde sie sich etwas anderes suchen, dessen war sie sich sicher. Es musste doch möglich sein, einen Dienst zu finden, wo sie ihr eigenes Geld verdienen, und es auch behalten konnte, oder nicht? Noch vor sechs Jahren hätte sie es nicht für möglich gehalten, freiwillig ihr Elternhaus auf immer zu verlassen. Wenn ihr Bruder Karl zurückkäme – man hatte lange nichts von ihm gehört – dann würde er seine Verlobte Gertrud heiraten, und sie würden den Hof übernehmen. Das war so ausgemacht. Die zukünftige Schwägerin wäre dann nach der Mutter Hausfrau auf dem Hof. Einfacher würde das Zusammenleben dann auch nicht werden, dessen war sie sich sicher. Und schwerlich könnte sie sich wohl damit abfinden, an letzter Stelle zu stehen. Vielleicht wäre eine Heirat die Lösung? Aber wer würde sie nehmen? Sie war nicht hübsch, klein von Gestalt, ihr Gesicht recht gewöhnlich, ihre Figur nicht der Rede wert. Und dann die Füße … Ihre schrecklichen Füße. Ein Erbteil ihrer Vorfahren, hatte die Mutter gesagt. Ihre Gedanken gingen weiter auf Reisen, dann tauchte vor ihrem geistigen Auge wieder das Antlitz auf, bei dem sie innehielt, innehalten musste. Ein männliches Gesicht mit einem freundlichen Lächeln. Sie rief sich zur Ordnung. Nein, das war denn wohl kaum möglich. Heftig schüttelte sie den Kopf, um diesen einen Gedanken fortzujagen. Mit dem gefüllten Eimer ging sie in die Milchkammer und seihte dort die Milch in die Kanne, die sie dann in eine Wanne mit eiskaltem Brunnenwasser stellte. Von dort aus trat sie in den Hauswirtschaftsraum. Dort war ihre Schwester Käthe damit beschäftigt, das Futter im Schweinetrog umzurühren. Ihr Gesicht hatte verhärmte Züge angenommen, so sorgte sie sich um ihren Mann, von dem sie nicht wusste, wo er gerade im Feld stand. »Ich habe schon so lange nichts mehr von Paul gehört«, klagte sie, »man erfährt ja nichts.« Sie rührte heftiger in dem großen Gefäß. »Wir müssen waschen«, meinte sie dann, »aber zuerst müssen wir Waschpulver kaufen. Ich gehe gleich zum Kaufmann. Hoffentlich gibt es welches.«

Hinter ihr ertönte lautes Geschrei. Klaus und Karin zankten sich um die hölzerne Puppe, die Robert geschnitzt hatte. Klaus gab Karin einen Stoß, so dass sie die Stufe von der Küche zum Hauswirtschaftsraum hinunterstürzte. Mariechen nahm die Dreijährige auf den Arm und tröstete sie, und im Handumdrehen war die Kleine ruhig. Bei Klaus, um den sich Käthe kümmerte, dauerte es eine Weile länger, bis der kleine, stämmige Bursche Ruhe gab. Er war der Erstgeborene und der erklärte Liebling Käthes, obwohl sie das um keinen Preis in der Welt zugegeben hätte.

Käthe war sehr abgemagert, obwohl man auf dem Hof nicht zu hungern brauchte. Doch die Sorgen machten, dass nichts anschlug. Sie nahm die beiden Kleinen mit zum Laden, um einzukaufen. Waschpulver, Salz, Puddingpulver (war ausverkauft), Zucker auf Marken, Mehl bekam man Gottseidank vom Müller, dem man zuvor das Getreide geliefert hatte. Doch jetzt, im Krieg, war das alles viel komplizierter geworden. Die Vorschriften und Gesetze hatten sich geändert auf unerfreuliche, schwierige Art und Weise.

Um die Mittagszeit stand Anna, die Hausmutter, in der Küche vor dem Herd. Ein Eintopf brodelte im Topf. Der Rest eines ehemals vierpfündigen, selbst gebackenen Brotes lag auf dem Tisch, von dem Käthe dicke Scheiben abschnitt, die zur Suppe gereicht werden sollten. Es war das letzte Brot, heute noch musste man neuen Brotteig ansetzen. Käthe holte die Kinder, die mit Marie in der Scheune gewesen waren, und den kleinen Werner, der schon vor Ungeduld in seinem Bettchen geschrien hatte, an den Tisch. Um halb eins kamen die Brüder ins Haus. In ihrer Arbeitskleidung, mit derben Schuhen und ungewaschenen Händen setzten sie sich auf ihre Plätze. Anna winkte Robert, der auf dem Hof stand, herein. Robert kam nie von selbst in die Küche zum Essen. Es war den Kriegsgefangenen verboten, mit der Hausgemeinschaft zu leben und zu essen. Aber kaum einer aus dem Dorf hielt sich an die Vorschrift. Es wäre viel zu umständlich gewesen, den Gefangenen einen separaten Tisch zu bereiten. Die Menschen waren fromm. Schon aus dieser Frömmigkeit heraus verbot es sich eigentlich, diese Menschen schlecht zu behandeln. Doch Robert war vorsichtig, schon aus böser Erfahrung mit dem langen Adam. Und richtig, kaum hatte Robert die Küche betreten, fauchte Adam ihn an: »Morgen bist du dran. Habe gehört, dass morgen alle Franzosen erschossen werden.« Robert verzog keine Miene, setzte sich an den für ihn bereitgehaltenen Platz und faltete die Hände.

»Schweig still mit deinem dummen Gerede!« Anna war ehrlich empört. »Wie kannst du so etwas sagen?« Sie faltete die Hände und hub an zu beten. Nach dem »Vaterunser« und »Gegrüßet seist du Maria« folgten noch zwei weitere, der Tageszeit angemessene Gebete. Dann begann man die Suppe zu löffeln. Adam räsonierte, es gäbe keine Wurst in der Suppe. Anna schwieg, sie kannte ihren Sohn, er musste immer etwas zu meckern haben. Heinrich hatte zu alledem nichts gesagt, er beachtete Robert überhaupt nicht, für ihn waren alle Kriegsgefangenen Untermenschen. Hastig und geräuschvoll leerte er seinen Teller. Dann wurde die Arbeit für den Nachmittag besprochen. Die Familie war zurzeit bei der Kartoffelernte. Am Abend hatte Adam noch einen Gang vor, von dem er niemandem etwas sagen wollte. Deshalb bat er die Mutter, ihm ab sechs Uhr des Abends freizugeben. Unwillig nickte Anna. Also bestimmte sie, dass er Pferd und Pflug führen sollte, und die Frauen würden die Kartoffeln auflesen. Heinrich hatte ebenfalls etwas Dringendes für die Partei zu tun, würde aber am späten Nachmittag aufs Kartoffelfeld kommen, um Adam abzulösen. »Was hast du denn so Wichtiges zu erledigen?«, fragte Anna ihren Sohn, der zunächst schwieg, dann widerstrebend und umständlich erklärte, das dies etwas äußerst Geheimes sei, was er niemandem verraten dürfe. Anna fragte nicht weiter. Sie hätte ihn ohnehin nicht abhalten können.

Während Adam, später Heinrich mit Pferd und Pflug die Kartoffeln ausgrub, bückten sich die Frauen ergeben, um sie aufzusammeln. Man hatte Butterbrote und Malzkaffee in Blechkannen für eine kurze Pause mitgenommen, um keine Zeit zu verlieren. Plötzlich hielt sich Marie den Rücken und jammerte leise vor sich hin. Sie hatte, wie schon oft, einen Hexenschuss davongetragen. Doch hielt sie tapfer durch bis zum Schluss. Auf solche Dinge wurde nicht viel Rücksicht genommen.

So verging der Nachmittag mit harter Arbeit. Als die Dunkelheit hereinbrach, lud man die Körbe mit den Kartoffeln auf und verließ das Feld, um den Weg nach Hause anzutreten. Heinrich versorgte das Pferd und murrte, er habe Hunger. Anna ging sogleich in die Küche, um das Abendessen vorzubereiten. Robert hatte bereits die Kühe von der Weide geholt und in den Stall gebracht. Trotz ihrer Schmerzen folgte ihm Marie und half ihm beim Ausmisten. Als sie leise stöhnte, nahm er ihr die Mistgabel aus der Hand und schaute sie beschwörend an. Verneinend winkte er mit dem Kopf. Vor Dankbarkeit hätte sie heulen können. Rasch begab sie sich in die Scheune, um Rübenschnitzel vorzubereiten. Als sie die Kurbel der Schnitzelmaschine drehte, merkte sie plötzlich, dass sie nicht mehr allein war. Langsam wandte sie den Kopf und sah, dass er sie liebevoll anschaute. Als er seine Hände nach ihr ausstreckte, konnte sie nicht mehr anders. Wie von selbst glitt sie in seine Arme, konnte dabei ein schmerzhaftes Stöhnen wegen ihres kranken Rückens nicht unterdrücken. Leise murmelte er französische Trostworte wie »desolé«, und »pauvre petite femme, Mariesch'«, und »je t'aime«. Sie verstand nichts von alledem, merkte aber, dass er ihr Gutes zuraunte. Als sie seine Lippen in ihrem Gesicht spürte, wandte sie schamhaft den Kopf, so dass sie nur ihre Wange trafen. Dann war er wieder im Stall verschwunden.

»Na, bald fertig?«, Heinrich stand in der Scheunentür und trieb sie zur Eile an.

»Ich habe mich wieder einmal verrenkt, kein Wunder bei all der Schufterei. Schneller geht es nicht.«

»Du hast auch immer etwas«, war das einzige, das Heinrich dazu einfiel, und noch etwas anderes, das sie mit Erschrecken vernahm: »Den Robert melde ich nächstens, der ist hinter dir her. Es ist verboten, sich mit dem Feind einzulassen.«

»Das wirst du nicht«, schrie sie ihn empört an, »lass den armen Kerl in Ruhe. Der hat dir und mir nichts getan.«

»Aber viele sind in Frankreich gefallen«, schrie Heinrich zurück, »er ist unser Feind.« Dann verschwand er.

Marie schwieg. So schlagfertig war sie nicht, dass ihr darauf gleich die passende Antwort eingefallen wäre. Was fiel eigentlich dem Heinrich ein? Er sollte doch froh sein, dass er nicht einberufen worden war. Beim Abendessen sagte kaum jemand etwas, alle waren zu müde oder zu verärgert. Am Abend nach dem Melken, das sie mit viel Weh und Ach erledigt hatte, hörte sie von Nachbarn auf der Straße, den bisher zurückgestellten Männern drohe nun auch die Einberufung.

Die Frauen waren inzwischen nicht untätig geblieben. Anna räumte die Reste des Abendbrots ab und machte sich daran, den Brotteig anzusetzen. Keiner konnte das so gut wie sie selbst. Wenn der Sauerteig aufgegangen war, würde am nächsten Tag eine der beiden jungen Frauen den Teig kneten. Das konnte Anna nicht mehr, das war Arbeit für starke, junge Arme. In guten Zeiten hätte man Teig für dreizehn oder vierzehn große Vierpfundbrote vorbereitet. Heute würden es nur fünf oder sechs Brote werden.

Käthe reinigte die Futterküche und weichte die Wäsche ein. Das Wäschewaschen musste während der Erntezeit halt abends gemacht werden. Als die Kinder schliefen, setzte sie sich hin, um einen Brief an ihren Mann zu schreiben. Sie war so müde, und das Briefeschreiben fiel ihr nicht ganz leicht. Allein auch schon deshalb nicht, weil sie nicht gelernt hatte, ihre Gefühle in Worte zu fassen, und sich schämen würde, falls jemand außer ihrem Mann den Brief läse. »Lieber Paul«, begann sie und fuhr fort: »Wie geht es dir dort, wo du bist? Ich denke jeden Tag an dich. Den Kindern geht es gut. Wir haben viel Arbeit auf dem Hof ...«

Später am Abend kam Marie von einem Besuch bei einer Nachbarin zurück. Die konnte Salben herstellen und hatte ihr im Tausch von sechs Eiern einen Topf abgegeben. Abends wollte sie noch Schafwolle spinnen, um Socken für ihre Brüder zu stricken. Dabei konnte man so schön seinen Gedanken nachhängen und sich ausruhen. Nun beschloss sie, die warmen Socken, die sie als Nächste stricken würde, sollte Robert haben.

So war der Tag vergangen mit Stall- und Feldarbeit, und doch war vieles liegengeblieben.

Marie saß am Spinnrad und ärgerte sich, weil das Garn an ihren rauen Fingern hängenblieb. Obgleich sie Tag für Tag Melkfett in die Hände rieb, wurden sie nur für kurze Zeit geschmeidig. Nach einer Stunde gab sie auf. Sie würde nicht mehr viel zustande bringen. Am besten war es, man ginge zu Bett. Auch die Mutter war schon längst schlafen gegangen. Im Haus wurde es still. Die Brüder waren längst fort, Adam auf seinen unerfindlichen Wegen und Heinrich saß nach einem Besuch beim Ortsgruppenleiter in der Dorfkneipe beim Skat, wo es Dünnbier gab und schlechten Schnaps aus mysteriösen Quellen. Wo er das Geld dafür hatte, war Marie schleierhaft. Aber sie fand es müßig, darüber nachzusinnen, sondern stieg langsam die Treppe hinauf in ihr Zimmer. Dort stand auch ein zweites Bett, in dem Karin schon tief und fest ruhte. Ihre Bäckchen waren rot vor Gesundheit. Käthe schlief mit ihren Söhnen nebenan in einer kleinen Kammer.

Marie zog sich langsam aus, wusch sich die Hände und fuhr mit dem Waschlappen durchs Gesicht und über den Hals. Unter dem Plumeau lag ihr ehemals weißes, derbes Nachthemd. Sie zog es über den Kopf, der schwere Stoff fiel bis zu ihren Füßen. Erschöpft legte sie sich zu Bett. Auf dem Rücken liegend, versuchte sie zu beten, aber es gelang ihr nicht. Zu viele Gedanken gingen ihr durch den Kopf. Immer wieder spürte sie Roberts Arme um ihre Hüften und das Gefühl, das sie dabei empfunden hatte. Manchmal sehnte sie sich nach guten Worten, nach einer Berührung, ach, sie hätte es nicht zu benennen gewusst, wonach es sie verlangte. Mit einer Hand strich sie ihren Körper entlang, voll Sehnsucht nach irgendetwas … Dann kehrte sie ihr Gesicht zur Wand und schlief ein.

Nicht viel später wurde sie durch ein Geräusch geweckt. Noch ganz benommen richtete sie sich im Bett auf. Was war das nur gewesen? Als es sich wiederholte, war sie plötzlich hellwach. Lautes Kinderweinen zerschlug die dumpfige, undurchdringliche Finsternis. Karin war es nicht, sie hörte den leichten, gleichmäßigen Atem des Kindes im Bett neben dem ihren. Im Dunkeln tastete sie sich zur Tür und öffnete sie. Nebenan brüllte der kleine Werner aus Leibeskräften. Vorsichtig öffnete sie die Tür: »Käthe, was ist los? Kann ich dir helfen?«

»Der Kleine hat Fieber«, kam es zurück. Eine kleine Nachttischlampe brannte. »Holst du mir frisches Wasser?«, bat Käthe, »ich mache ihm Wadenwickel.« Marie tastete sich hinunter in die Küche. Aus dem Hausbrunnen holte sie eine Kanne Wasser und brachte sie Käthe. Stumm beobachtete sie, wie die Mutter dem Kind frische Windeln machte und ihm dann geschickt die Wadenwickel anlegte. »Wie spät mag es sein?«, fragte Käthe. Marie blickte auf den kleinen Wecker, der auf der Kommode stand. »Halb zwei«, gab sie zurück, »schau, der kleine Werner hat sich schon beruhigt. Leg dich ruhig wieder hin.« Käthe seufzte: »Ich wollte, ich könnte einmal durchschlafen. Wenn es nicht die Kinder sind, dann lassen mir meine Gedanken keine Ruhe.« Marie umarmte Käthe. »Paul kommt bestimmt zurück«, tröstete sie ihre Schwester. »Paul ist stark und mutig.«

»Aber der Kugel, die für einen bestimmt ist, kann man nicht ausweichen, das hat Paul mir mal gesagt«, schluchzte Käthe und klammerte sich an Marie. »Du weißt nicht, wie das ist, wenn man einen Menschen liebt.« Marie schwieg. Doch, ich weiß das auch, dachte sie, ich weiß es ganz genau.

Bevor sie noch in ihr Zimmer zurückkehren konnte, hörte sie eine Kuh brüllen. Da fiel ihr wieder die zu erwartende Kälbergeburt ein. Sie warf ein paar Kleidungsstücke über und eilte in den Stall, nachzuschauen. Unruhig bewegte sich das Tier hin und her, legte sich, stand wieder auf. Da wusste sie, dass sie in dieser Nacht nicht so bald wieder zum Schlafen kommen würde. Sie weckte Robert, der in einer kleinen Kammer neben dem Pferdestall schlief. »Komm, komm, helfen, la Vache«, bat sie ihn und eilte ihm voraus in den Stall. Er hatte schon einmal bei einer Geburt geholfen, und sie war froh über seine Anwesenheit, denn die Kammer der Brüder war leer, und sie hatte keine Ahnung, wann ihre Brüder nach Hause kommen würden. Manchmal blieb Heinrich bei seiner Liebsten, obwohl ihn die Mutter jedes Mal ausschimpfte wegen seines schamlosen, unsittlichen Lebenswandels. Und Adam wäre vielleicht so betrunken, dass man auf ihn nicht zählen könnte.

So saßen die beiden einträchtig und fassten sich in Geduld. Berta, die Rotbunte, ließ sie auch nicht sehr lange warten. Schon nach zwei Stunden war das Kalb auf der Welt und Mutter und Kind versorgt. Marie und Robert freuten sich über den Erfolg und strahlten sich an. Marie holte frisches Wasser zum Händewaschen aus dem Brunnen. Zugleich steckten beide die Hände in das Gefäß.

»Kalt«, Marie schüttelte sich.

»Froid«, übersetzte Robert und spritzte ihr spaßeshalber etwas Wasser ins Gesicht.

»Nass«, kicherte sie und parierte diesen Angriff ebenfalls.

»Mouillé«, übersetzte er und wollte ihr mit beiden Händen Wasser über den Kopf regnen lassen. Ehe er sich aber rächen konnte, rannte sie den Stallgang entlang durch den Seitenausgang in die Scheune, da sie nicht an ihm vorbei zur Hoftür gelangen konnte. Im Nu war er hinter ihr her und hatte sie in der Scheune eingeholt. Ein magerer Lichtstrahl fiel geradewegs auf sie, die plötzlich innegehalten hatte, so als ob sie auf ihn gewartet hätte. Ohne ein Wort zu sagen, zog er sie an sich. Zuerst wehrte Marie sich gegen seine Umarmung, doch seine starken Arme hielten sie fest. Da vergrub sie ihr Gesicht an seiner Brust. Und sie ergab sich ohne Bedenken, ohne irgendwelche Gedanken an Anstand und Sitte, weltliche oder kirchliche Verbote zu verschwenden. Sie schlang die Arme um seinen Rücken und gedachte, ihn nie wieder loszulassen.

Viel später schlich sie sich leise ins Haus und in ihr Zimmer, sie war zunächst zu aufgewühlt, um an Schlaf auch nur zu denken. Irgendwann fielen ihr die Augen doch zu. An diesem Morgen verschlief sie zum ersten Mal in ihrem Leben, so dass Karin sie durch ihr ungeduldiges Rufen aufweckte. Erschrocken richtete sie sich im Bett auf und schaute auf den Wecker. Was fiel ihr nur ein, so lange zu schlafen, dass Karin sie wecken musste? Sie gähnte verstohlen und glitt auf die Bettkante. Karin kam auf sie zu und umarmte sie. »Jöttchen, Jöttchen, warum hast du so lange geschlafen? Ich habe Hunger.« Marie lächelte sie an: »Gleich, Karin, gleich, ich ziehe mich rasch an.« Eine Fröhlichkeit war in ihr, die sie noch nie im Leben verspürt hatte. Sie hätte singen mögen, so beschwingt und ausgelassen fühlte sie sich. Keinen Gedanken verschwendete sie an Sünde, Tod und Teufel. »Ich bin zum ersten Mal glücklich in meinem Leben«, dachte sie, stand auf und schlüpfte rasch in ihre Kleider. Sie fürchtete sich vor nichts und niemandem, nahm Karin bei der Hand und lief rasch wie ein junges Mädchen die Treppen hinunter in die Küche.

Dort waren die anderen schon fertig und wollten sich gerade erheben. Anna brummte ungehalten vor sich hin, als sie Marie erblickte. Als Käthe ihr jedoch vorhielt, dass Marie schließlich der Kuh beim Kalben beigestanden habe und kaum zum Schlafen gekommen sei, hellte sich ihr Gesicht auf. »Was für ein Kalb ist es?«, wollte sie wissen. »Ein Kuhkalb«, gab Marie bereitwillig

Auskunft, worauf sich Annas Gesicht sogar zu einem Lächeln verzog, was selten genug vorkam. So begab man sich an diesem Tag einträchtig an die Arbeit, gab es doch einmal ein kleines Erfolgserlebnis.

Kapitel Sechs
Der Anfang vom Ende

Der Zweite Weltkrieg hatte eine Phase erreicht, die viele Menschen, auch die meisten Leute auf dem Heintzenhof, in tiefe Hoffnungslosigkeit stürzte. Im Juli 1944 gab es den ersten Großangriff eines Fliegerverbandes aus fünfzehn Bombern auf die fünfundzwanzig Kilometer entfernte Stadt Daun.

Am 12. September erging der Befehl, Abschussrampen für Sonderwaffen in den Wäldern der Eifel zu errichten, von denen aus die sogenannte Vergeltungswaffe 1 (V1) nach England abgeschossen werden sollte. Auch in der Region von Maries Heimatdorf sollte solch eine Vorrichtung gebaut werden. Offiziere der Wehrmacht informierten die jeweiligen Bürgermeister der Eifelgemeinden über die Pläne und geboten ihnen strengstes Stillschweigen.

Heinrich ignorierte jedoch nach wie vor die drohenden Anzeichen des Untergangs und vertraute auf Hitlers versprochene »Wunderwaffen«. Er wusste genau, wo die Abschussrampen der V1 stehen würden, verriet es natürlich niemandem. Aber die Leute in seinem Dorf und in der Eifler Region hatten ohnehin genug zu tun mit den zahlreichen Bombenabwürfen, die teilweise auf den Feldern oder sogar in den Orten selbst niedergingen, wenn sie ihre eigentlichen Ziele verfehlten. Schon im vergangenen Jahr war ein US-Bomber in der Nähe des Dorfes abgestürzt. Von dem Piloten hatte man nur noch einen Stiefel gefunden. Und die feindlichen Bombergeschwader hatten stark zugenommen. Besonders die Bahnverbindungen wurden aus der Luft angegriffen. Bis zum Jahresende gab es kaum noch einen funktionierenden Eisenbahnverkehr. Man wusste natürlich, dass die Alliierten im Juni von Großbritannien nach Frankreich übergesetzt hatten. Aber erst Ende Juli war die deutsche Front durchbrochen worden, und die Kämpfe dauerten immer noch an. Die Invasoren waren letztlich nicht aufzuhalten und befanden sich im September schon im Gerolsteiner Land. Dieses war ein deutliches Signal. Die psychologische Wirkung der Propaganda über die V-Waffen war bei der Bevölkerung zwar gestärkt worden, aber das Volk war kriegsmüde und wünschte sich ein rasches Ende des Krieges.

Die ersten Abschüsse der V1 erfolgten am 21. und am 24. Oktober 1944 durch zwei Batterien bei Büchel und Laufeld mit Zielrichtung Brüssel und Antwerpen. Bis zum 5. Februar 1945 wurden insgesamt mehr als fünftausendsechshundert V1 aus der Eifel abgeschossen. Von einer in der Nähe von Mariechens Dorf gelegenen Abschussstelle stürzten innerhalb weniger Monate vierzehn Flugbomben allein in einer nahen Gemarkung vorzeitig nieder und richteten dabei Schäden an. Viele Menschen erlitten Verletzungen oder kamen bei den frühzeitigen Explosionen ums Leben. Dieser erste Raketentyp entpuppte sich bald als Schreckgespenst für die Eifel. Mit donnerndem Getöse und loderndem Feuerschweif überflogen die Bomben die Dörfer. Jedoch stürzte jede fünfte zu früh ab. Die Bevölkerung hatte fast noch mehr Angst vor der eigenen V1 als vor den gegnerischen Flugzeugen.

Manchmal rief der Ortsgruppenleiter Heinrich in aller Heimlichkeit zu sich. Beide heckten allerlei ominöse Pläne für den Verteidigungsfall der Dörfer im Kreis aus. Heinrich konnte man für solche Dinge gut gebrauchen. Seine Ideen brachte er größtenteils von seinen verschwiegenen Treffen mit seiner Liebsten aus dem Nachbardorf mit. Dies hätte er aber um keinen Preis der Welt verraten. Anna wusste inzwischen, dass man Heinrich besser in Ruhe ließ und ihn nicht nach seinen Plänen fragte. Als er eines Morgens wichtig verkündete, er sei Stellvertreter des Ortsgruppenleiters geworden, deshalb werde er vorübergehend in die Kreisstadt ziehen, um bei den Planungen zu helfen, atmete sie insgeheim auf. Besonders Mariechen fiel ein Stein von der Seele, insgeheim hatte sie jeden Tag um das Leben von Robert gebangt. Der Hass Heinrichs auf alles, was nicht arisch oder deutsch war, hatte sich in den letzten Monaten stark auf Robert konzentriert. Wiederholt hatte er ihm gedroht, er werde dafür sorgen, dass man ihn an einen Ort schicken werde, aus dem es kein Zurück gäbe.

Nun aber glaubte Marie, ihrem geliebten Robert könne nichts mehr geschehen. Sorgfältig verbargen beide ihre Liebe vor allen anderen, arbeiteten wie gewohnt miteinander in Stall und Scheune, in Feld und Wald. Manchmal trafen sie sich nachts heimlich in der Scheune, wo sie sich voller Hingabe liebten und dann voneinander Abschied nahmen, als ob es das letzte Mal in ihrem Leben sei. Andere Male, wenn sie allein in den Wald ging, um Reisig zu sammeln aus Buchen- oder Eichenzweigen, um Schanzen (Reisigbündel als Brennholz) zu binden für den häuslichen Backofen, folgte er ihr heimlich und zog sie auf einer einsamen Lichtung in seine Arme. Am Tag benahmen sie sich völlig natürlich und unbefangen. Und je länger ihre Liebe währte, desto geschickter wurden sie darin, sie vor den anderen zu verbergen.

Aber dann geschah etwas, was das Leben auf dem Hof einschneidend veränderte.

An einem Abend im September stand Anna vor ihrem Küchenherd und briet etwas in der Pfanne. Nach und nach trafen die Familienmitglieder ein, um zusammen das Abendbrot einzunehmen. Es hatte tagelang geregnet, und die unbefestigten Straßen des Dorfes waren morastig geworden. Adam betrat, wie üblich ohne nachzudenken, mit seinem schmutzigen Schuhwerk die Küche, worauf ihn Anna grob zurechtwies: »Kannst du nicht die Stiefel ausziehen? Draußen ist ein solcher Schlamm …« Als Antwort murrte Adam bloß und setzte sich an seinen Platz.

Als letzter kam Robert in die Küche. Er hatte sich die Holzschuhe von den Füßen gestreift, worauf er von Adam angefahren wurde: »Willst dich wohl lieb Kind machen bei der Mutter?« Käthe war noch schmaler geworden, Marie sah blass und angegriffen aus, die Kinder husteten und niesten unaufhörlich.

»Koch den Kindern mal einen Tee«, wies Anna Käthe an, die sich gehorsam erhob und den Wasserkessel über die Feuerringe schob. Sie griff nach einer Dose mit getrockneten Birkenblättern, worauf Marie rasch aufsprang: »Das sind Birkenblätter, die nimmt man bei Blasenentzündungen. Hier, diese sind richtig.« Damit reichte sie ihr die Dose mit dem Lindenblütentee. Sie war auf jeden Fall die Kräuterfrau im Haus.

»Wann ist das Elend endlich mal zu Ende«, seufzte Anna, und stellte eine Schüssel mit Bratkartoffeln und einen Teller mit Sülze auf den Tisch. Da stand plötzlich Heinrich in der Tür. »Soldaten kommen ins Dorf. Wir bekommen wieder neue Einquartierungen. Jedes Haus muss mithelfen.«

»Oh, heilige Muttergottes«, jammerte Anna, »wir haben doch schon zwei Soldaten oben in der Speicherkammer. Wo sollen wir denn noch weitere unterbringen?«

»Da hilft alles nichts«, entgegnete Heinrich, und man sah, wie der helle Zorn in dem heißblütigen Mann aufstieg, »es ist Krieg, und der Endsieg steht unmittelbar bevor. Der Führer hat es versprochen. Da müssen wir alle mithelfen. Außerdem werdet ihr euch wundern, was er noch alles in petto hat.«

Anna schaute ihn fragend an, aber Heinrich schwieg sich aus. Sie stellte ihm einen Teller auf den Tisch und legte Besteck daneben. Daraufhin griff er herzhaft zu und schlang das Essen in sich hinein.

»Wir werden die Soldaten in der Scheune unterbringen. Der Franzos' kann im Stall schlafen, dann bleiben noch die Kammer neben dem Pferdestall und die Werkstatt. So können wir bestimmt acht Leute beherbergen«, bestimmte er über Annas Kopf hinweg. Die Mutter wollte sich ihm widersetzen, presste jedoch die Lippen zusammen, als sie seinen wütenden Blick sah, der jeden Protest im Keim erstickte. Nur Marie wehrte sich trotzig. »Man hört doch, dass die Amerikaner schon längst über die Grenze und auf dem Vormarsch sind. Wer glaubt da noch an den Endsieg?«

Heinrich sprang auf. »Du hast doch überhaupt keine Ahnung. Wir haben sie längst wieder über die Grenze zurückgeworfen. Wir werden siegen, in jedem Fall. Und du solltest dich hüten, solche Reden zu führen. Das ist Rebellion, Sabotage ...«, er schrie jetzt so laut, dass es allen den Atem verschlug, »du bist eine Partisanin … Ich lasse dich verhaften, wenn du nicht still bist.«

Schwer atmend ließ er sich wieder auf seinen Stuhl fallen. Im Raum war es totenstill. Robert hatte vor Angst den Raum verlassen und war nach draußen auf den Hof geflüchtet.

Marie schaute Heinrich offen an: »Du willst mich verhaften lassen? Mich, deine eigene Schwester? Das wagst du nicht.« Zornig zeigte sie mit dem Finger auf ihn: »Du solltest vorsichtig sein mit dem, was du sagst und mir drohst. Von dir weiß ich genug für drei Leben.« Verblüfft starrte er sie an. Marie hatte Wissen über sein Tun vorgetäuscht und ihn damit für einen Moment außer Fassung gebracht. Stumm ging die Tischgemeinschaft auseinander.

Und schon nach zwei Tagen kamen die Soldaten ins Dorf. Mit ihren gepanzerten Fahrzeugen und schweren Panzerspähwagen erschienen sie und gaben zu allerlei Mutmaßungen Anlass. In der Tat war es aber so, dass dies Soldaten der Waffen-SS auf dem Rückzug waren. Sie gehörten zur Panzerdivision »Das Reich« und wurden auf die Haushalte verteilt. Wenig später erschienen Flaksoldaten mit ihren Geschützen, die sie in den umliegenden Wäldern verbargen. Sie holten sich aus den Dörfern Stroh und bauten sich Unterstände. Manche schliefen auch in Löchern, die sie sich in die Erde gebuddelt hatten. Auf dem Hof mussten acht Soldaten untergebracht werden. Anna vollbrachte das Kunststück, sie alle mit zu verköstigen. Dazu half ihr auch die Verpflegung der Soldaten, von denen ihr bereitwillig gegeben wurde. Besonders die Suppenwürfel Marke »Marschsuppe«, die mancher Soldat beisteuerte, begeisterten die Frauen im Haus, da sie, waren sie in heißem Wasser aufgelöst, sehr gehaltvoll und fettig schmeckten. Heinrich war voller Enthusiasmus. »Jetzt werdet ihr sehen«, tönte er, »was unser Führer noch vollbringen wird. Seine Wunderwaffe … ja, ja, ihr werdet noch staunen.«

Mein Führer ist es nicht, dachte Marie. Es laut zu sagen, getraute sie sich denn doch nicht. Sie fürchtete sich gleich den anderen Dorfbewohnern zu Tode vor den Jagdbombern, die schon in den Monaten zuvor viele Schäden angerichtet hatten. Und nun, da die vielen Soldaten im Dorf waren, würde die Gefahr gewiss noch viel größer werden. Sie bangte nicht nur um ihr eigenes Leben, sondern mehr noch um das Leben der Kinder, die im Hause lebten. Wenn es ihr irgendwie möglich war, rannte sie in die Kirche und betete zu Maria um ein Wunder. »Du kannst doch alles«, flüsterte sie, »bitte deinen Sohn, dass er den Krieg aufhören lässt. Dir wird er den Gefallen tun. Bitte …«

Eines Abends kam Heinrich triumphierend nach Hause: »Das Radio hat es auch gemeldet«, verkündete er, »wir haben einen Gegenangriff gestartet. Jetzt werden wir den Feind im Westen besiegen.« Robert, gerade auf dem Weg aus dem Stall in die Küche, verhielt seinen Schritt, als er die Neuigkeiten vernahm. Auf dem Fuß dreht er um und lief zurück in den Hauswirtschaftsraum, wo Marie gerade die Kühe versorgte. »Marie, Mariesch«, flüsterte er, »je dois fuir, isch muss ab, verduften … Allemands retour …« Marie verstand nicht und zuckte hilflos mit den Achseln. Er zeigte auf die Küche: »Henri dit, tu comprends? Er sagt, la guerre, Allemagne, victoire à la fin. Deutscheland victoire.«*

Am späten Abend, als das Haus ruhig war, ging Marie wieder in den Stall, wo Robert unter einer Pferdedecke auf einer Strohschütte lag. Sie flüsterten miteinander, bis Marie endlich begriff, dass nicht nur Robert, sondern alle französischen Kriegsgefangenen fort wollten. Sie saß neben ihm auf dem Stroh und heiße Tränen flossen über ihr Gesicht. »Nein, nein, du darfst nicht fort«, flehte sie, »lass mich nicht allein, ich brauche dich. Ohne dich will ich nicht leben.« Sie umschlang ihn mit beiden Armen und drückte sich an ihn. »Bitte, geh nicht fort.« In mühsam zusammengesuchten Worten beteuerte Robert ihr seine

* *Heinrich sagt, Deutschland wird am Ende siegen.*

Liebe. »Après la guerre, je reviens, je vais te chercher. Ich und du, après Kriesch. Je me marie avec toi … Wir 'eirat' …«*

In der Scheune herrschte ein ziemlicher Lärm; die Soldaten hatten ihre Zuteilung Schnaps bekommen und waren dabei, sie in der gleichen Nacht vollständig zu vernichten. Es herrschte Weltuntergangsstimmung. Laute Diskussionen waren zu hören, dann wurde es etwas ruhiger. Einige Soldaten versuchten, die Melodie des Lili-Marleen-Liedes zu intonieren, die anderen fielen ein. Danach ging die lautstarke Unterhaltung der Leute in Streit über. Ungeachtet dessen blieb Marie bei Robert im Stall. Aneinander geschmiegt saßen sie auf seiner Strohschütte, er streichelte ihr Gesicht und küsste sie behutsam. Marie umarmte ihn und wollte ihn überhaupt nicht loslassen. Da liebten sie sich. Vielleicht zum letzten Mal, dachte Marie. Ihre Trauer hingegen war zu groß, als dass sie das Zusammensein wie sonst hätte genießen können.

Später lief sie ins Haus und packte ihm einen Rucksack voll Brot, Butter und Wurst. Auch Dosen, die von den Soldaten zur Verpflegung beigesteuert worden waren, und deren sie habhaft werden konnte, legte sie hinein. Dann drückte sie ihn ein letztes Mal an sich. »Adieu«, flüsterte Robert, »adieu.« Mit beiden Händen stieß sie ihn von sich. Er wandte sich zum Gehen, da riss sie ihn noch einmal an ihre Brust. Schnell drückte sie ihm noch eine Dynamo-Taschenlampe in die Hand. Danach wandte sie sich um und ging ins Haus. In der Scheune war es schließlich auch still geworden. Marie stieg die Treppe hinauf und betrat ihr Zimmer und kroch unter ihre Bettdecke. Mit geöffneten Augen lag sie da. Gern hätte sie geweint, aber es ging nicht. In dieser Nacht fand sie keinen Schlaf mehr.

Am anderen Morgen waren alle Kriegsgefangenen verschwunden. Wegwerfend meinte Heinrich, als er abends wieder einmal überraschend zum Abendessen erschien: »Die ren-

* *Nach dem Krieg komme ich zurück, ich hole dich … Ich werde dich heiraten.*

nen geradewegs in ihr Unglück. Die sehen wir nie wieder. Von denen schafft es keiner nach Frankreich zurück.« Er rieb sich die Hände: »Wieder ein paar Schweine weniger.«

Anna fasste ihn am Arm: »Schweig still, du versündigst dich.«

Spöttisch-überheblich wollte er sie auslachen, schwieg aber, als er ihren Blick erkannte. So hatte sie ihn all die Jahre nicht angeschaut.

»Sie hasst mich«, dachte er unwillkürlich, »Mutter hasst mich.« Dann zuckte er die Achseln und machte sich fort. Marie war schon früh aufgestanden und hatte sich an ihre Arbeit gemacht. Als sie in die Küche kam, stand Anna am Fenster der Stube und schaute hinaus auf die Straße. Marie trat neben sie. »Die Franzosen sind fort«, bemerkte Anna, »jetzt musst du die Arbeit im Stall allein machen. Und wer die Rüben ernten soll, weiß der Himmel allein. Ich werde versuchen, Hilfe von auswärts zu bekommen. Auf Heinrich ist kein Verlass mehr. Ihr müsst alle mit anpacken.«

Käthe trat herzu, den kleinen Werner auf dem Arm. »Ich habe Angst um Paul«, klagte sie der Mutter ihr Leid, »so lange habe ich nichts von ihm gehört. Kein Brief, keine Nachricht, nichts.«

Anna hatte keine Geduld, ihre Klagen anzuhören. »Wenn Gott will, wird er zurückkommen. Bete, das Einzige, was du tun kannst. Und arbeite, hilf mit, dass wir fertig werden.« So wies sie den Jammer ihrer Tochter ab und schickte sie nach oben, die Betten abzuziehen, denn die Wäsche sollte eingeweicht und am anderen Tag gewaschen werden. Käthe schluchzte noch einmal auf, dann verließ sie die Küche. Wenig später kam sie zurück mit einem Berg Bettwäsche auf dem Arm. Sie trug sie in den Hauswirtschaftsraum. Sie schöpfte Wasser aus dem Hausbrunnen und füllte damit den Waschtrog. Sorgfältig weichte sie die Wäsche ein. Dass ihr dabei unaufhörlich Tränen aus den Augen rannen, fiel nicht weiter auf. Niemand kümmerte sich in jenen Tagen darum; es waren zu viele Frauen, die Grund hatten zu weinen. Auch alte Männer weinten, aber die taten es heimlich. Die jungen Männer, sofern es noch welche gab, konnten nicht weinen.

So vergingen die Wochen zwischen Hoffen und Harren, zwischen Sehnsucht nach Frieden und Todesangst vor den Fliegern, die aber inzwischen Kurs nach Osten nahmen. Inzwischen hatte es sich doch herumgesprochen, dass eine Abschussrampe für die V1 im nahen Wald errichtet worden war. Immer schlimmer attackierten die amerikanischen Jagdbomber die Gegend, warfen Bomben auf die Dörfer ab und schossen auf alles, was sich bewegte.

Marie lief spätabends in der Dunkelheit durchs Dorf, um ihre Schwester Else zu besuchen, die im anderen Ortsteil verheiratet war. »Nein, wir wissen nicht, wo Mama ist«, bekam sie von der ältesten Tochter Adele zur Antwort, »aber wart' nur, sie kommt bestimmt bald wieder.« Sie ging in die Speisekammer und holte einen Topf mit Kartoffeln, den sie auf den Herd stellte. »Bald ist Weihnachten«, begann sie eine Unterhaltung mit Marie, die aber nicht so recht darauf eingehen wollte. Nervös zappelte sie auf dem Stuhl hin und her. »Weißt du wirklich nicht, wo Else ist?«, fragte sie dann wieder.

»Tant' Marie, was ist los? Du bist so nervös. Aber ich kann es ja verstehen, die Flieger machen uns allen Angst.« Marie sagte kein Wort, sondern schaute auf ihre abgetretenen Schuhe, die statt mit Schuhriemen mit Kordel zugebunden waren. Dann stand sie abrupt auf. »Ich gehe wieder, habe noch viel zu tun.« Im gleichen Moment betrat Else die Küche und begrüßte ihre Schwester freundlich. Rasch stellte sie einen Korb hinter der Türe ab. Else hieß eigentlich Elisabeth und war die Älteste der Mutterfamilie. Seit Ende der 1920er-Jahre mit Richard verheiratet, hatte sie ihm bisher neun Kinder geboren, von denen eines nur wenige Tage alt geworden war. Das schwere Leben auf dem Hof mit den vielen Kindern hatte sie streng und hart gemacht. Aber sie konnte auch, das wusste Marie, herzlich lachen, wenn es ihr danach zumute war. Früh ergraut war ihr Haar, das sie in einem festen Knoten im Nacken trug. Ausgeprägte Falten hatten ihre Zeichen im Gesicht hinterlassen, ihr Becken war ausladend vom vielen Gebären, aber sie stand fest auf gesunden Füßen in der feindlichen Welt. Sie legte das Schultertuch ab, womit sie sich gegen die Kälte geschützt hatte und zog das Kopftuch hinunter. »Setz dich, Mariechen, ich mach dir einen Tee«, damit drückte sie Marie, die aufgestanden war, wieder auf den Stuhl zurück.

»Else …«, Marie zögerte und schaute dann auf die Tochter, die beim Zwiebelschälen war. »Adele, geh doch mal kurz in den Keller. Da steht noch ein Topf mit Schmalz. Den holst du mal rasch.« Else hatte verstanden, dass Marie sie allein sprechen wollte.

»Else«, wiederholte Marie zögerlich, »ich muss dich mal was fragen. Wo sind die Franzosen hin?« Else stutzte, dann setzte sie sich an den Küchentisch, Marie gegenüber. »Wie kommst du darauf, nach den Franzosen zu fragen?«, wollte sie wissen. »Sie sind fort, wahrscheinlich suchen sie einen Weg in die Heimat.«

Marie schluchzte trocken auf, dann erhob sie sich. »Ich glaube nicht, dass sie fort sind«, flüsterte sie dann. »Ich habe die Mutter beten gehört in ihrer Kammer. Sie betete für dich, dass Schutzengel über dich wachen auf deinen barmherzigen Wegen. So hat sie sich ausgedrückt.«

»Unsinn, da muss du dich verhört haben«, hielt Else dagegen. Sie stand auf und begann, am Spülbecken Tassen hin und her zu räumen. Marie beobachtete sie genau, dann stand sie auf und trat neben sie.

»Bitte, Else«, flüsterte sie, »bitte, Else, sag es mir. Sind sie noch hier? Im Dorf?«

Brüsk wandte Else sich um. »Nein«, jetzt schrie sie fast, »nein und nochmals nein. Sie sind nicht hier, sie sind fort. Und jetzt muss ich mich um das Abendessen kümmern. Und außerdem«, sie stockte und schaute dabei Marie groß an, »wieso interessiert dich das denn so brennend?«

Marie stammelte etwas Ausweichendes und verabschiedete sich. Sie glaubte Else kein Wort. Ihre Füße schmerzten auf dem Heimweg durchs Dorf. Als sie den Heintzenhof erreicht hatte, der auf einer Anhöhe des Dorfes lag, schlich sie in die Scheune und weinte bitterlich. Dann wischte sie sich die Tränen ab und überlegte, was sie tun sollte. Sie war sich sicher, dass Robert nicht fort war. Und sie beschloss, ihre Mutter zu fragen, was eigentlich los sei. Aber Anna schwieg beharrlich, schimpfte sie sogar aus und verbot ihr das Wort. So vergingen einige Wochen in Furcht und Sorge.

Inzwischen war es Dezember geworden, der einige Tage zuvor gefallene Schnee war schon getaut, da tauchten am Himmel drei Jagdbomber auf. Flakgeschütze gingen zur Abwehr in Stellung und beschossen die Flieger. Ein Flieger wurde getroffen und stürzte ab. Man konnte aber nicht erkennen, wo genau es war. Es musste aber weit vom Dorf entfernt sein. Später erfuhr man, dass der Bomber über einer fünfzehn Kilometer entfernten Kleinstadt abgestürzt war. Marie hasste die Kampfgeräusche. Sie hatte auch schon einmal einen Fallschirmspringer in einem Baum hängen sehen. Mit seinen gebrochenen Augen starrte er in den Himmel. Ein Arm war abgerissen und lag am Boden.

Mitte Dezember kam Heinrich wieder nach Hause. Anna, beide Hände im Brotteig, schaute ihn unmutig an. Wenn er kam, gab es unter Garantie Ärger. Er berichtete von der sogenannten »Ardennenoffensive«, womit der begonnene Endkampf im Westen nun zu einem rühmlichen Ende geführt werden würde. Außerdem könne man getrost auf die V-Waffen vertrauen, die »England in Grund und Boden schießen« würden. Anna schüttelte unwillig den Kopf. »Was redest du denn da für ein Zeug«, unterbrach sie seinen langatmigen Redefluss, »seit heute Morgen sind alle Soldaten aus dem Dorf verschwunden. Was meinst du, wo sind die wohl hin? Es brennt doch an allen Fronten.«

»Du hast doch gar keine Ahnung«, widersprach ihr Heinrich aufgebracht, »das ist alles gut geplant und du wirst sehen. Wir können unserem Führer ruhig vertrauen.«

Im gleichen Moment gab es einen lauten Knall, danach ein markerschütterndes Heulen in der Luft. Anna rannte nach draußen in den Hof und sah gerade noch einen Feuerball und die Silhouette eines kleinen Flugkörpers im Sinkflug hinter dem

Dorf verschwinden. Sie bekreuzigte sich: »Danke Herrgott, du hast uns verschont.«

Heinrich war in der Haustür stehen geblieben. Verdattert stierte er dem Fehlstart einer seiner viel gelobten Wunderwaffen hinterher. Mit verbissener Miene ging er ins Haus zurück, riss seine Jacke vom Kleiderhaken, schwang sich auf sein Rad und fuhr davon. Karin, die der Großmutter beim Teigkneten zugeschaut hatte, starrte, den Finger im Mund, Heinrich verständnislos hinterher. »Oma, was hat der Onkel Heinrich denn?«, getraute sie sich schließlich zu fragen.

»Ach, Karinchen«, seufzte die Großmutter, »der sucht seinen Endsieg und kann ihn nicht mehr finden.« Dann, als ob ihr aufgegangen sei, was sie dem Kind gesagt hatte, beugte sie sich zu Karin hinunter und flüsterte: »Das ist aber unser Geheimnis, ja?« Begeistert nickte Karin. Anna gab ihr einen Apfel aus der letzten Ernte, und damit war der Bund besiegelt. Nun kamen jeden Tag Jagdbomber, die auf alles schossen, was sich bewegte. Man hörte, dass die umliegenden größeren Orte und Städte schwer getroffen worden waren.

Kurz vor Weihnachten kam ein Brief von Paul. Glücklich drückte Käthe den Umschlag an die Brust: »Paul hat geschrieben. Er lebt.« Sie strahlte, doch als sie das Schreiben öffnete, kamen die Tränen. »Er ist verwundet, kommt mit dem nächsten Transport nach Adenau. Über seine Verletzung schreibt er nichts. Aber es ist seine Handschrift, also wird es nicht lebensbedrohlich sein.« Sie war förmlich aufgelebt, umarmte ihre Mutter, Marie und ihre Kinder, eines nach dem anderen. Ihre Brüder waren beide fort, sonst hätte sie im Überschwang ihrer Gefühle sogar Heinrich noch umarmt, obwohl er beileibe nicht ihr Lieblingsbruder war. Nun wartete sie Tag für Tag auf die Nachricht auf seine Ankunft im Heimatlazarett.

Wieder und wieder tauchten Jagdbomber auf und wurden von Flakgeschützen beschossen. Marie grübelte immer noch darüber nach, wo die Franzosen sein könnten. Eines Abends hielt sie es nicht länger aus und lief heimlich durchs abgedunkelte Dorf wieder ans andere Ende zu ihrer ältesten Schwester. Mühsam bahnte sie sich den Weg in der Düsternis durch die verschlammten Straßen, auf denen noch Reste des Schnees lagen. Es war schon fast neun Uhr. Als sie sich dem Hof ihrer Schwester näherte, sah sie einen Schemen seitwärts den Weg zum Wald einschlagen. Daneben schwankte ein kleines Lichtpünktchen hin und her. »Verdammt«, fluchte sie, als sie über eine Fahrspur stolperte und lang hinschlug. Mühsam raffte sie sich wieder auf und bekreuzigte sich. »Verzeih mir, oh Gott«, betete sie, denn Fluchen war eigentlich überhaupt nicht ihr Ding und zudem eine Sünde. Das Phantom vor ihr war verschwunden. Trotzdem schlug auch sie den Waldweg ein und stapfte vorwärts. Verstohlen zündete sie die kleine Taschenlampe an, die sie mitgenommen hatte, hielt aber die Hand davor. Irgendwann sah sie das Lichtlein wieder, das sich aber nicht mehr bewegte, sondern an einer Stelle verharrte. Als sie näher kam, wäre sie beinahe über eine Gestalt gestürzt, die quer über dem Weg lag. Sie rüttelte sie an der Schulter und leuchtete ihr ins Gesicht. »Du bist's«, flüsterte sie. Es war ihre Schwester Else, die, ebenso wie sie selbst zuvor, in dem morastigen Boden keinen Halt mehr gefunden hatte. Als sie ihr aufhelfen wollte, schrie Else kurz auf. »Ich hab' was gebrochen«, stöhnte sie dann, klammerte sich an Marie und richtete sich auf. »Verdammt, es geht nicht.« Mit einem kurzen Schrei vermochte sie dann doch auf einem Bein zu stehen. Marie führte sie zu einem Baumstumpf, wo Else sich niederließ.

»Hol den Korb«, befahl Else Marie, die sich gehorsam umwandte und den Korb sah, der umgestürzt neben ihr auf dem Weg lag. Sie packte alles, was herausgefallen war, wieder hinein. Brot fühlte sie, Äpfel und einige Dosen und ein in ein Tuch eingewickeltes Etwas.

»Was machst du hier?«, Marie fragte es, obwohl sie jetzt sicher war, auf welchem Weg Else war. Else flüsterte, obwohl niemand in der Nähe war, nur ein leiser Wind rauschte durch den Tannenwald. »Die Franzosen«, raunte sie, »die sind vor

Angst weggelaufen, als es hieß, dass sich das Blatt gewendet habe. Aber sie sind nicht weit gekommen, sondern haben sich versteckt. Wir Frauen wechseln uns ab und versorgen sie mit Essen. Stillschweigen haben wir uns geschworen, damit nichts gewahr wird im Dorf. Lange kann der Krieg ja nicht mehr dauern. Deshalb habe ich dir ja auch nichts verraten dürfen. Aber jetzt weißt du es, und nun musst du uns auch helfen.«

»Ich weiß, dass die Franzosen nicht fort sind«, gab Marie leise zur Antwort. »Ich habe es ja von Anfang an gewusst.« Sie schwieg. Else nickte. Dann flüsterte sie ihr ein paar Worte ins Ohr, worauf Marie den Korb nahm und sich auf den Weg durch den Wald machte. »Auf dem Rückweg hole ich dich ab«, raunte sie und verschwand in der Finsternis. Else blieb auf dem Baumstumpf sitzen, schlang das wollene Tuch enger um sich und wartete auf Maries Rückkehr. So ein Ärger, das mit meinem Fuß, dachte sie. Vielleicht ist er doch nur verstaucht und nicht gebrochen? Vorsichtig setzte sie ihn auf den Boden und versuchte, aufzustehen. Ein stechender Schmerz durchfuhr den Knöchel. Sie tastete umher, ob sie nicht einen Stock fände oder einen starken Zweig, den sie als Stütze verwenden könnte. Aber sie fand nichts und fasste sich in Geduld.

Plötzlich hörte sie Geräusche von näherkommenden Schritten, dazu leise Männerstimmen. Oh Gott, dachte sie und löschte die Lampe, das sind bestimmt Soldaten auf einer Patrouille, oder vielleicht sind ja die Amerikaner schon da. Ach, wären es doch die Amerikaner, dann wäre der ganze Krampf endlich vorbei. Die eine Stimme erkannte sie. Es war Heinrich, die andere war ihr fremd. »Ich weiß, dass die Franzosen sich versteckt haben«, hörte sie Heinrich sagen, »und ich weiß auch, wo.« In einigem Abstand liefen die Männer an ihr vorbei in die gleiche Richtung, in der sie das Versteck der Franzosen wusste. Else erschrak zu Tode.

Aber sie finden sie nicht, hoffte sie, sie haben sich eingegraben und sitzen tief unter der Erde. Sie werden sie nicht finden. Sie begann stumm zu beten, einen Rosenkranz nach dem anderen, bis ihre Anrufungen verschwammen in dem einen Satz »Bitte für uns, bitte für uns, bitte für uns …«

Als sie schon glaubte, die Nacht nähere sich ihrem Ende, waren kaum zwei Stunden vergangen. Da hörte sie leises Rascheln im Unterholz und Marie kam zurück, den leeren Korb am Arm. Trotz der Schwärze der Nacht konnte Else förmlich sehen, wie sie strahlte. »Ich habe ihn gesehen«, sie umarmte ihre Schwester stürmisch, »ich habe ihn gesehen. Er ist noch da.« Im gleichen Moment wich sie erschreckt zurück, in all ihrer überschwänglichen Freudigkeit hatte sie ihr Geheimnis verraten. Aber Else blieb ganz ruhig. »Du bist nicht die Einzige im Dorf, die sich in einen Franzosen verliebt hat«, stellte sie lakonisch fest. »Du hättest es mir ruhig anvertrauen können. Es wäre vieles einfacher gewesen.«

Verblüfft schaute Marie zu Else hinunter, die leise lächelte. So kannte sie ihre Schwester überhaupt nicht. Sie erwiderte schüchtern das Lächeln, dann half sie ihr auf und stützte sie. Halb hüpfend, halb humpelnd erreichten sie am Ende den Hof. In der Küche atmeten sie hörbar auf.

»Endlich zu Hause«, seufzte Else und ließ sich mühsam auf einem Küchenstuhl nieder. Marie schürte das Feuer und befreite ihre Schwester von den verdreckten Schuhen und den nassen Strümpfen. Der Knöchel war angeschwollen und rot. Marie betastete ihn. »Gebrochen ist aber nix«, stellte sie dann sachkundig fest, »aber ich bade dir jetzt die Füße und schmier sie ordentlich mit Salbe ein. Dann bekommst du einen festen Verband. Morgen kannst du vielleicht wieder auftreten, auch wenn es vielleicht noch wehtun wird.« Sie legte einige Scheite Holz in den Küchenherd nach. Während sie warteten, bis sich das Wasser im rechteckigen Wasserbehälter des Ofens, dem Schaff, von Neuem erwärmte, berichtete Marie von Robert. Wie alles angefangen hatte, wie gemein die Brüder, insbesondere Adam und auch Heinrich, stets zu ihm gewesen seien, und wie sich alles so entwickelt habe, dass sie schließlich nicht anders gekonnt habe, als Robert zu lieben. Währenddessen schöpfte sie warmes Wasser in eine Blechschüssel und verrührte etwas Salz darin. Dann badete Marie die Füße ihrer Schwester sorgsam in dem warmen Wasser, trocknete sie behutsam ab und rieb sie mit einer Salbe aus Arnika und Bienenwachs ein, die sich in jedem Haushalt fand und von den Frauen selbst hergestellt wurde. Auf einmal fiel Else siedend heiß die Episode mit den beiden Männern ein. »Du, der Heinrich und ein anderer Mann suchen nach den Franzosen.« Sie berichtete, wie die Männer, ohne sie zu entdecken, an ihr vorbeigelaufen waren, und was sie gesagt hatten. »Ich glaube aber nicht, dass sie sie gefunden haben. Du weißt doch, wie tief sie sich eingegraben haben.« Marie wurde kreideweiß, fing sich aber rasch wieder. Ihre Schürze nervös mit den Händen knetend, überlegte sie laut: »Aber man sollte sie auf jeden Fall warnen, oder? Am besten, ich laufe gleich wieder hin.« Else widersprach energisch: »Du gehst jetzt nach Hause. Die Nacht ist schon fast vorbei, wir brauchen noch ein bisschen Schlaf.« Damit schob sie ihre Schwester liebevoll, aber nachdrücklich, zur Tür.

Als Marie draußen stand, überlegte sie noch eine kurze Weile, ob sie nicht doch noch einmal in den Wald laufen sollte, um die Franzosen zu warnen. Aber es hatte leichter Schneefall eingesetzt, und sie fürchtete, wenn er stärker werden würde, könnte sie sich unter Umständen verirren. Sie zog das durchnässte Schultertuch über der Brust zusammen und machte sich auf den Heimweg durch das stockfinstere Dorf. In ihrer Straße endlich angekommen, tastete sie sich an der Begrenzungsmauer zum großen Misthaufen in den Hof, schlitternd gelangte sie zur hinteren Eingangstür, die nie abgeschlossen wurde, und tastete sich in den Hauswirtschaftsraum. Leise zog sie die genagelten, durchnässten hohen Schnürschuhe aus und stellte sie zum Trocknen beiseite. In der Küche schaute sie auf die Uhr und erschrak. Es war schon fast drei Uhr in der Früh. Um halb sechs musste sie schon wieder aus den Federn. Auf Strümpfen schlich sie die Treppen zum oberen Stockwerk hinauf. Vor ihrer Schlafzimmertür angekommen, stutzte sie. Aus dem Raum, in dem Käthe mit den Kindern schlief, drangen unüberhörbar

Geräusche an ihr Ohr, an deren Bedeutung sie keine Zweifel haben konnte. Erschrocken wandte sie sich um. Käthe schlief mit einem Mann? Das konnte sie sich nun gar nicht vorstellen. Verwirrt betrat sie ihre Kammer und sah Klaus im Bett neben Karin liegen. Also musste es stimmen, Käthe hatte die Kinder aus ihrem Schlafzimmer verbannt, um allein mit einem Mann zusammen sein zu können. Wenn das Anna mitbekommen würde, sie mochte sich nicht ausdenken, was dann los wäre. Vorsichtig legte sie ihre nasse Kleidung ab und streifte ihr Nachthemd über. Regungslos lag sie da und dachte an Robert, den sie seit langem wiedergesehen hatte. Schlecht hatte er ausgesehen, fahl sein Gesicht, abgemagert der Körper und hinfällig sein Zustand. Kein Wunder, wenn man in der feuchten Kälte in einer Erdhöhle im Wald hauste. Hinter einem Baum hatte er sie umarmt und geküsst, ehe sie wieder fort musste. Sie machte sich Sorgen um ihn und wünschte sich, er könne bei ihr sein. Ihre Hand strich verlangend über die eigene Hüfte. Dann hielt sie inne. Was tat sie da? Sie fand keine Ruhe und lauschte dem ruhigen Atem der Kinder. Noch vor der Zeit stand sie im Kuhstall, versorgte die Tiere und gab sich ans Melken. Müde lehnte sie den Kopf an die Flanke der rotbunten Frigga.

Währenddessen war Anna aufgestanden und in die Küche hinuntergestiegen. Mit trockenen Reisern zündete sie das Feuer im Kochherd an und stellte den Wasserkessel auf. Da flog die Tür auf und Käthe stürmte hinein. Strahlend umarmte sie ihre Mutter. »Paul ist hier, stell dir vor, er ist letzte Nacht gekommen. Ganz leise kam er ins Haus, ich hatte gar nichts gehört und dann stand er plötzlich vor meinem Bett und …«, sie war ganz außer Atem vor lauter Freude und Seligkeit. Anna lächelte.

»Wie geht es ihm denn?« Dabei stellte sie Teller, Tassen und Brotkorb auf den Tisch. »Er hat einen Schulterdurchschuss, den Arm in der Schlinge und noch große Schmerzen. Machen kann er nichts, aber er kann es aushalten. Man hat ihm Urlaub vom Lazarett gegeben. Er darf zwei Wochen hier bleiben, ist das nicht wunderbar?«

Anna nickte. Ja, das war gut, so war er vorläufig in Sicherheit und konnte seine Verletzung ausheilen. Nur schade, dass er nicht bei der Arbeit mithelfen konnte. Käthe war schon aus der Tür und in den Stall gelaufen, weil sie ihre Schwester richtig dort vermutete. Auch hier verkündete sie strahlend die Neuigkeit. Marie erhob sich von ihrem Melkschemel und umarmte Käthe stumm. Dann brach sie in Tränen aus.

Paul stand spät auf. Er hatte spätabends in einem Kübelwagen, der von Adenau nach Kelberg unterwegs war, mitfahren dürfen. Unterwegs hatte man ihn abgesetzt. Von dort aus war er zu Fuß gelaufen und war todmüde im Dorf angekommen. Käthe machte ihm noch ein kleines Frühstück und umsorgte ihn fast noch mehr als die Kinder, die den fremden Mann scheu, aber doch mit einer gewissen Neugier, bestaunten. Das sollte ihr Papa sein? Der blasse Mann im Unterhemd und Uniformhose? Mit dem Stoppelbart und zerzausten dunklen Haaren? Der einen großen Verband um die Schulter trug und den Arm nicht bewegen konnte? Die kleine Karin kroch unter Omas blaugestreifte Schürze und lugte von da aus mit einem Auge auf den unbekannten Soldaten. Klaus wollte seine Angst nicht zeigen und machte kleine Schrittchen auf den Fremden zu und stellte sich in gehörigem Abstand neben den Stuhl. »Bist du mein Papa?« Die Frage kam unerwartet und so plötzlich aus dem Kind herausgeschossen, dass alle irgendwie zusammenfuhren. Paul lächelte erfreut und machte Anstalten, den Jungen auf seinen Schoß zu nehmen. Doch da siegte die Angst, und der Junge rannte eilig aus dem Zimmer und versteckte sich. Käthe lächelte entschuldigend: »Ich erzähle den Kindern so viel von dir. Wahrscheinlich haben sie sich den Papa ganz anders vorgestellt. Vielleicht so wie einen Märchenprinzen, der auf einem Schimmel kommt und uns mit in sein Schloss nimmt.«

Paul lachte kurz auf. »Schloss ist gut. Unser Schloss daheim liegt halb in Schutt und Asche. Herbert, der mit mir in einer Kompanie ist, hat es gesehen, als er auf Urlaub war. Wir müssen es erst wieder aufbauen.«

»Ja, das stimmt«, nickte Käthe traurig, »deine Eltern sind irgendwo in Thüringen, ich weiß schon gar nicht mehr, wie der Ort heißt, und wer kümmert sich jetzt um die ganzen …?«

»Wir können gar nichts tun«, fiel ihr Paul ins Wort, »nichts. Nur warten, warten, bis …« Jetzt schwieg er, rückte seinen Stuhl vom Tisch ab und stand auf. Vorsichtig umfasste er sie mit dem rechten Arm und drückte sie an sich.

»Geduld«, flüsterte er, »Geduld, es dauert nicht mehr lange.«

Dann kam Weihnachten.

Am Heiligen Abend hatten die Frauen einen kleinen Tannenbaum mit Kerzen geschmückt. Anna stand noch in der Küche am Herd. Sie hatte ein festliches Mahl gekocht, für das ein kleines Schwein sein Leben hatte lassen müssen. Heimlich, versteht sich. Marie half der Mutter, Käthe und Paul saßen mit den Kindern in der Stube. Auf Drängen von Paul hatte man das »Christkind« bestellt, das den Kindern die Geschenke bringen sollte. Das war eine alte Tradition in dem Dorf, die Paul von zu Hause nicht kannte, die ihm aber ausnehmend gut gefiel. Klaus und Karin horchten auf, richtig, da erklang im Flur ein kleines Glöckchen. Karin kuschelte sich an die Mutter und Klaus schmiegte sich an seinen Vater, denn er hatte seine Scheu inzwischen abgelegt. Der kleine Werner lag in Maries Armen. Die Tür öffnete sich leise und herein trat das wahrhaftig echte Christkind, gekleidet in ein langes, weißes Gewand, Kopf und Gesicht von einem Schleier bedeckt. Es wurde von zwei, ebenfalls weiß gekleideten Engeln begleitet. Ergriffen starrten die Kinder das Wunder an. Freundlich begrüßte das Christkind die Kleinen, sprach sie mit Namen an und segnete sie. Die Engel überreichten Teller mit Plätzchen, Nüssen und Äpfeln. Die Kinder bekamen alle selbst gestrickte Pullover, Klaus einen geschnitzten Elefanten, Karin ein Schaf und Werner staunte einen beweglichen Hampelmann an. Die Pullover hatte Käthe abends gestrickt, und das Spielzeug war von Robert noch zuletzt gefertigt und Marie für die Kleinen in Verwahrung gegeben worden. Selbst Heinrich, der mit Adam gekommen war, schwieg angesichts des Kinderglücks. Paul wischte sich verstohlen Tränen aus den Augen. Dann, als das Weihnachtswunder vorbei war, tischten Anna und Marie das Essen auf. Heinrich verlor kein Wort über das Schwarzschlachten, sondern ließ sich den Braten schmecken. Beim Essen wurde er wieder lebendig und räsonierte laut darüber, dass nun bald der Endsieg in greifbarer Nähe sei. Paul schwieg, schaute ihn nur groß an.

Vor dem Schlafengehen gingen die Männer noch nach draußen. Es war eine kalte Vollmondnacht, und die Jäger waren unterwegs. Man hörte die Bordkanonen rattern. Aus der Gaststätte in der Nähe der Kirche klangen Weihnachtslieder. Dort feierten ein paar übrig gebliebene Soldaten an der Theke ein einsames Fest.

Hinter dem Stall wartete Marie mit einem Rucksack auf dem Rücken darauf, dass die Männer endlich wieder ins Haus gehen sollten. Dann verschwand sie heimlich in der Dunkelheit. Wie schon oft, suchte sie sich mit Hilfe ihrer winzigen Lampe den Weg durch den Wald und traf nach mühseligem Marsch bei dem Versteck der Franzosen ein. Die Männer strahlten, als sie ihren Rucksack auspackte und ihnen Wurst und Brot gab. Sie hatte sogar neue Kerzen mitbringen können, von denen sogleich eine angezündet wurde.

»Joyeux Noël«, flüsterte Robert Marie zu und drückte sie an sich. Es war feucht in dem Unterstand, den sich die Kriegsgefangenen gebaut hatten. Robert hustete und versuchte, es zu unterdrücken. Sie nahm ihn fest in den Arm, es war ihr gleich, ob die anderen es sahen oder nicht. Aber sie konnte ihre Tränen nicht verstecken. Behutsam wischte er ihre Wangen ab und küsste sie. Da musste sie auch wieder lächeln.

»Ich habe was für dich«, flüsterte sie und steckte ihm etwas Rundes, Weiches in die Tasche seiner Jacke, »zu Weihnachten von mir.« Robert lächelte und griff in seinen Beutel, in dem er seine Habseligkeiten mit sich führte. Eine kleine Kette zog er hervor, die er aus Resten von Patronenhülsen gemacht hatte.

Sorgfältig hatte er die Teile poliert und mit Ösen ineinandergefügt. Er hielt sie ihr an die Brust. »Un collier pour toi«, flüsterte er. Das verstand sie, das brauchte niemand zu übersetzen. Glücklich zog sie das Schmuckstück über den Kopf. »Schön«, murmelte sie, »so etwas Schönes habe ich noch niemals besessen.« Roberts Freunde nickten beifällig und bewunderten die Kette. Dann verließen die Männer leise, ohne dass es den beiden bewusst wurde, den Unterstand. Robert und Marie umklammerten sich, als wollten sie sich nie wieder loslassen.

Als Marie aus dem Unterstand trat, reichten ihr Roberts Kameraden die Hand. Michel, der auf dem Nachbarhof gearbeitet hatte, umarmte sie brüderlich. »Au revoir«, murmelte er. Sie wandte sich zum Gehen und die Männer verschwanden wieder in ihrem Unterstand. Marie fror und zog ihr wärmendes Tuch fester um ihre Schultern. Dann kämpfte sie sich durch das Dickicht, bis sie auf einen offenen Pfad gelangte. Als sie den Wald verließ und den schnurgeraden Weg zum Dorf einschlug, sah sie im Mondschein eine Gestalt auf sich zukommen. Beim Näherkommen sah sie, dass es zwei Personen waren, die hintereinander gingen. Dazu hörte sie Stimmen, die betrunken lallten: »Komm, wir heben das Nest endlich aus. Die Franzmänner gehören an die Wand gestellt.« Marie erschrak und versteckte sich seitwärts im Gebüsch. Sie hatte ihren Bruder schon an der Stimme erkannt. Er suchte die Franzosen immer noch. Sein Hass auf die Kriegsgefangenen war inzwischen so groß, dass er sogar auf seinen Schlaf verzichtete. Marie zitterte, aber nicht vor Kälte, sondern vor Angst. Was sollte sie tun? Zeigte sie sich, dann zwang der Bruder sie am Ende noch, das Versteck zu verraten. Sie verhielt sich mucksmäuschenstill, bis die beiden Kerle an ihr vorbeigetorkelt waren. Dann schlich sie leise hinter ihnen her. Sie wollte schauen, ob die Männer wirklich wussten, wo das Versteck war. Richtig bogen sie auch in den Pfad ein, der zu dem Dickicht führte. Marie schlug einen Bogen, schlich, so leise wie sie konnte und in der Dunkelheit vorwärts kam, sich seitwärts an die Betrunkenen heran, nahm einen Knüppel und warf ihn den beiden vor die Füße. Die Männer stolperten und stürzten übereinander zu Boden. Heinrich stöhnte: »Verdammt, was war das denn? Mich hat eine Sau umgerannt.« Sein Kumpel Wolf, der ihn begleitet hatte, jammerte vor Schmerzen. »Scheiße, habe mir den Arm gebrochen, komm hilf mir, wir müssen zurück.« Heinrich schimpfte und weigerte sich, gab dann jedoch nach, als Wolf immer weiter jammerte und vor Schmerzen beinahe heulte.

Als Marie merkte, dass die Gefahr gebannt war, beeilte sie sich, die Franzosen zu warnen. »Geht fort, sucht euch ein anderes Versteck«, beschwor sie die Kriegsgefangenen. »Sonst findet euch mein Bruder am Ende doch noch.« Die Männer schauten sich ratlos an. Sie hatten Marie schon verstanden, waren im Augenblick aber hilflos, weil sie so rasch keine Lösung wussten. Marie rannte, so schnell sie konnte, nach Hause. In der Küche wärmte sie sich noch ein wenig auf, da traf Heinrich ein. »Was machst du denn noch hier?«, erkundigte er sich in spitzem Ton, »Weihnachten ist doch schon vorbei?«

»Und wo warst du mitten in der Nacht, dass du jetzt erst kommst?«, fragte sie ihrerseits, ohne auf seine Bemerkung einzugehen. »Das geht dich gar nichts an«, versetzte er in rauem Ton. Dann konnte er es sich doch nicht verkneifen: »Ich bin im Auftrag des Ortsgruppenleiters in geheimer Mission unterwegs. Anweisung von ganz oben!«

Wenn die Sache nicht so ernst gewesen wäre, hätte sie über seine anmaßenden Äußerungen lachen müssen. Heinrich und in geheimer Mission! Das war ja geradezu lächerlich. Sie schüttelte den Kopf und ging nach oben in ihr Zimmer. Die Kinder schliefen fest. Glücklich hielt Karin ihr Schaf im Arm. Marie kniete vor ihrem Bett nieder und betete zu Gott, wie sie wohl noch nie gebetet hatte. »Lass ihn seine Heimat finden. Lass endlich Frieden werden. Ich wünsche mir nichts sonst auf der Welt.«

Kapitel Sieben
Feigheit oder Mut?

Dann kam Silvester 1944. Es war ein schrecklicher Sonntag. Es stürmte und schneite. Trotz des Schneesturms kamen die Jagdbomber und warfen ihre schreckliche Fracht ab. Später erfuhr man, dass sie die V1-Stellungen angegriffen hatten. Dabei waren nicht nur Soldaten, sondern auch Leute aus dem Nachbardorf, die auf dem Heimweg von der Kirche waren, ums Leben gekommen. Anna betete einen Rosenkranz nach dem anderen. Von ihren Söhnen, die im Krieg waren, hatte sie lange nichts mehr gehört.

Marie war verzweifelt. Seit Weihnachten lag tiefer Schnee, und sie hatte solche Angst um die Franzosen und besonders natürlich um Robert. Als sie das letzte Mal dort war, hatte sie den Unterstand im Wald verlassen vorgefunden. Heinrich hatte sich damit gebrüstet, die Franzosen entdeckt und liquidiert zu haben. »Wir haben sie zum Teufel geschickt, ein paar Kugeln, und es war vorbei«, hatte er zum Stall hereingerufen, als Marie beim Melken war. Sie wusste sofort, wen er meinte. Aber sie glaubte nicht, dass es die Wahrheit war. Auch Else hatte nicht daran geglaubt, sie meinte vielmehr, die Franzosen hätten sich bereits ein neues Versteck gesucht, bevor Heinrich ihren Unterschlupf entdeckte. Doch sie waren wie vom Erdboden verschluckt. Else schwor Stein und Bein, nichts Näheres zu wissen und Marie glaubte ihr. Aber in jeder freien Minute suchte sie unter dem Vorwand, Schanzen binden zu wollen, nach ihnen und streifte überall im Wald umher. Doch alles war vergeblich.

Paul wusste, dass sein Lazaretturlaub bald zu Ende ging. Dann würde er in die Kreisstadt gehen müssen, um sich dort im Lazarett untersuchen zu lassen. Und er würde kriegstauglich geschrieben werden, eine andere Möglichkeit war gar nicht in Betracht zu ziehen. Wenn man ihn also gesundschrieb, würde er wieder in den Kampf geschickt werden, das war ihm klar.

Einige Tage zuvor hatten Käthe und er nachts miteinander auf dem schmalen Bett in dem kleinen Zimmer neben der Treppe gelegen und über den bevorstehenden Abschied gesprochen. Da war er zum ersten Mal im Leben vor seiner Frau in Tränen ausgebrochen. »Ich kann nicht mehr zurück, ich kann nicht, ich habe Angst, Angst, Angst … Wenn ich jetzt wieder fort muss, komme ich nicht mehr nach Hause. Ich weiß es.« Schluchzend hatte er in ihrem Arm gelegen, seine Tränen hatten den Ärmel ihres Nachthemdes durchnässt. Er hatte ihr so bitter leid getan. Verzweiflung packte sie und Todesangst um sein Leben. Aus der Drangsal war Zorn, dann kalte Wut geworden.

»Du gehst nicht«, hatte sie geflüstert, »du bleibst bei mir. Ich lasse dich nicht mehr fort. Und wenn ich dich unter meinem Bett verstecke … Der kleine Werner ist erst ein Jahr alt, sollen deine Kinder ohne Vater aufwachsen?« Das karierte Bettzeug noch enger um ihn schlingend, hatte sie ihn festgehalten, als ob sie ihn nie im Leben wieder loslassen könnte. Er hatte ihren Blick gesucht, obwohl er sie in der Düsternis des Zimmers nicht sehen konnte. »Wie soll das gehen? Wenn ich nicht komme, suchen sie mich, stellen mich an die Wand … Andererseits weiß ich, dass der Krieg verloren ist. Die Amis werden bald kommen, das ist sicher. Man weiß nur nicht, wie bald sie es schaffen.«

So hatten sie geredet, hin und her. Trotz aller Angst war eine Idee geboren. Kaum hörbar, hatten sie miteinander geflüstert, geplant, verworfen, erneut überlegt. Dann, ehe die Müdigkeit sie endgültig überwältigte, hatte er sie umklammert, sich noch näher an sie gedrängt, sich zuletzt auf sie geschoben. An die Möglichkeit einer neuen Schwangerschaft hatten sie nicht gedacht, sondern sich treiben lassen, nichts anderes fühlen wollen als nur sich selbst und ihre kleine Welt.

Am anderen Tag vertrauten sie sich der Mutter an, obwohl sie Angst vor ihrer Reaktion hatten. Und Anna war in der Tat sehr skeptisch. »Stellt euch vor, wenn sie Paul suchen? Und sie werden ihn suchen. Und was geschieht, wenn sie ihn finden, ist euch ja wohl klar? Denkt an Heinrich! Er glaubt immer noch an den Endsieg. Dafür würde er alles geben, sogar seine Schwester ins Unglück stürzen. Ich glaube, er ist inzwischen so verbohrt, dass er seine Familie nicht mehr kennt. Wir müssten alle um unser Leben fürchten. Käthe, bist du sicher, dass du diese Verantwortung tragen kannst? Denke an deine Kinder.«

»Gerade deshalb, Mutter, gerade weil ich ihnen den Vater nicht nehmen will. Paul kann sich verstecken, in der Scheune unter dem Heu, im Holz, im Wald, überall. Und er sagt, dass es gar nicht mehr lange dauern wird, bis die Amerikaner kommen.«

Man diskutierte heftig, bis Anna einlenkte und sich einverstanden erklärte. Der Jammer ihrer Tochter ging ihr zu sehr ans Herz. Sie hatte eine gute Idee. »Paul, wir haben doch noch ein Schöppchen draußen im Wald hinter dem kleinen Teich, Käthe weiß, wo. Da stehen noch alte Bienenkörbe drin. Dort könntest du dich verstecken, zumindest über Tag, und nachts könntest du dann ins Haus kommen. Was meinst du? Oder ...« Sie glaubte, noch eine bessere Idee zu haben, »wie wäre es mit der alten Kapelle?«

Diese Kapelle lag einige Kilometer noch hinter dem nächsten Dorf auf einer Anhöhe. Ein Schlüssel wurde traditionell im Haus aufbewahrt. »Ach nein«, fiel ihr dann ein, »dort darf im Moment ja niemand hin. Der Hügel ist gesperrt für alle.« Sie spann diesen Gedanken jedoch weiter. »Da gibt es ja noch den Hexenberg, ihr wisst, er ist recht unzugänglich. Vielleicht wäre das eine Möglichkeit?« Alternativen wurden in Betracht gezogen, abgewogen, wieder verworfen.

Am Abend vor seiner Abreise verabschiedete Paul sich von allen im Haus, trank mit den beiden vom Dienst an der Waffe freigestellten Schwägern und den alten Nachbarn Dünnbier und vom Selbstgebrannten, seinen gepackten Rucksack neben sich. »Ja, jetzt geht's wieder ins Feld. Nein, ich weiß nicht, wohin. Das wird ja immer geheim gehalten. Haltet mir die Daumen, hoffentlich wird es nicht mehr lange dauern. Einmal muss der Krieg ja auch mal vorbei sein.«

»Bleib gesund, halt dich tapfer, Kopf hoch!«

»Lass dich nicht unterkriegen, zeig dem Russen, was 'ne Harke ist ...«

In den Tönen war es so weitergegangen, bis der Schnaps seine Wirkung getan hatte, und die anderen sich auf ihre strohgefüllten Matratzen schlichen, froh, dass sie nicht mit in den Kampf mussten.

Am anderen Morgen war Paul fort. Zumindest war jeder im Dorf davon überzeugt, dass er wieder eingerückt war. In Wahrheit hatte er das Dorf zwar verlassen und war, anstatt den Weg zum Lazarett einzuschlagen, auf schmalen Pfaden in den dichtesten Wald gegangen, hatte in der Hütte das Einbrechen der Dunkelheit abgewartet, um dann wieder ins Dorf zurück zu schleichen. Eine Nacht noch wollte er bei Käthe bleiben. Nur eine einzige Nacht ... Er wusste aber, dass das keine Lösung von Dauer sein konnte.

Die Zeit danach war die reinste Hölle. Natürlich wurde nach ihm gesucht. Die Feldjäger waren unermüdlich unterwegs, denn Paul war nicht der einzige, der sich stillschweigend abgesetzt hatte, weil er sich nicht sinnlos opfern wollte. Aber sie fanden ihn nicht. Tageweise verbrachte er in ausgeklügelten Verstecken in der Scheune, auf dem Heuboden oder auf dem Speicher, um nicht die vielen Kilometer in den Wald laufen zu müssen. Käthe zitterte jedes Mal vor Angst, wenn sie einen der Kübelwagen sah, mit dem die »Kettenhunde« Hitlers unterwegs waren.

Die Bevölkerung lebte in großer Furcht vor den Fliegern, die immer noch über der Eifel ihre Bombenfracht abwarfen. Die fünfundzwanzig Kilometer entfernte Kreisstadt war oft Ziel der Angriffe, und niemand konnte sicher sein, dass nicht vorher schon Bomben ausgeklinkt wurden. Immer mehr deutsches Militär kam durch, denn der Rückzug war in vollem Gange.

So vergingen weitere zwei Wochen. Käthe hatte Angst vor jedem neuen Tag, in ihr krampfte sich alles zusammen vor

Panik, wenn sie die Flieger hörte oder Fahrzeuge der Wehrmacht erblickte. Auch Marie hatte keine Ruhe, sie wusste nicht, ob die Franzosen einen Weg gefunden hatten, wie sie über die Westfront nach Hause gelangen konnten, oder ob sie sich noch in der Gegend versteckten. Sie fürchtete noch immer um Roberts Leben.

Heinrich war wieder mit seinem Ortsgruppenleiter unterwegs. Die Sorge um den Endsieg trieb ihn um. Er rekrutierte alle verfügbaren Männer, um Gräben auszuheben, Bäume zu fällen und Barrikaden zu bauen. So standen Zwölf- und Vierzehnjährige neben Siebzigjährigen, um mit vereinten Kräften und geringsten Mitteln die Amerikaner aufzuhalten, denn die Ardennenoffensive war inzwischen verloren. Es war klar, dass die endgültige Niederlage nur noch eine Frage der Zeit war. Die Wehrmachtführung unter Generaloberst Alfred Jodl sprach nicht mehr von der Festung Europa, sondern nur noch von der »Festung Deutschland«, die es zu verteidigen galt. Doch Heinrich, fest in seinem unerschütterlichen Glauben an Hitlers Endsiegversprechen, plante, das Dorf mit allen Mitteln zu verteidigen.

Eines Abends, als Paul wegen einer heftigen fiebrigen Erkältung sein Versteck auf dem Speicher hinter Truhen und Kisten nicht mit dem Zufluchtsort im Wald tauschen wollte, kam Heinrich wieder einmal nach Hause. Nachdem er sich sattgegessen hatte, prahlte er erneut mit seiner angeblichen Kenntnis von der letzten Schlacht, die nur noch zu schlagen sei, um das Blatt endgültig zu wenden. Da platzte seiner Mutter endgültig der Kragen. »Du bist ein hirnverbrannter, strohdummer Kerl«, fuhr sie ihn an, »du weißt doch ganz genau, dass es keinen Sieg mehr geben wird, alle warten nur auf die Amerikaner, damit das Elend endlich ein Ende hat.«

Heinrich wurde rot vor Wut: »Du hast doch überhaupt keine Ahnung«, schrie er seine Mutter an, »ihr werdet sehen, was geschieht. Nur einige Tage noch …«, er hielt inne. Käthe und

Marie saßen mit am Tisch und hielten den Atem an. Sie fürchteten sich vor Heinrich und seinem Jähzorn. Was würde nun geschehen?

Heinrich wandte sich von der Mutter ab und starrte aus dem Fenster. Dann drehte er den Kopf zu Käthe, und mit schneidender Stimme richtete er die Frage an sie, die ihr nachts in ihren Albträumen wohl hundertmal gestellt worden war: »Wo eigentlich ist Paul?«

»Paul ... Paul ... du weißt doch, dass er wieder eingerückt ist«, stotterte sie mit hochrotem Kopf.

»Falsch«, kam es postwendend zurück, »ganz falsch. Er ist überhaupt nicht im Lazarett angekommen. Glaubst du, ich wäre so blöd gewesen und hätte es nicht nachkontrolliert? Aber wir werden ihn finden, das kannst du mir glauben. Und dann hast du einen Ehemann gehabt ...«, er lachte hämisch. Seine Familie mit bösen Blicken bedenkend, verließ er das Haus grußlos. Käthe schluchzte unbeherrscht auf, als er den Raum verlassen hatte. Sie hatte befürchtet, Heinrich würde auf der Stelle das Haus durchsuchen.

»Nimm dich zusammen«, fuhr Anna sie an, »lauf hinauf und warne Paul. Er darf nicht mehr im Haus bleiben.« Käthe stürzte auf den Speicher, wo Paul die lauten Stimmen, besonders die von Heinrich, wohl gehört, aber kein Wort verstanden hatte. »Paul, du musst fort«, beschwor Käthe ihren Mann, »sofort, Heinrich holt die Feldjäger und wird das Haus durchsuchen. Er hat gedroht ...« Paul sprang auf und warf seine Jacke über. Rasch schnappte er sich den Rucksack, der immer eine Notration und eine Decke enthielt, und die Schuhe. Sein Gewehr hatte er gut versteckt, aber die Pistole hatte er noch. Die steckte er zu sich. Flüchtig umarmte er Käthe. So leise, wie er konnte, lief er in Strümpfen die Treppe hinunter und verließ das Haus, indem er durch die Werkstatt und den anschließenden Pferdestall schlich und das Anwesen durch den rückseitigen Ausgang verließ. Dann traf Heinrich mit den Feldjägern ein, die Haus, Scheune und Stall auf den Kopf stellten. Käthe war es zum Glück vorher gelungen, das Versteck Pauls von allen verräterischen Gegenständen wie Decken und Kerzen zu befreien.

Paul hatte indessen den Weg zur Hütte eingeschlagen. Den Fußweg schaffte er in einer halben Stunde, die Hälfte der sonst benötigten Zeit. In der Düsternis des Waldes stolperte er einige Male und stürzte einmal sogar heftig über einen Stein. Dann hatte er es geschafft und war an der Hütte angelangt, die Anna ihm zu Anfang bezeichnet hatte. Vor der Tür stehend, atmete er wiederholt tief ein und aus, um sein rasendes Herz zu beruhigen. Er stockte, glaubte, jemanden reden zu hören und hielt den Atem an. Richtig! Aus der Hütte drangen Stimmen. Ganz vorsichtig legte er das Ohr an die Bretterwand. Es waren französische Laute, die er vernahm. Was sollte er tun? Ein anderes Versteck würde er in dieser finsteren Nacht nicht mehr finden. Er hoffte, die Franzosen, wenn es denn die Kriegsgefangenen aus dem Dorf waren, würden ihn – hoffentlich – wiedererkennen. Bei einem früheren Urlaub auf dem Hof hatten sie ihn doch kennengelernt. Er war doch freundlich zu ihnen gewesen, hatte mit ihnen eine Zigarette geraucht, und sie hatten es doch gut gehabt auf dem Hof, oder etwa nicht? Paul befand, er habe keine andere Chance und klopfte leise an die Tür. Im gleichen Moment wurde es totenstill. Nur der Wind rauschte leise in den Tannen. Er klopfte wieder und murmelte: »Paul, ich bin Paul«, vorsichtig drückte er die Klinke herunter und zog die Türe auf. Im gleichen Moment packten ihn zwei Hände am Arm und zogen ihn herein. Ein heftiger Stoß ließ ihn zu Boden stürzen. Dort wurde er von jemandem niedergehalten. Auf dem Tisch brannte eine einzelne Kerze und verbreitete ein schwaches Licht. Dann blendete eine Taschenlampe ihn. Eine Stimme flüsterte: »Paul, il est Paul.« Man ließ ihn los, so dass er sich aufsetzen konnte. Als sich seine Augen an das Licht gewöhnt hatten, erkannte er Robert und zwei andere Franzosen, die ihn anstarrten. »Deserteur«, murmelte er, »ich bin ein Deserteur.« Das Wort verstanden sie wohl, aber längst nicht alle waren ihm wohlgesinnt. Eine leise, aber sehr heftige Diskussion begann, in der Robert gegenüber seinen Kameraden Sieger blieb. Mit

Händen und Füßen und den kargen Deutschkenntnissen der Franzosen begannen sie sich zu verständigen. Es gelang Paul, ihnen klarzumachen, dass er von Heinrich gesucht würde. »Henri, le sale boche«, knurrte jemand aus dem Hintergrund. Heinrich kannten sie alle.

Als Heinrich und die Feldjäger das Anwesen verlassen hatten, wobei Heinrich wieder finstere Drohungen ausstieß, setzte sich Anna mit ihren Töchtern zusammen und beratschlagte, was zu tun sei. Tief bekümmert über ihren unvernünftigen und verbohrten Sohn, hätte sie am liebsten geweint. Aber dazu war noch keine Zeit. Jammern konnte man später. Sie zündete einen Kerzenstummel an, der auf einer Untertasse klebte. Man musste mit dem Licht sparsam umgehen, denn es gab schon seit Weihnachten keinen Strom mehr. Holz für den Herd war noch genügend vorhanden. Elektrische Geräte gab es im Haus nicht, Melken, Waschen, Bügeln, alles wurde per Hand erledigt, und die landwirtschaftlichen Maschinen, wie zum Beispiel diejenige zum Rübenschnitzeln, wurden manuell bedient.

»Wir müssen zusammenhalten«, Anna schaute ihre Töchter beschwörend an, »wenn wir bisher Glück gehabt haben, so heißt das nicht, dass es auch weiter so gehen wird. Also Vorsicht bei allem, was wir sagen oder tun. Adam ist harmlos, aber Heinrich ...«, sie schluckte, »vor meinem eigenen Sohn habe ich Angst.«

Käthe weinte wieder, ihre Augen waren inzwischen ständig gerötet, sie rang ihre rauen und rissigen Hände. »Ich muss zu Paul, er braucht mich. Er wird verhungern und erfrieren ...«, beinahe hysterisch sprang sie auf, so, als ob sie ihm hinterher laufen wollte.

»Setz dich hin«, befahl Anna und legte beruhigend ihre Hand auf Käthes Arm. »Du gehst nirgendwo hin. Deine Kinder brauchen dich. Du darfst dich keiner Gefahr aussetzen. Wenn einer geht, dann bin ich es oder Marie. Aber wohin könnte er gelaufen sein?« Anna überlegte eine Weile, dann winkte sie Marie zu sich heran. »Vielleicht ist er zum Schöppchen gelaufen. Du könntest nachschauen und ihm noch was bringen.« Marie nickte und erhob sich. Dann packte sie einen Rucksack und nahm von den wenigen Vorräten, die noch da waren, einiges an Lebensmitteln, was Anna ihr zureichte. »Wenn ich morgen früh noch nicht wieder zurück bin, dann musst du melken«, befahl sie ihrer Schwester, die hilflos nickte.

Es war schon nach dreiundzwanzig Uhr, als sie sich auf den Weg machte. Den Weg hätte sie im Schlaf gefunden, hatte sie doch schon als Kind auf der weit entfernten Weide gleich neben dem Teich und dem dichten Waldstück die Kühe gehütet. Aber sie brauchte lange im Dunkeln. Um sie herum war es so ruhig, dass ihr eigener Atem ihr unnatürlich laut vorkam. Leise sauste der Wind in den Tannenwipfeln. Es war nicht so streng kalt wie in den letzten Tagen. Ob Paul wirklich in die Hütte gelaufen war, so wie die Mutter vermutete? Oder hatte sie von Anfang an mehr gewusst, als sie preisgegeben hatte? Denkbar wäre es ja. Plötzlich stolperte sie über einen harten Gegenstand. Sie bückte sich und tastete danach. Nach einigem Suchen fand sie ihn, befühlte das harte Ding und erschrak. Es war eine Pistole, die dort auf dem Weg gelegen hatte. Da sie sich mit Waffen nicht auskannte, überlegte sie kurz, sie wegzuwerfen, da sie Angst hatte, dass sie einfach losgehen könne. Doch dann entschloss sie sich, sie zu behalten und steckte sie in die Vordertasche des Rucksacks. Sie ahnte, dass sie auf dem richtigen Weg war. Vielleicht hatte Paul die Waffe verloren? Obwohl das eigentlich ziemlich unwahrscheinlich war. Sie wandte sich jetzt vom Weg ab und tauchte in den Wald ein. Durch die winterliche Witterung waren viele Äste von den Bäumen heruntergeweht worden und behinderten sie beim Gehen. Ihre Füße schmerzten sie so sehr, dass ihr Tränen in die Augen traten. Wieder stolperte sie und drohte hinzustürzen, doch im letzten Moment konnte sie sich fangen. Dann hörte sie über den Wipfeln der Bäume Flugzeuglärm, der sich aber rasch entfernte. Grauen erfasste sie. Sie, die sonst immer mutig geblieben war, fürchtete sich plötzlich zu Tode in dem einsamen Wald. Auf einem feuchten Baumstamm ließ sie sich erschöpft nieder und begann zu beten. Doch es stärkte sie nicht, wie sonst, wenn sie Gebete zum Himmel schickte. Warum, warum nur, grübelte sie. Warum lässt Gott das zu? So viele Menschen sind schon gestorben, und wie viele mögen es noch werden? Ihr Gottvertrauen war in der letzten Zeit mehr und mehr geschwunden. Mutlos erhob sie sich und schlich weiter, immer weiter durch den feuchten, stockdunklen Wald. Ein Geräusch schreckte sie auf. War es ein Tier? Es gab hier viele Wildschweine, vor ihnen hatte sie Angst. Aber sie war nun wieder ganz bei der Sache. Sie ahnte, dass es nicht mehr weit sein könnte und stieß auch richtig unvermittelt auf die Hütte. In dem baufälligen Gebäude war alles still, kein Geräusch drang nach draußen. Vorsichtig tastete sie sich um das Häuschen herum, bis sie an eine grob zusammengezimmerte Tür kam. Behutsam drückte sie die Klinke herunter. Sie gab nach und öffnete sich mit leisem Knarren. Da fasste sie all ihren Mut zusammen und flüsterte leise: »Paul, bist du da drinnen?« Alles blieb still. Vorsichtig betrat sie den Raum. Sie zündete die Dynamo-Taschenlampe an, die ihr unterwegs ab und zu geholfen hatte und warf einen raschen Blick in den Raum. Ein Tisch, Tornister in einer Ecke, eine Matratze, über die Decken gebreitet waren. Sie bemerkte, dass dieser Raum bewohnt war oder zumindest bewohnt gewesen war. Was sollte sie tun? Marie war hundemüde und konnte kaum noch stehen. Kurzentschlossen ließ sie sich auf einen wackeligen Stuhl fallen, der neben der Tür stand. Im gleichen Augenblick regte sich etwas unter der Decke und ein strubbliger Kopf schaute unter der Decke hervor.

»Robert«, sprachlos starrte Marie ihren Liebsten an, den sie so lange nicht mehr gesehen hatte. Er betrachtete sie wie ein Weltwunder.

»Mariesch, d'où est-ce que tu viens?«, stammelte er, ohne zu bedenken, dass sie ihn nicht verstehen konnte. »Wo kommst du her?«, fragte er dann in gebrochenem Deutsch. Wortlos warf sie sich in seine Arme und umklammerte ihn. Er drückte sie kurz an sich, dann löste er ihre Hände vorsichtig von seinem Nacken und verschloss ihren Mund mit seinem rechten Zeigefinger. Mit Hilfe von Händen und Füßen machte er ihr klar, dass seine Freunde in Kürze zurückkommen würden. »Avec Paul«, schloss er seine Erklärung. Marie war froh. Paul war also hier, hier bei den Franzosen. Sie packte ihren Rucksack aus und legte die mitgebrachten Vorräte auf den Tisch. Jetzt war es an Robert, zu strahlen. Er griff hungrig nach einem Stück Brot und biss gierig hinein. Draußen raschelte es. Wie von Geisterhand öffnete sich die Tür und drei Männer betraten hintereinander den dunklen Raum. Einer trug ein fest verschnürtes Paket im Arm, das er auf den Tisch legte. Als er sich umwandte, erblickte er Marie.

»Marie, du?« Es war Paul. »Wo kommst du her? Wie hast du uns gefunden? Du hast dich in Gefahr gebracht. Am besten gehst du gleich wieder zurück.«

»Käthe hat solche Angst um dich«, raunte sie, denn laut zu sprechen, wagte sie nicht. »Mutter hat mich geschickt, nachzuschauen, wo du dich versteckt hast. Ihr müsst hier weg, Heinrich ist mit den Feldjägern unterwegs und wird auf jeden Fall auch hier suchen.« Die geflüsterte Unterhaltung wurde von den beiden Franzosen natürlich nicht verstanden. Sie wurden ungeduldig und wollten wissen, was los war. Als Robert den Namen Heinrich hörte, war ihm alles klar.

»Henri ... Henri veut nous tuer«*, stammelte er. Was sollten sie nun tun? Marie weinte. Einen Moment standen alle ratlos vor der Hütte. Dann fasste Paul einen Entschluss. »Ich suche uns eine Scheune oder einen Schuppen, wo wir die Nacht über bleiben können. Dann werden wir weitersehen. Aber du solltest wieder nach Hause gehen.«

»Nein«, widersprach sie ihm, »ich gehe erst, wenn ich weiß, dass du in Sicherheit bist. Das bin ich Käthe schuldig.«

Rasch packten sie alles ein und verließen die Hütte. Paul zog Robert am Arm und winkte ihm und seinen Kameraden, ihnen zu folgen.

* *Heinrich will uns töten*

»Non, non«, flüsterte Robert, »trop dangereux … gefährlisch. Wir suchen … Versteck … isch weiß wo … vite, vite.« Ohne weitere Diskussionen trennten sie sich. Marie wollte Robert folgen, aber Paul zog sie am Arm. »Entweder du gehst mit mir oder nach Hause. Warum läufst du den Franzosen nach? Die sorgen für sich selbst.« Erschreckt wandte sie sich um und lief ihm nach, der schon den Weg nach links eingeschlagen hatte. Als sie aus dem Dickicht heraus waren, wandten sie sich in südöstliche Richtung.

»Wie spät mag es sein?«, murmelte Marie und wartete nicht auf Antwort. Paul schwieg. Er schwieg so nachhaltig, dass Marie manchmal während des Weges glaubte, ihn verloren zu haben. Unterwegs standen Lastwagen und Kettenfahrzeuge der Wehrmacht leer und unbewacht an den Böschungen. »Die haben keinen Sprit mehr und die Soldaten sind abgehauen«, meinte Paul verächtlich. Er schaute aber doch noch kurz, ob die Fahrzeuge zu starten waren oder ob etwas Brauchbares zu finden war, was natürlich nicht gelang. Marie merkte plötzlich, dass Paul ein Ziel hatte und nicht nur sinnlos in der Gegend herumlief. Kurz nach dem Ortsschild des Nachbardorfs wandte er sich seitwärts und lief zweihundert Meter weit über einen Feldweg. Jetzt wusste Marie, dass er zu einer kleinen Feldscheune wollte, die dort stand. Es roch nach verbranntem Stroh und sie bemerkten, dass das Gebäude abgebrannt war. »Mist«, fluchte Paul. Dort hatte er die Nacht verbringen wollen. Sie liefen unentschlossen ein Stück weiter. »Halt«, Paul hielt Marie an dem Tuch fest, dass sie um die Schultern geschlungen hatte. Vor ihnen war etwas. Etwas Dunkles türmte sich vor ihnen auf. Ein Haus? Eine Hütte? Paul lief noch ein paar Schritte weiter. Alles war finster und still. »Warte hier«, befahl Paul Marie. Als er um das Bauwerk herumging, gelangte er an eine Tür. Er stieß dagegen, mit einem lauten Krach fiel sie nach innen und stürzte zu Boden. Er lief zurück zu Marie. »Komm, wir bleiben hier«, damit zog er sie in die Hütte hinein. Hinter altem Gerümpel und Stroh versteckten sie sich und fielen in einen leichten, unruhigen Schlaf, in dem Albträume sie plagten.

Mit einem Schrei wurde Marie wach. Sie hatte geträumt, dass Heinrich mit einer Axt vor ihr gestanden hatte und ihr den Kopf spalten wollte. Die ersten Schatten der Morgendämmerung tauchten das Innere der Hütte in ein unwirtliches Zwielicht. Marie fror und zog ihr Umschlagtuch eng um sich. »Was machen wir jetzt?« Beklommen schaute sie Paul an, der zum Himmel blickte. Von fern klang ab und zu Geschützdonner. Flugzeuge waren keine mehr zu sehen. »Geh' doch endlich nach Hause«, forderte er sie auf, »die anderen werden sich Sorgen um dich machen.«

»Nein«, weigerte sie sich, »ich will sicher sein, dass du irgendwo bleiben kannst, wo dich keiner findet. Dann gehe ich zurück und kann Käthe und Mutter Bescheid sagen.«

»Dann gehen wir ins Dorf zu Schüttlers Wilhelm«, beschloss er, »der ist mir noch was schuldig und wird den Mund halten. Aber seine Frau darf uns nicht sehen. Die ist eine alte Klatschbase.« Wilhelm war ein älterer Mann, der mit seiner Frau in einem winzigen Gehöft wohnte. Paul hatte ihm bei der Reparatur einer Mähmaschine geholfen. Das Dorf war schon wach, in den Ställen brüllte das Vieh, Milchkannen klapperten und das Geräusch genagelter Schuhe klang hell auf dem Pflaster der Höfe. Marie und Paul schlichen dicht an den Häusern vorbei, bis sie zu Schüttlers Hof gelangten. Sie hatten Glück, Wilhelm trat gerade aus seiner Haustür. Aus dem Stall hörten sie die Stimme seiner Frau Magda, die beim Melken war: »Geh rüber, du dummes Vieh.«

»Ssst, ssst, Wilhelm, komm mal her«, Paul getraute sich nicht, laut zu rufen. Erstaunt blickte Wilhelm in die Richtung, von wo aus Paul gerufen hatte. Mit ein paar Schritten war er bei Paul und zog beide hinters Haus, wo sich der Küchengarten befand. »Paul, du? Ich denke, du bist wieder an der Front?«, raunte Wilhelm. Er hatte sofort begriffen, dass etwas Besonderes im Gange sein musste und sprach sehr leise. Marie hatte sich auf ein umgestülptes Wasserfass gesetzt. Vor Kälte und Müdigkeit war sie nicht in der Lage, dem Gespräch der Männer zu folgen. Irgendwie interessierte es sie auch nicht, sie fühlte eine Stumpfheit in sich, als ob sie das alles nichts mehr anginge. Sie fror und barg die Hände unter ihren Achseln, um sie zu wärmen. Plötzlich aber horchte sie auf, als sie das Wort »Amerikaner« vernahm. Da stand sie auf und gesellte sich zu den Männern. »Die Amerikaner sind schon ganz nah. Die Leute sagen, der Ami sei schon durch Gerolstein und auf geradestem Weg hierhin. Es kann nicht mehr lange dauern, bis sie hier sind.« Wilhelm wusste Bescheid und war sehr zuversichtlich, dass bald aller Widerstand zusammenbrechen würde. »Aber so lange muss ich mich noch verstecken«, flüsterte Paul, »kann ich nicht bei euch bleiben? Mein Schwager Heinrich ist hinter mir her. Der ist schlimmer als die Feldjäger.«

»Der Heinrich? Ja, der verdammte Nazi«, schimpfte Wilhelm, der Heinrich nur zu gut kannte, da er ihn einmal wegen einer Belanglosigkeit angezeigt hatte. »Kommt erst einmal hinein, Magda macht uns einen Tee.«

»Wird sie uns nicht verraten?«, fragte Paul leise. Marie zog ihn ängstlich am Ärmel: »Komm weiter, wir finden noch etwas anderes.«

»Nein«, wehrte Wilhelm ab, »Magda hat auch begriffen, dass es keinen Endsieg mehr geben wird. Gestern hat sie alles ins Feuer geworfen, einschließlich des Führerbildes und des verdammten Buches.« Damit meinte er »Mein Kampf«, das in einer Riesenauflage gedruckt und zum Beispiel jedem frischgebackenen Ehepaar auf dem Standesamt als Geschenk des Führers übergeben worden war. Auch Paul und Käthe hatten solch ein Buch erhalten, aber niemals auch nur einen einzigen Blick hineingeworfen. Hintereinander betraten sie das Haus. Nach ein paar Minuten kam auch Magda, die zuvor die Milch versorgt hatte. Sie grüßte knapp, man merkte, dass ihr der Besuch nicht angenehm war. Doch ohne langes Federlesen brühte sie eine Kanne Tee auf.

»Kaffee gibt es schon lange nicht mehr, ich weiß gar nicht mehr, wie er schmeckt«, seufzte sie, »und den Kaffeeersatz, wer mag den schon trinken. Also trinken wir Tee.«

Wilhelm holte eine kleine flache Flasche aus seiner Tasche und goss jedem einen tüchtigen Schluck in den Tee.

»Das wärmt«, lobte Paul die Zugabe und nahm einen Schluck aus der Tasse. Inzwischen war es hell geworden.

»Was sollen wir jetzt tun?«, fragte Marie in die Runde. »Wenn wir ins Dorf zurückkehren, weiß ich nicht, was geschieht.«

»Ihr bleibt hier«, beschloss Wilhelm. »Wir suchen ein Versteck, ich weiß auch schon, wo.«

Er hatte kaum geendet, da klopfte es heftig gegen die Tür. Noch ehe er »Herein« sagen konnte, flog sie auf und ein Nachbar stand in der Tür. »Ihr müsst weiße Fahnen in die Fenster hängen. Der Ami kommt!« Damit verschwand er wieder und rannte über die Straße ins nächste Gehöft. »Woher mag er es wissen?«, fragte Paul nachdenklich. »Egal, wir machen es jetzt einfach«, beschloss Wilhelm. Seine Frau war schon ins obere Stockwerk gelaufen und nach wenigen Augenblicken hing ein weißer Kopfkissenbezug aus dem Fenster. Marie ging vors Haus und sah weiße Tücher aus mehreren Häusern wehen. Nicht alle waren dem Aufruf des Nachbarn gefolgt, aber viele Leute hatten sich auf der Straße versammelt und beratschlagten, was nun zu tun sein.

»Sollen wir uns verstecken?«, fragte eine Frau, die zwei kleine Kinder an der Hand führte.

»Gehen wir alle in die Keller«, forderte Wilhelm die Dorfbewohner auf. Da hörten sie ein Motorengeräusch, das sehr schnell laut wurde. Ehe sie reagieren konnten, sahen sie ein Wehrmachtsfahrzeug herannahen und bei ihnen halten. Ein einzelner, fremder Soldat in einer abgetragenen schmutzigen Uniform stieg aus. Barsch befahl er: »Wir müssen sie aufhalten, in allen Dörfern werden Gräben ausgehoben und Bäume gefällt, um Barrikaden zu bauen.«

Eine Frau lachte gellend und stellte sich diesem Mann in den Weg: »Glaubst du, wir können den Endsieg noch verhindern?« Der Mann stutzte, überlegte einen Moment. Man sah, dass er den Kalauer überhaupt nicht verstanden hatte. Dann sah er die weiße Beflaggung. Aus dem Holster holte er eine Pistole und entsicherte sie. Damit zielte er auf die Umstehenden. Die Leute erstarrten. »Weiße Beflaggung ist verboten. Ihr denkt, der Ami kommt. Da irrt ihr euch. Wir haben ihn zurückgeworfen. Und ihr helft jetzt mit, Barrikaden zu bauen. Das ist ein Befehl des Führers!«, befahl der Soldat mit eisiger Miene. Wilhelm nickte und wandte sich um in der Absicht, Schaufeln und Sägen herbeizuschaffen. Im gleichen Moment knallte ein Schuss, die Leute schrien auf. Instinktiv ließ Wilhelm sich zu Boden fallen, aber die Kugel hatte seinen Oberarm gestreift. Marie stürzte voller Empörung auf den Soldaten zu und schlug ihm die Pistole aus der Hand, bückte sich und hob sie auf. In ihr brodelte alles vor Zorn und Erbitterung.

»Was soll das alles«, schrie sie, »es ist doch alles vorbei. Wozu das alles, wofür, wofür? Sind nicht genug Menschen umgekommen, du ... du ... Idiot.« Ohne lange zu überlegen, rannte sie zum Brunnen, der neben dem Haus stand und ließ die Waffe hineinfallen. Die Leute um sie herum standen wie erstarrt. Was würde nun geschehen? Auch der Soldat war sprachlos, aber nur für einen Moment. Langsam und mit drohend erhobener Faust bewegte er sich auf Marie zu. Im gleichen Augenblick war wieder Motorengeräusch zu hören und ein Motorrad mit Beiwagen tauchte an der Straßenbiegung auf. Marie und Paul erkannten sofort Heinrich als Fahrer des Motorrads. Der Beiwagen war jedoch leer. Der Soldat stürzte auf das Fahrzeug zu, als es zum Halten gekommen war und berichtete aufgeregt, was geschehen war. Heinrich trug eine schmutzige, zerdrückte feldgraue Hose und am Ärmel seiner Jacke eine rote Binde mit Hakenkreuz. Grinsend kam er auf Paul zu. »Na endlich, du Deserteur, jetzt haben wir dich.« Er sah schrecklich aus, unrasiert und ungepflegt, betrunken schien er jedoch nicht zu sein. Als Heinrich mit dem Soldaten sprach, zog Marie Paul zu sich heran und raunte ihm etwas zu. Daraufhin fasste Paul verstohlen in ihren Rucksack, zog die Hand so rasch, dass niemand etwas merkte, wieder heraus und hielt sie hinter dem Rücken.

Heinrich drehte sich wieder zu Paul und Marie um: »Bei Paul ist ja alles klar, er ist ein Feigling und Deserteur. Ich werde ihn den Feldjägern übergeben. Sicher ist, dass er dann standrechtlich erschossen wird. Aber dass du, Marie, als meine Schwester, ihm noch bei der Flucht geholfen hast und – wie ich eben gehört habe – den Kameraden hier entwaffnet hast ...«, irgendwo wurde ihm selbst klar, wie peinlich die Äußerung für den Soldaten sein musste. Eine Frau entwaffnet einen Soldaten ... Rasch verbesserte er sich: »... dir erlaubt hast, eine Kriegswaffe zu entwenden und unbrauchbar zu machen ...«

Marie fiel ihm ins Wort: »Was willst du denn noch, Heinrich? Der Krieg ist aus, auch für dich. Du wirst sehen, spätestens morgen sind die Amis da. Dann werden wir sehen, wer den Krieg letztlich gewonnen hat. Du und dein Führer jedenfalls nicht.« Sie wusste selbst nicht, woher sie den Mut nahm, ihrem Bruder so entgegenzutreten. In der kleinen, unscheinbaren Frau im zerschlissenen Kleid, die es von klein auf gewohnt war, zu gehorchen und das zu tun, was ihr geboten wurde, brodelte eine unbändige Wut, sie hätte gegen einen Panzer angehen können. Es war einfach zu viel, was in den letzten Monaten und Jahren auf sie eingestürmt war. Aber es blieb beim Versuch, denn Heinrich stürzte auf sie zu und schlug ihr mit der Faust gegen die Schläfe. Ohne einen Laut fiel sie zu Boden und rührte sich nicht mehr. Da fiel wieder ein Schuss. Heinrich blieb noch einen Moment stehen, starrte verwundert auf den Schützen, als könne er es nicht glauben, was gerade geschehen war. Dann fiel er um wie ein Stein und stürzte seitwärts gegen eine dort stehende Buchsbaumhecke.

»Ich muss das melden«, der Soldat, der zuvor so mutig aufgetreten war, rannte zu seinem Fahrzeug, aber es gelang ihm nicht, es anzulassen.

»Wem willst du das denn noch melden?«, schrie Wilhelm – denn er war es gewesen, der Paul blitzschnell die Pistole aus der Hand genommen und geschossen hatte – den Soldaten an. »Es ist vorbei. Und jeder hat gewusst, was Heinrich für einer ist. Und dass er seine Schwester hier umgebracht hat, ist ja wohl

Beweis für seine Gesinnung. Am besten, du machst, dass du weg kommst, ehe der Ami hier ist. Sonst gehst du in Gefangenschaft.« Er wandte sich an die Dorfbewohner, die ebenfalls regungslos dem Geschehen zugeschaut hatten. »Und ihr geht in die Keller und wartet ab, was geschieht.«

Der Soldat starrte Wilhelm unschlüssig an, dann versuchte er noch einmal, das Fahrzeug anzulassen. Jetzt gelang es und er fuhr eilends davon. Paul hatte sich inzwischen zu Marie hinunter gebeugt. Sie war nicht tot, blutete aber aus Mund und Nase. »Marie«, flüsterte Paul, »Mariechen, wach auf. Es ist alles vorbei.« Aber sie rührte sich nicht. Wilhelm und Paul hoben sie auf und trugen sie ins Haus. Beim Sturz war sie mit dem Kopf auf einen Stein geprallt, davon zeugte die Blutlache am Boden. In der Stube legten sie sie auf ein Sofa. Wilhelms Frau blieb bei ihr und verband sie mit weißen Stoffstreifen, die sie von einem Betttuch riss.

Wilhelm und Paul verließen die Stube wieder und gingen nach draußen. Dort standen die Männer des Dorfes um Heinrich herum, der immer noch in der Hecke lag, aber nun vor Schmerzen laut zu jammern begonnen hatte. Der Schuss hatte ihn in den Oberschenkel getroffen und war dort steckengeblieben. Sie trugen ihn in die Scheune und verbanden die blutende Wunde. Mehr konnte man im Moment nicht tun. Dann gingen die Leute nach Hause und überließen Heinrich, der auf einem Strohhaufen lag und vor Schmerzen wimmerte, seinem Schicksal. Das Dorf schwieg, Totenstille herrschte überall. Die weißen Fahnen hingen immer noch aus den Fenstern. Es waren keine Flieger mehr zu hören, auch das Geschützfeuer, das man ab und zu gehört hatte, war verstummt.

Mit einem Mal dröhnten schwere Motorengeräusche, die rasch anschwollen. Eine Reihe von Trucks erschienen, die vorn und an der Seite einen weißen Stern trugen. Zwei der Fahrzeuge hielten an und Soldaten sprangen heraus. Mit vorgehaltenen Waffen drangen sie in die wenigen Häuser des Dorfes ein und zwangen die Menschen, auf die Straße zu gehen. Marie war inzwischen wieder zu Bewusstsein gekommen, war aber nicht in der Lage, aufzustehen. Heinrich, der immer noch allein in der Scheune lag, hatte die Jacke mit der Hakenkreuzbinde ausgezogen und versucht, sie unter dem Stroh zu verstecken. Als die GIs ihn fanden, entdeckten sie auch die Jacke und nahmen ihn gefangen. Paul war in den Wald gelaufen und hatte sich dort verborgen, bis die Amerikaner wieder fort waren. Er befürchtete, auch gefangen genommen zu werden, obwohl er keine Uniform mehr trug. Abends zogen die Amerikaner weiter. Die Dorfbewohner durften wieder in ihre Häuser zurück.

Am nächsten Tag lief Paul wieder ins Nachbardorf zum Heintzenhof zurück. Vorsichtig erkundete er, ob die Amerikaner dort schon durch waren. Die ersten Leute, die er traf, erzählten ihm, dass die Amerikaner da gewesen seien, sich aber nicht lange aufgehalten hätten. Einige hätten allerdings im Gasthof Quartier genommen. Im Heintzenhof brach Käthe in Tränen aus, als sie ihn sah. Sie hatte Todesangst um ihn ausgestanden. Hohlwangig und blass, abgerissen und schmutzig stand er vor ihr. Sie fiel ihm um den Hals und zog ihn ins Haus.

»Komm, die Mutter wird froh sein, dich zu sehen.« Vor Freude hatte sie ganz vergessen, nach Marie zu fragen. In der Küche saß Anna am Tisch und hatte ihr Gebetbuch vor sich. Lautlos murmelte sie vor sich hin, schaute aber auf, als sie die Tür hörte.

»Wo ist Marie«, fragte sie besorgt, als sie sah, dass Paul allein gekommen war.

»Hast du nicht etwas zu essen?«, fragte er als Erstes. »Ich habe seit vierundzwanzig Stunden kein Stück Brot gehabt.«

Anna blieb sitzen und gab Käthe einen Wink, die einen Suppentopf auf die Herdplatte rückte und ein Stück Holz in den Ofen schob. Paul begann zu berichten, was sich in der Zwischenzeit ereignet hatte und versuchte, es nicht zu dramatisieren. »Marie ist verletzt, sie ist noch bei Wilhelm im Haus und seine Frau kümmert sich um sie. Aber sie wird einen Arzt brauchen. Darum müssen wir uns kümmern.«

»Und Heinrich? Wo ist Heinrich hingekommen?«, wollte Anna weiter wissen, als er von der Verletzung ihres Sohnes und von seiner Gefangennahme durch die Amerikaner berichtete.

»Wir wissen nicht, was die Amis mit verwundeten Gefangenen machen«, war die eher ratlose Antwort. Käthe stellte einen Teller Suppe vor Paul, der sie gierig schlürfte. »Papa, Papa«, Klaus und Karin kamen aus dem oberen Stockwerk, wo sie gespielt hatten, »der Papa ist wieder da.«

»Ist der Krieg jetzt vorbei?«, fragte Käthe Paul, als er seine Kinder begrüßt und sie links und rechts auf seine Knie genommen hatte. Der zuckte die Achseln. »Wir wollen es mal hoffen«, meinte er dann, »aber es wird kein einfacher Frieden werden, darauf kannst du wetten.«

Kapitel Acht
Zeit der Abschiede

Der Krieg war endlich vorbei, aber Deutschland lag in Schutt und Asche. In der Eifel hatten die Franzosen die amerikanische Besatzung abgelöst. Unter der deutschen Besatzung hatte Frankreich sehr gelitten, daher verfuhren die Franzosen auch viel strenger mit der Bevölkerung. Besonders die Kinder trauerten den Amerikanern nach, die auf ihre offene Art viel netter gewesen waren, sie hatten ihnen sogar Schokolade und Kaugummi geschenkt. Aber sie waren ja nur relativ kurz da geblieben. Vieh, Maschinen, Radios, Fotoapparate, Ferngläser, alles Mögliche wurde requiriert. Das beste Holz aus dem Wald schlugen sie und ließen es abtransportieren.

Vor dem Heintzenhof stand Marie. Sie war sehr aufgebracht. Gerade wollten zwei französische Besatzungssoldaten einen Ochsen aus ihrem Viehbestand requirieren. Ihr Bruder Adam hatte das Tier schon aus dem Stall geholt und hielt es am Strick. Neben ihm standen die beiden Franzosen und schauten mürrisch drein. Man sah ihnen an, dass sie am liebsten zu Hause in Frankreich wären und nicht in Feindesland. Anna schaute durchs Wohnzimmerfenster auf den Hof hinaus und betrachtete den Vorgang mit Tränen in den Augen. Sie begriff nicht, was hier geschah. Mit Mühe hatte sie ihren Stall durch die Kriegswirren gebracht, Hitlers Krieg hatte schon genug an Ablieferungen gekostet, sie hatte Einquartierungen gehabt und für sie gekocht. Jetzt war doch Frieden, hörte es immer noch nicht auf? War das gerecht?

Marie klaubte ihr bisschen Französisch zusammen und versuchte, herauszubekommen, warum der Hof Vieh abgeben musste. Einer der Soldaten zeigte ihr eine Liste, auf der nicht nur der Heintzenhof, sondern auch mehrere andere Höfe vermerkt waren. Sie hatte geglaubt, dass sie vielleicht unbeschadet davon kämen, weil die französischen Kriegsgefangenen im Dorf zumeist sehr gut behandelt worden waren. Da fiel ihr der

Papierfetzen ein, den Robert ihr beim Abschied gegeben hatte. Darauf hatte er seinen vollen Namen und eine Adresse notiert. Außerdem stand dort noch etwas in seiner Sprache vermerkt, was sie nicht verstehen konnte, da ihr die Worte unbekannt waren. Eilig rannte sie ins Haus und holte den Zettel, den sie sorgsam aufbewahrt hatte. Als sie wieder im Hof war, schickten sich die Soldaten an, das Tier wegzuführen.

»Halt«, rief sie laut, und die beiden Männer drehten sich um. Sie reichte einem von ihnen die Notiz. Der blickte kurz darauf und reichte sie dann an seinen Kameraden weiter. Der las sehr sorgfältig, was darauf geschrieben stand. Dann unterhielten sie sich beide kurz, was natürlich niemand verstand. Zunächst schienen sie unentschlossen, dann gab der eine dem anderen den Strick des Ochsen in die Hand und lief die Straße hinunter zur Gaststätte, wo sich ein Standort der Besatzung befand. Den Zettel nahm er mit. Nach einigen Minuten kehrte er um, nickte dem Kameraden zu, drückte Marie das Stück Papier in die Hand und beide verließen den Hof ohne den Ochsen.

Adam stand wie vom Donner gerührt da und begriff nicht, was geschehen war. Marie strahlte und lief zu ihrer Mutter ins Haus und berichtete, was sie erreicht hatte. Anna weinte und umarmte Marie: »Du bist die Beste, Mariechen. Wie hast du das geschafft, die Franzosen umzustimmen?« Marie zeigte der Mutter den Zettel. »Hier hat mir unser Robert seine Adresse aufgeschrieben, siehst du, das ist da, wo seine Eltern wohnen. Und was darunter steht, bedeutet vielleicht, dass man uns verschonen soll, weil wir gut zu ihm waren. Warum sonst hätten die uns den Ochsen zurückgegeben?«

Anna seufzte: »Mariechen, nicht alle von uns waren nett zu ihm, aber du, du …«, sie zögerte, als ob sie sich nicht getraue, weiterzusprechen.

»Weißt du Mutter«, hob Marie an, »es war so eine schwere Zeit, und Robert ist ein so guter Mensch …«

»Ja, er ist ein guter Mensch«, bestätigte Anna, »aber er ist fort und kommt nicht wieder.« Da konnte Marie nicht mehr an sich halten: »Mutter, er hat mir geschworen, er kommt und holt mich zu sich. An dem Tag, als er und die anderen fort sind, da hat er es mir fest versprochen.«

Jetzt war es heraus, das Geheimnis, das sie so lange in sich verborgen hatte.

»Glaubst du, ich hätte nichts gemerkt«, die alte Frau nahm Marie fest in den Arm. »Aber mach dir nichts vor, Frankreich ist weit … und wir haben den Krieg verloren. Er wird nicht wiederkommen. Finde dich damit ab.«

Marie musste ein wenig weinen in den Armen von Anna, einerseits schämte sie sich sehr, dass die Mutter von ihrem Geheimnis gewusst und es jetzt erst zu erkennen gegeben hatte. Auf der anderen Seite war sie irgendwie erleichtert. Aber die Sehnsucht nach den Umarmungen Roberts quälten sie so sehr, und sie träumte jede Nacht von ihm.

In der Düsternis der nächsten Nacht wurde sie wach und konnte lange nicht mehr einschlafen. Karin lag in ihren Armen und atmete ruhig. So vieles ging ihr durch den Kopf. Was war nach dem Einmarsch der Amerikaner alles geschehen? Sie hatte schwer verletzt in Wilhelms Hof gelegen und vieles erst durch Paul erfahren. Erst nach Tagen hatte ein Arzt nach ihr schauen können. Es war ein amerikanischer Militärarzt gewesen, der eine Kopfverletzung und eine schwere Gehirnerschütterung konstatiert hatte. Nach Wochen erst hatte sie nach Hause gekonnt, und auch dort war sie noch nicht gleich in der Lage gewesen, ihre Arbeit wieder aufzunehmen. Käthe hatte inzwischen den Teil von Mariechens Hausarbeit übernommen, und Paul versorgte den Stall.

Robert war noch einmal zurück auf den Hof gekommen. Ein einziges Mal noch hatten sie sich geliebt, dieses Mal im Gartenhaus, wo er auf sie wartete, als sie die Wäsche zum Bleichen auf den Rasen gelegt hatte. Und als ob sie es geahnt hätte, sie hatte sich an ihn geklammert, bis er ihre Arme sanft von seinem Hals genommen und ihr erklärte hatte, dass er jetzt endlich zurück nach Frankreich wollte. Er hatte die ganze Zeit solche Sehnsucht nach seinen Eltern gehabt, die nicht begriffen, wo er blieb, denn der Krieg war zu Ende, und sie wussten ihn am Leben. Marie und er nahmen am letzten Tag heimlich in der Scheune Abschied, wo sie manche Stunde miteinander verbracht hatten. Sie umarmte ihn ein letztes Mal und dankte ihm für seine Liebe.

»Nimm mich mit«, bat sie und wollte ihn gar nicht mehr loslassen. In mühsamen Worten erklärte er ihr, dass er das nicht könne, er müsse erst nach Hause zu seiner Familie, den Eltern und Geschwistern, um dort nach dem Rechten zu sehen. Er sei der Älteste und verantwortlich. Und er sei aus Dank noch einmal gekommen, weil sie und die anderen Frauen ihn und seine Kameraden unter Einsatz ihres eigenen Lebens versorgt hätten. Schon längst habe er gehen wollen, aber ihre Genesung abgewartet. Dann küsste er sie noch einmal zärtlich und drückte ihr das Stück Papier in die Hand mit der Bitte, es gut aufzubewahren.

»Je reviens«, versprach er, »ich komme wieder«. Dann war er fort, und dieser Teil ihres Lebens war zu Ende.

Heinrich blieb verschwunden, und man hatte lange keine Ahnung, wo er abgeblieben war. Trotz allem, was er getan und wie er sich verhalten hatte, machte sich Anna große Sorgen um ihn, denn er war ihr Sohn und sie liebte ihn, wie alle Mütter ihre Kinder lieben, auch wenn sie Böses tun. Die Familie vermutete zu Recht, er sei in Gefangenschaft geraten. Erst viel später erfuhr man, dass die Amerikaner ihn in eines der Rheinwiesenlager gebracht hatten. Dort war er im August 1945 zusammen mit zwanzig anderen Kriegsgefangenen bei einem Fluchtversuch durch Schüsse französischer Soldaten getötet worden.

Für dieses eine Mal war der Heintzenhof von Reparationen verschont geblieben. Die nächsten Besatzungssoldaten, die ins Dorf wechselten, waren nicht so gnädig gestimmt, und so ging doch manches vom Tierbestand aus dem Dorf und mancher

Zentner Kartoffeln nach Frankreich. Trotzdem lebten die Leute im Dorf besser als die Stadtbevölkerung.

Hermann und Martin kamen relativ rasch aus dem Krieg zurück; sie hatten Glück gehabt. Karl war in amerikanische Kriegsgefangenschaft geraten und in ein Lager in Frankreich interniert worden. Zu Beginn des Jahres 1946 kam er zurück. Gertrud, seine Verlobte, hatte all die Jahre sehnsüchtig auf ihn gewartet. Inzwischen war er achtunddreißig und sie vierunddreißig, der Krieg hatte sie beide, wie viele andere, um manches Jahr betrogen. Nun wollte man mit der Hochzeit auch nicht mehr lange warten. Im Mai wurde geheiratet. Gertruds Eltern bestanden darauf, die Hochzeit in ihrem Hause zu feiern, sie besaßen große Schafherden und standen sich besser als die Leute auf dem Heintzenhof. Karl konnte über lange Zeit verschweigen, dass er als kranker Mann aus dem Lager zurückgekommen war. Da es keine Krankenversicherung gab, unterließ er es auch, einen Arzt aufzusuchen.

Jetzt war der Heintzenhof geradezu überfüllt. Für Käthe und ihre Familie war nun kein Platz mehr übrig. Doch sie hatten ohnehin vorgehabt, zurück nach Köln zu gehen, da Paul sich dringend nach Arbeit umsehen und das Elternhaus instandgesetzt werden musste. So machte man sich auf den mühseligen Heimweg. Die Bahnlinien waren teils noch zerstört. Es war eine wahre Himmelfahrt mit vielen Wartezeiten und Umsteigen, bis sie endlich mit Klaus und Werner das heimatliche Dorf im Süden Kölns erreicht hatten. Karin verblieb fürs Erste auf dem Heintzenhof. Marie hatte sich so an die Kinder gewöhnt, die ihr einziger Trost waren und darum gebeten, dass wenigstens eines noch ein wenig bei ihr bleiben dürfe. Und Karin war glücklich darüber und winkte ihren Eltern und Geschwistern fröhlich zum Abschied zu. Käthe hatte festgestellt, dass sie wieder schwanger war, aber sie hatte es selbst Paul vorerst noch verschwiegen.

Auf dem Heintzenhof war man zum Glück Selbstversorger. Aber die vielen Menschen, die auf dem Hof lebten, mussten essen. Dafür musste jeder mit anpacken. Daneben wurde fleißig Schnaps gebrannt und Tabak angebaut. Darauf verstanden die Söhne sich, denn Schnaps konnte man auf dem Schwarzmarkt tauschen gegen wertvolle Dinge, die man brauchte und wofür die Kartenzuteilungen nicht reichten, Kaffee oder Nähgarn und vieles andere mehr. Aber Butter war auch ein sehr wertvolles Tauschobjekt und ergab auf dem Schwarzmarkt mehr, als der Bauer für die Milch erwirtschaften konnte. Es war eine harte Zeit für die Leute auf dem Heintzenhof.

In ihren Briefen, die Käthe an Anna schrieb, berichtete sie, wie schlecht es in der Stadt ging, weil alles rationiert war. »Eine Zigarette kostet 7 Reichsmark und ein Pfund Butter wird mit 200 RM und mehr gehandelt«, schrieb sie. »Wenn wir etwas Speck und Butter hätten, könnten wir Steine für die Außenwand eintauschen.« Anna, der das Elend der Familie leid tat, schrieb zurück, dass sie abgäben, was irgend möglich sei, aber Paul müsse kommen und die Lebensmittel abholen. Sie schrieb auch von der Gefährlichkeit solch einer Reise, sie habe von Hamsterern gehört, die an den Zonengrenzen – man musste ja von der französischen in die englische Zone und umgekehrt wechseln – scharf kontrolliert würden. Trotzdem wagte Paul mehrmals die gefährliche Reise. Er war nicht der Einzige, der einen dick gepackten Rucksack mit sich führte. Man versuchte, die kontrollierenden Posten zu überlisten, indem man eine Station vor der Grenze ausstieg und durch Feld und Wald den Kontrolleuren auszuweichend, zur nächsten Bahnstation rannte in der Hoffnung, nicht erwischt zu werden. Dabei wurde er trotzdem zweimal erwischt. Rigoros hielt man ihn und drei andere Schmuggler an. Alle mussten ihre Rucksäcke auspacken. Die Grenzposten konfiszierten die Inhalte und ließen die Leute wieder laufen. Speck, Eier, Butter, alles war weg. Paul heulte wie ein Kind, die Reise hatte Geld gekostet, er war drei Tage unterwegs gewesen und alles für nichts ... Das war ein Verlust! Zu Hause stand er dann mit leeren Händen da.

Käthe, die das vierte Kind im März 1947 erwartete, ging es gesundheitlich nicht gut. Der Arzt, den sie wegen Blutungen aufsuchte, befahl Bettruhe. Wie sollte das möglich sein, Bettruhe zu halten in dem kleinbürgerlichen Häuschen des Großvaters? Vier Erwachsene und zwei Kinder, die auf knapp sechzig Quadratmetern lebten, auf engstem Raum? Mit einer Schwiegermutter, die selbst nicht auf den festesten Füßen stand. Wer sollte die Arbeit tun? So schleppte sie sich mühselig dahin und arbeitete, was sie konnte, schlecht und recht. Zudem musste man für Lebensmittel lange anstehen. Morgens stellte sie sich schon vor sechs Uhr für Milch und Zucker in die lange Schlange vor dem Konsumgeschäft in der Hoffnung, etwas zu ergattern. Es war ein elendes Leben.

Dann geschah ein Unglück. »Ich habe gehört, dass es in Köln Waschwannen zu kaufen gibt, du könntest hinfahren und eine holen«, die Schwiegermutter Franziska kam aufgeregt von ihrer Tochter von nebenan, die ihr die Neuigkeit brühwarm erzählt hatte. Käthe machte sich auf und fuhr nach Köln, denn die Straßenbahn hatte ihren Betrieb schon wieder aufgenommen. Es klappte auch, sie ergatterte eine dieser damals wertvollen Gebrauchsgüter, die man zum Wäschewaschen und für die wöchentliche Körperreinigung gleichermaßen benutzte. Da stand die hochschwangere Dreiunddreißigjährige, neben sich die Wanne, und wartete auf die Bahn, die nicht kam. Eine halbe Stunde wartete sie, dann machte sie sich zu Fuß auf den Weg. Dieser Weg mit der schweren, unhandlichen Wanne wurde ihr zum Verhängnis. Kaum zu Hause angekommen, erlitt sie eine schwere Blutung und musste auf der Stelle ins Krankenhaus gebracht werden.

»Plazenta praevia«, konstatierte der Arzt und verordnete strenge Bettruhe. Wer sollte nun die Arbeit zu Hause machen? Paul ging zur Post und rief verzweifelt im Heimatdorf von

Käthe an. Die Poststelle neben dem Heintzenhof hatte auch bereits wieder einen Telefonanschluss, und man holte Mariechen, die nebenan wohnte, ans Telefon. Sie erklärte sich auch sofort bereit, zu helfen und reiste am nächsten Tag zusammen mit Karin nach Köln.

Seit damals – seit dem Unfall in der Metzgerei – war sie nicht mehr in Köln gewesen. Eigentlich war sie froh, einmal von zu Hause fortzukommen. Nicht nur, weil alles sie immer noch an Robert erinnerte. Sondern weil die neue Schwägerin so ganz anders war, als sie gedacht hatte. Sie hatte sich schon gefreut, vielleicht in ihr eine neue Freundin zu finden, aber das war nicht möglich. Gertrud passte sich nicht an, war fordernd, dabei missgelaunt und unzufrieden, wenn ihre Erwartungen nicht erfüllt wurden. Anna bemerkte das und wies Gertrud wohl manchmal auch zurecht, aber ohne Erfolg. Karl passte das alles auch nicht, aber er war oft gesundheitlich angeschlagen, hatte zu viel zu tun und tat das alles als Frauengezänk ab. Mariechen merkte das wohl, und ihr Bruder tat ihr leid, Gertrud hatte kein Gespür für die Stimmung im Haus. Sie war zu sehr mit sich selbst beschäftigt. Die Schwager machten sich insgeheim lustig über das neue Familienmitglied, das zu oft sein Elternhaus erwähnte, wo es ihm angeblich um so vieles besser ergangen war als hier auf dem Heintzenhof, wo es immer nur Arbeit und kein Vergnügen gab. Vielleicht wurde es ja besser, wenn Gertrud endlich schwanger werden würde. In der Zwischenzeit wollte Marie ihrer Schwester in Köln helfen.

Mariechen war nun in Köln, versorgte die Kinder, Paul und seine Eltern, und besuchte ab und zu Käthe im Krankenhaus. Die Ärzte befürchteten, dass das Kind vor der Zeit mit Kaiserschnitt geholt werden müsste, da die Blutungen nicht zum Stillstand gebracht werden konnten. Ein Eingriff, der in Anbetracht der Umstände nicht ungefährlich war. Und so kam es dann auch. Ein Notkaiserschnitt war nötig, und das Kind kam um mehr als zwei Monate zu früh zur Welt. Man packte das kleine Mädchen, das kaum ein Kilo wog, in ein Wärmebettchen und versorgte es unter den gegebenen Umständen, so gut es ging. Zuvor jedoch wurde es auf den Namen ihrer Großmutter Franziska notgetauft, denn im »Severinsklösterchen«, wie das Krankenhaus der Augustinerinnen heute noch genannt wird, war die Nottaufe das Erste, was dem Kind angediehen wurde, damit es im Fall seines frühen Todes auch gewiss gleich in den Himmel käme. Käthe wurde nach drei Wochen nach Hause entlassen, das Kind blieb noch ein halbes Jahr bei den Schwestern, denn es schwebte immer wieder in Lebensgefahr und hätte zu Hause mit Sicherheit nicht überlebt. Mariechen stand ihrer Schwester noch eine kurze Zeit zur Seite, bis diese sich ihren Aufgaben wieder gewachsen fühlte. Dann kehrte sie mit Karin wieder zurück ins Eifeldorf, und das Leben ging weiter wie zuvor.

Kapitel Neun
Das fortgegebene Kind

Ungläubig starrte Käthe ihre Mutter an. »Das meinst du doch nicht im Ernst?« Sie standen in Käthes Elternhaus in der Kochküche nebeneinander vor dem großen Küchenherd mit der umlaufenden Stange. In einem großen gusseisernen Topf auf der Herdplatte brutzelte ein Bratenstück vor sich hin. Anna entnahm mit einer Kelle etwas heißes Wasser aus dem Wasserschiff, das rechts in den Ofen eingelassen war, und gab es zum schmorenden Fleisch. Es war Sonntag, ihre Tochter Käthe war auf ihre Bitte hin mit der ganzen Familie aus Köln zu Besuch gekommen. Bald war Mittags- und Essenszeit. Vorher hatte Anna mit ihr noch etwas Wichtiges klären wollen.

Sie wandte sich zu Käthe um und schaute ihr mit festem Blick ins Gesicht. »Das ist mein voller Ernst! Würde ich es sonst sagen?« Die Tochter war fassungslos. »Ihr hattet doch die Karin die ganze Zeit hier. Wir wollten sie morgen wieder mit nach Hause nehmen.« Sie nahm die kleine Franzi, ihre Jüngste, die auf dem Boden herumkroch, auf den Arm.

»Du verstehst mich nicht«, Anna wurde ungeduldig, knallte den Deckel auf den Fleischtopf ließ sich mühsam auf einen der Küchenstühle nieder, »aber es ist doch ganz einfach: Du nimmst die Karin wieder mit und lässt uns den Werner hier.« Die Vierundsiebzigjährige war erschöpft, vom langen, arbeitsreichen Leben, vom vielen Kinderkriegen, vom Krieg und den Ängsten, die sie um ihre Söhne ausgestanden hatte, sie hatte keine Lust auf lange Diskussionen.

Käthe konnte es immer noch nicht begreifen. »Mutter, wir waren damals, als wir zurück nach Köln ins ausgebombte Haus gingen, froh, dass ein Kind hier bleiben konnte und gut versorgt wurde. Und wir sind dankbar dafür. Wir wollen Karin nun wieder mitnehmen, weil nun alle Zimmer wieder bewohnbar sind. Und du sagst, der Werner soll hierbleiben?«

Anna strich mit beiden Händen über ihre Oberschenkel, die eine weiße Schürze verhüllte, so als wolle sie ihren Worten mehr Nachdruck verleihen.

»Karl ist seit drei Jahren verheiratet, Gertrud wird keine Kinder kriegen können. Der Arzt hat es nach dem letzten Abgang, den sie hatte, gesagt. Wir haben lange darüber gesprochen. Die beiden hätten so gern einen Sohn gehabt. Ihr habt vier Kinder, und es können noch mehr kommen. Also seid vernünftig, Werner ist jetzt sechs, kommt bald in die Schule. Das ist der richtige Zeitpunkt. Er wird es gut haben hier, gewiss besser als bei Euch in Köln.«

Käthe schwieg. Heiße Tränen stiegen ihr in die Augen. Die schweren Kriegsjahre hatten auch in ihrem Gesicht ihre Spuren hinterlassen. Sie war fünfunddreißig, man hätte sie aber mit Leichtigkeit um zehn Jahre älter eingeschätzt. Tiefe Falten hatten sich neben ihren Mundwinkeln und über der Nasenwurzel eingegraben. Aber wem hatte der Krieg sein Siegel nicht aufgedrückt? Niemand war davongekommen, weder körperlich, noch seelisch. Dachte sie allein an ihren Mann …

Käthe sah ihre Mutter eindringlich an: »Mutter, es sind unsere Kinder, und endlich können wir alle zusammen leben. Sicher, das Haus ist klein und Paul hat noch keine feste Arbeit. Aber er hat Aussichten, bei einer Maschinenfabrik eine Stelle zu bekommen. Die machen Kühlschränke, wir bekommen dann vielleicht auch einen. Und ihr vielleicht auch.«

»Kühlschrank«, spottete ihre Mutter, »es gibt keinen besseren Kühlschrank als unseren Keller. So etwas brauchen wir nicht.«

Nun holte sie zum stärksten Schlag aus: »Ich habe mit dem Pastor gesprochen. Der meint auch, dass es eure barmherzige Pflicht ist, wenn ihr den Werner hier bei uns lasst.«

»Der Pfarrer«, Käthe konnte es kaum glauben, »du hast darüber mit dem Pfarrer gesprochen? Dann weiß es gleich das ganze Dorf.«

»Nein, ich habe mit ihm in der Beichte gesprochen, das darf er nicht weitersagen.« Die Mutter war empört über die Tochter, die keine Einsicht zeigen wollte.

»Ich will mit Paul sprechen«, Käthe wusste nicht weiter, »Paul ist mit zum Vetter gegangen, wenn er zurückkommt …«

»Du wirst sehen, er ist vernünftiger als du«, schloss die Mutter die Diskussion mit einer harschen Handbewegung ab. »Und jetzt kannst du den Tisch decken.«

In dem Moment kam Marie von einem Gang zum Friedhof zurück, gefolgt von der achtjährigen Karin, die Werner hinter sich herzog. »Komm rein, die Mama ist hier in der Küche. Mama«, Karin drängte sich zur Mutter hin, »Mama, der Werner hat gesagt, er hat einen neuen Schulranzen zum Geburtstag bekommen. Stimmt das?«

»Sicher, er kommt doch jetzt in die Schule, deshalb braucht er doch einen Ranzen.«

»Und warum habe ich damals nur eine olle Stofftasche gekriegt?«

»Ach, Karin, als du in die Schule gekommen bist, da konnte man doch gar keine Ranzen kaufen. Da war der Krieg doch gerade mal vorbei. Es gab doch überhaupt nichts.«

»Aber dann will ich jetzt einen neuen haben …!«

Karin war eifersüchtig. Sie lebte zwar sehr gern beim Onkel und den Tanten, von denen sie Marie am meisten zugetan war. Sie mochte auch die Oma Anna, wollte aber um keinen Preis in der Welt hinter ihren Geschwistern, die in der fernen Stadt lebten, zurückstehen. Und deshalb wandte sie sich im gleichen Atemzug an Marie, die sie als ihre eigentliche Mutter ansah. Was Marie sich nur allzu gern gefallen ließ.

»Jöttchen, kannst du der Mama mal sagen, sie soll mir für das neue Schuljahr auch einen richtigen Ranzen kaufen?«

»Still bist du jetzt«, schrie Käthe ihre Tochter an. Gleich darauf hatte sie ein schlechtes Gewissen, brachte es aber nicht fertig, den harten Worten begütigende folgen zu lassen. »Schrei das Kind doch nicht so an«, mahnte Marie, nahm Karin an die Hand und führte sie aus der Küche in die Stube, wo beide nun den Tisch deckten.

Bei Tisch hatte sich die ganze Familie zusammengefunden. Plötzlich waren sie alle da: Anna, die Hausmutter, hatte am

Kopfende des Tisches Platz genommen, Karl und Gertrud, die beide etwas nervös und erwartungsvoll wirkten, aber von Anna zur Zurückhaltung ermahnt worden waren, saßen mit dem Rücken zum Fenster. Karls Brüder Adam und Martin, die beide auf Freiersfüßen gingen, sowie Mariechen mit Karin und Werner, hatten Platz an der anderen Seite gefunden. Klaus, Werners neunjähriger Bruder, saß dicht neben seinem Vater, Käthe hatte die kleine Franzi auf ihren Schoß genommen. Nach dem Tischgebet wurde gegessen. Dann brachte Käthe die kleine Franzi zum Mittagsschlaf nach oben. Sie legte die Kleine in ihr Bett, deckte sie sorgsam zu. Von unten hörte sie lautes Stimmengewirr heraufdringen, konnte aber kein Wort verstehen. Rasch lief sie die Treppe hinunter. Die Kinder hatten schon den Tisch verlassen und waren nach draußen zum Spielen gegangen. Paul schaute sie stumm an. Da wusste sie, dass ihre Mutter schon etwas von dem gesagt hatte, was sie zuerst mit Paul allein hatte besprechen wollen. Anna saß schweigend mit eisigem Gesicht an ihrem Platz.

»Gehst du mit mir ein paar Schritte?«, bat Käthe ihren Mann. Als er sich erhob, klang es vom Kopfende des Tisches hart herüber: »Um drei Uhr kommt der Pastor zum Kaffee. Dann solltet ihr da sein.« Käthe zuckte zusammen, blickte zu Karl und Gertrud hinüber, die jedoch auf ihre abgegessenen Teller blickten. Dann stand Gertrud eilig auf, um den Tisch abzuräumen.

Draußen auf dem Hof blieben Käthe und Paul einen Moment stehen und blickten sich in die Augen. »Komm, wir gehen ein paar Schritte«, meinte er, »wir müssen überlegen, was wir tun sollen.« Langsam schritten sie die Dorfstraße entlang Richtung Schule.

Nach Tisch hatten sich viele Leute nach draußen auf die Bänke vor den Häusern gesetzt, um die letzten schönen Tage des Sommers zu genießen. Sonntag war immerhin der einzige Tag in der Woche, an denen man sich auf den Höfen etwas Ruhe gönnen konnte. Das aber auch nur, wenn nicht gerade die Heuernte anstand oder das Korn gemäht werden musste. Für diese Sonntagsarbeit musste die Erlaubnis des Pfarrers eingeholt werden. Die wurde durchweg auch erteilt, aber nicht für mehrere Sonntage hintereinander. Dann spazierte der Geistliche auch schon einmal nach seinem üppigen Mittagessen, von seiner Haushälterin gekocht und serviert, an den Feldern vorbei und grüßte das arme, schuftende Bauernvolk gravitätisch wie von einem hohen Piedestal herunter. Mit bösem Willen konnte man diesen Spaziergang durchaus auch als Kontrollgang betrachten.

Zunächst wurden sie von vielen Nachbarn begrüßt und in Gespräche verwickelt, bis sie das Dorf schließlich hinter sich gelassen hatten und der Straße zum Friedhof entlang liefen. Am Grab des Vaters weinte Käthe bitterlich. »Ich will Werner nicht hergeben«, schluchzte sie, »ich will alle meine Kinder mit zurück nach Köln nehmen. Ich will beide Söhne behalten.«

Begütigend sprach Paul auf sie ein. »Wenn wir alle Kinder mitnehmen, wird uns deine Mutter das nie verzeihen«, sagte er. »Du weißt, wie sie ist. Und wir haben immer noch schlechte Zeiten. Denk an das Deputat, das wir gut brauchen können. Wir sind mit dem Haus immer noch nicht ganz fertig. Das Dach ist noch erst ein Provisorium.«

»Lieber Paul, dann lassen wir Karin hier. Sie ist hier wie zu Hause, war ein Jahr alt, als ich im Krieg zurück in mein Elternhaus ging. Karin wird gern hierbleiben, aber Werner ist schon sechs, und er würde es sicher als eine Strafe ansehen, wenn wir ihn hierlassen.«

»Aber Karl möchte einen Sohn, sagt deine Mutter. Was ich ja auch verstehen kann. Ein Junge wird später seine Arbeit mit übernehmen können. Das kann ein Mädchen nicht. Werner wird dafür vielleicht einmal den Heintzenhof erben. Etwas Vergleichbares können wir unseren anderen Kindern gar nicht bieten.«

Lange diskutierten sie darüber, weinten, stritten und vertrugen sich wieder. Dann kehrten sie in Käthes Elternhaus zurück. Der Pfarrer war schon eingetroffen und saß bei Kaffee und Streuselkuchen, die Hände über der schwarzen Soutane gefaltet, mit wohlgefälligem Lächeln auf dem besten Stuhl am Kopfende des Tisches. Aber Karl und Gertrud waren nicht dabei. Anna wollte sie später hinzuholen.

Käthe wurde blass, als sie ihn sah. Sie schluckte ihren Zorn herunter und setzte sich möglichst weit weg von ihm.

»Na? Habt ihr es euch überlegt?« Anna schaute Paul an, nicht Käthe. Der nickte kaum merklich.

»Wir müssen die Kinder fragen«, meinte er dann.

»Kinder müssen gehorchen«, der Pfarrer mischte sich worteifrig ins Gespräch, »denkt an das vierte Gebot.« Dabei schaute er Käthe an. Und er hob an und brachte Beispiele aus der Bibel, und es war erstaunlich, wie viele ihm in der nämlichen Minute einfielen: »Ihr Kinder, seid gehorsam euren Eltern in allen Dingen, denn das ist dem Herrn wohlgefällig.« Und in den Tönen ging es noch eine Zeitlang so weiter. Und Anna nickte dazu jedes Mal eifrig zustimmend mit dem Kopf. Haben Kinder keine Rechte, wollte Käthe fragen, aber als sie Anna anschaute, verließ sie der Mut.

Karl und Gertrud nahmen die Entscheidung des Elternpaares mit großer Freude und Dankbarkeit entgegen. »Werner wird wie ein Sohn für uns sein«, meinte Karl, »es soll euch nicht leid tun, dass er hier bleiben darf. Auch eure anderen Kinder werden immer willkommen sein. Schickt sie uns in die Ferien, wir werden sie euch schon aufpäppeln.« Gertrud nickte dazu. Gut kochen konnte sie, daran bestand kein Zweifel.

Abends nahm Käthe die Kinder mit in die Schlafstube und sprach mit ihnen. Schon nach den ersten Worten schrie Karin laut auf: »Ich will hierbleiben, bei Jött und Onkel und Tante.« Der kleine Werner blieb stumm. Er konnte sich das, was die Mutter in einfachen Worten hergesagt hatte, gar nicht vorstellen. Hier sollte er bleiben, bei den Kühen und den Pferden? Bei Onkel und Tanten? Hier in die Schule gehen? Und Mama und Papa? »Bleibt ihr auch hier?«, wagte er schüchtern zu fragen. Käthe schloss ihn in die Arme. Die Tränen traten ihr in die Augen. »Wir kommen dich oft besuchen, und du kannst oft nach Köln kommen«, versprach sie ihm. »Und du bekommst eine Geige«, flüsterte sie ihm zu, aber so, dass Karin es nicht hören konnte.

»Wirklich?« Er konnte es kaum glauben. Vom Vater hatte er die Musikalität geerbt und hätte so gern ein Instrument gehabt. Am liebsten ein Klavier. Aber das hatte ihm die Mutter schon ausgeredet, weil ja kein Platz im Haus wäre und ein Klavier unbezahlbar sei. Aber eine kleine Geige? Er hatte im Radio einmal Geigen spielen hören und gedacht, so müsse es im Himmel klingen.

»Dann bleibe ich hier«, beschloss er kurzerhand. »Aber du kommst mich jede Woche besuchen!«, befahl er noch. Sie lächelte unter Tränen. »Nicht jede Woche, das geht nicht, aber in den Ferien bestimmt. Und Weihnachten kommst du nach Hause.« Eine Geige! Wie träumend ging er durchs Haus, hörte himmlische Weisen erklingen und war für den Abend mit aller Welt versöhnt. Aber Karin nicht. Sie hing verzweifelt an Jöttchens Hals und konnte nicht mehr aufzuhören zu weinen. Trotz ihrer neun Jahre ahnte sie, was die Trennung von ihrem jetzigen Zuhause bedeutete. Der Verlust ihres geliebten Jöttchens, deren Liebe ihr hier ganz allein gehörte, und die sie mit niemandem teilen musste. Ihr kindliches Vertrauen zu ihr war ungeheuer groß, sie teilte jedes ihrer Geheimnisse mit ihr. Ihr Bett stand in Jöttchens Zimmer, deshalb brauchte sie nachts keine Angst zu haben, dass der Krieg wiederkäme, weil ihre Beschützerin bei ihr war. Eine bessere Mutter als sie konnte es auf der ganzen Welt nicht geben. Die eigene Mutter hatte sie nie vermisst, als die Familie ohne sie nach dem Krieg wieder zurück nach Köln ging. Auch den Vater nicht, hatte sie ihn doch nie richtig kennenlernen können. Als er einberufen wurde, war sie gerade erst acht Tage alt. Und in den wenigen Tagen, die er als Fronturlaub bekam, hatte sie ihn kaum als Vater wahrgenommen. Meistens hatte sie ja unter Frauen gelebt, mit der Oma und den beiden Tanten, bis irgendwann dann die Onkel auf einmal alle wieder da waren. Aus der Gefangenschaft, hieß es. Die Gefangenschaft hatte sie sich immer als tiefe Verliese unter hohen

Burgmauern vorgestellt, aber zu fragen, wie es wirklich war, hatte sie sich nicht getraut.

Und nun sollte sie fort, in eine unbekannte Welt.

»Jöttchen, ich bleibe hier bei dir. Ich will nicht fort. Bitte, bitte ...« Sie klammerte sich an sie, wollte sie nicht loslassen. In der Nacht durfte sie noch einmal bei Jöttchen im Bett schlafen, klammerte sich fest an sie, bis die Müdigkeit sie schließlich doch übermannte.

Und Marie lag neben dem schlafenden Kind und weinte die Tränen einer Mutter, der man das Liebste fortnimmt.

Am übernächsten Tag war alles gepackt und zur Abreise bereit. Karin weinte nicht mehr. Mit bleichem Gesicht stand sie stumm neben ihren Eltern. Es schien, als ob sie in der Nacht ein Stück gewachsen, reifer geworden sei. Schwer trug sie an ihrem ersten, großen Verlust, den das Leben für sie bereitgehalten hatte. Für lange Wochen würde sie stumm bleiben. Dieses Ereignis würde ihr weiteres Leben negativ beeinflussen.

Werner winkte seinen Eltern unbefangen zu: »Kommt bald wieder, und, Mama, denk daran ...«, er stockte, es fiel ihm ein, dass er ja mit seiner Mutter ein großes Geheimnis teilte. Dann wandte er sich um, nahm Marie bei der Hand und ging mit ihr ins Haus zurück. Gertrud blickte den beiden nach, wie sie einträchtig die Stufen emporstiegen.

»Es soll doch mein Kind sein«, fuhr es ihr durch den Kopf, »er müsste doch meine Hand nehmen.« Was den Jungen daran hinderte, sie spontan als Muttersatz zu begreifen, verstand sie nicht. Sie war weder zur völligen Hingabe an ihren Gatten fähig, noch war es ihr möglich, mütterliche Gefühle zu entwickeln. Vielleicht hatte sie deshalb nie ein Kind austragen können? Sie hatte sich keine tieferen Gedanken darüber gemacht. Und nun war es ohnehin zu spät dazu. Außerdem half das Grübeln einem ja auch nicht weiter.

»Ich werde ihm etwas Besonderes kochen«, beschloss sie, »Kinder mögen gern etwas Süßes, das bekommt er jetzt. Dann wird er mich lieben.«

Paul nahm den Pappkoffer in die rechte und Karin an die linke Hand. »Komm, wir gehen jetzt zum Bus«, meinte er versöhnlich, »und dann fahren wir mit der Bahn. Das wird dir gefallen. Und zu Hause wartet der Opa auf uns.«

Karin blickte ihm ins Gesicht. Ist der lieb, wollte sie fragen, aber sie brachte keinen Ton heraus. Schmal und dünn kam der Papa ihr vor. So, als ob er krank sei oder ganz hungrig. Er tat ihr leid, aber sie wusste nicht, wie sie es ihm sagen sollte. Sie hatte auch gar keine Lust zu sprechen, vielleicht würde sie ja niemals mehr ein Wort sagen. Aber tausend Gedanken fuhren ihr durch den Kopf.

Vor ihnen schritt Käthe, Franzi auf dem Arm, und Klaus neben ihr. Mama ist stärker als Papa, dachte Karin. Sie wusste nicht, warum sie es dachte. Der Papa tut mir leid. Und ich glaube nicht, dass Mama mich lieb hat. Sie hat nur die anderen lieb.

Von all diesen Gedanken ihrer ältesten Tochter hatte Käthe keine Ahnung. Sie trauerte um ihren Sohn Werner. Und es war eine echte Trauer, weil sie wusste, dass sie ihn zwar wiedersehen würde, aber dann würde er ihr nicht mehr allein gehören. Oder gar nicht mehr gehören. Etwas war zerrissen zwischen ihnen, das fleischliche, irrationale Band, das Mutter und Kind von Natur aus verbindet. Sie hätte es nicht mit Worten beschreiben können, was sie fühlte. Eine Zeile aus dem Lied vom guten Kameraden ging ihr durch den Kopf. Das Lied, das sie so oft gehört hatte im Krieg. »Als wär's ein Stück von mir …«

Eine letzte Träne wischte sie fort. Dann hatten sie die Bushaltestelle erreicht, von wo aus sie zum Bahnhof fahren würden. Eine lange Fahrt mit Umsteigestationen und Wartezeiten, weil die Gleise immer noch nicht vollständig repariert waren. Und dann wären sie wieder in Köln, in dem kleinen Haus des Schwiegervaters, in dem sie sich notdürftig eingerichtet hatten. Und wenn Paul jetzt Arbeit bekam, dann würde alles besser werden. Dann wäre er auch nicht mehr so nervös. Sie hoffte es so sehr. Es war manchmal unerträglich. Das alles war nur dieser schreckliche Krieg schuld.

Karin stand auf einmal neben ihr und schaute zu ihr hoch. »Was hast du?«, fragte Käthe, bemüht, freundlich zu klingen. »Sag doch, willst du was? Hast du Hunger?« Karin schaute sie eindringlich an, schwieg aber immer noch. »Wenn du nichts sagst, kann ich dir auch nicht helfen.« Käthe nahm Franzi auf den anderen Arm, so dass Karin ein Stück zurückweichen musste. Dann kam der Bus. Ein Stückchen Leben war zu Ende.

Kapitel Zehn
Wenn Beten nicht hilft

Karl stand neben Werner im Kuhstall und schüttelte den Kopf. Zum zweiten Mal hatte Liese, eine der Rotbunten, ihr Kalb verloren. »Wir müssen den Tierarzt holen«, meinte Werner altklug.

»Wovon denn?«, der Onkel wandte den Kopf zu ihm und funkelte ihn an, »wovon denn? Wir haben ja noch nicht einmal Geld für einen richtigen Arzt für deine Großmutter!«

Der Junge starrte ihn an und schwieg. Anna, Werners Großmutter, die gesundheitlich nicht mehr auf den festesten Füßen stand, war für kurze Zeit auf den Hof ihrer ältesten Tochter übergesiedelt, um ihr bei der Geburt des zwölften Kindes zur Seite zu stehen und zu helfen, die große Familie zu versorgen. Die Brüder waren nun verheiratet und aus dem Haus. Marie lebte immer noch auf dem Heintzenhof, und es war keine Änderung in Sicht.

»Den Tierarzt holen, was für eine Idee«, murmelte Karl, verließ den Stall und ging ins Haus. Der Junge stand bei der Kuh. Er verstand nicht, warum kein Geld da sein sollte. Der Onkel hatte doch einen Schrank, wo er immer Geld herausnahm, wenn die Tante ihn darum bat, wenn sie einkaufen musste. In der Küche trat Karl neben seine Frau Gertrud, die irgendetwas am Herd umrührte. »Die Liese – wieder einmal …«, mit den Worten ließ er sich auf einen Stuhl fallen.

»Um Gottes Willen«, begann sie zu lamentieren, »was soll nur werden? Wir haben doch nur die fünf, und wenn uns die auch noch eingeht, was dann?« Sie kratzte wütend und aufgebracht an ihren Händen herum, die auf der Oberseite rote, entzündete Flecken aufwiesen. »Kratz nicht an den Händen herum«, fuhr Karl sie an, »du machst es ja noch schlimmer!«

»Ich reib sie doch jeden Tag mit Schmalz ein«, wandte sie ein, »aber es wird einfach nicht besser. Ich werde noch schier verrückt!« Ihre Hände sahen wirklich schlimm aus. Aus den Striemen trat Blut hervor, das sie mit ihrer schmutzigen Schürze abwischte. Da es nicht viel half, kramte sie aus ihrer Flickkiste ein paar Lappen hervor und wickelte sie um die Hände.

Marie gesellte sich dazu. Sie kam aus dem Hauswirtschaftsraum, in dem sie die große Wäsche eingeweicht hatte. »Du solltest mal zum Arthur gehen«, forderte sie ihre Schwägerin auf. »Der kann dir vielleicht helfen.«

»Ich glaube nicht an solchen Quatsch«, gab ihr Gertrud zurück, »wenn wir Geld hätten, würde ich zum Arzt gehen. Der könnte mir bestimmt besser helfen. Und das alles nur, weil ich im Stall helfen musste. Ich habe mir das bei den Tieren geholt, Bärb' hat das auch gesagt.« Böse schaute sie Marie an. »Dafür, dass die Rotbunte mich getreten hat, konnte ich nun wirklich nichts«, verteidigte sich Marie, »mit einem angeknacksten Wirbel kann man nicht unter einer Kuh hocken.«

Karl hatte sich das Streiten der Frauen nicht weiter angehört, sondern trat in die Stube, die neben der Küche lag. Dort stand der Rollladenschrank, in dem er alle wichtigen Dinge, einschließlich des Bargelds, das sich im Haus befand, aufhob, Niemand außer ihm besaß einen Schlüssel zu diesem Schrank, nicht einmal seine Frau. Langsam ließ er die Lade hinunter. In einem Fach stand eine kleine Büchse, die er herausnahm und öffnete. Gedankenverloren starrte er hinein. Fünfzehn Mark lagen darin und ein paar Münzen. Damit würde er wohl kaum einen Tierarzt, geschweige denn, einen richtigen Arzt bezahlen können. Die nächste Milchgeldzahlung war schon restlos verplant. Es war wirklich ein Elend! Zornig schob er den Behälter wieder ganz nach hinten in den Schrank und ging hinaus. Schwer schlug die Tür hinter ihm zu. In der Küche weinte seine Frau Zornestränen. Sie hatte sich ihr Leben auf dem kleinen Hof ganz anders vorgestellt, damals. Als seine Verlobte hatte sie die langen Kriegsjahre auf ihn gewartet. Keine Tanzvergnügen hatte sie mehr besucht, an ihrer Aussteuer gearbeitet, ihrer Mutter im Haushalt geholfen, und nun …

Marie presste die Lippen zusammen, verließ die Küche und begab sich wieder zu ihrer Wäsche. Das war eine der Arbeiten, die ihr oblagen. Immer die unangenehmsten und schmutzigsten Arbeiten wurden ihr aufgebürdet und nicht der Schwägerin. Dabei hatte es einst doch so hoffnungsvoll angefangen. Als Karl 1946 aus der Gefangenschaft heimgekommen war, hatten er und Getrud endlich heiraten können. Nun hatte sie gehofft, dass es ihr besser gehen würde und ihr Arbeitspensum kleiner würde. Aber bei der Neuverteilung der Arbeit nach der Hochzeit waren ihr, wie einer Magd, die schlechtesten, undankbarsten Aufgaben zugefallen. Der Stall, das Melken, die Schweinemast, die große Wäsche, die Feldarbeit, der Nutzgarten und noch vieles mehr. Getrud oblag das Kochen, Brotbacken, wobei die Bereitung des Teigs wiederum Marie oblag, sowie das Putzen und Bügeln. Bei Bedarf mussten natürlich beide Frauen mit aufs Feld, zum Heuen oder Einfahren der Getreideernte, zum Unkrautjäten und so weiter. Marie seufzte. Ewig und immer musste Gertrud jammern. Sie war wirklich sehr unzufrieden mit ihrem Leben auf dem Hof und machte bei jeder Gelegenheit auch ihrem Herzen entsprechend Luft. Vielleicht wäre sie anders geworden, wenn sie und Karl eigene Kinder bekommen hätten. Das Zusammenleben des Paares hatte unter den traurigen Ereignissen sehr gelitten. Insgeheim dachte Marie, das Ehepaar habe es wahrscheinlich gar nicht mehr versucht, ein Kind zu bekommen. Karl war ganz offensichtlich krank aus der Gefangenschaft gekommen und hustete ständig. Sie machte sich große Sorgen, hatte auch mit der Mutter darüber gesprochen.

Abends saßen sie beisammen in der kleinen Küche beim Abendbrot. Es gab eine Milchsuppe und eingemachtes Obst dazu. Brot war rar, das Getreide fast verbraucht, und der Sommer noch weit. Werner, der beständig Hunger hatte, verlangte eine zweite Portion, die er auch erhielt.

»Was hältst du davon, wenn wir den Arthur holen?«, fragte die Marie Karl, der mit seinem Löffel auf halbem Weg zum Mund innehielt. »Den Arthur? Dummes Zeug! Quacksalberei!«, entgegnete er und Zornesröte breitete sich auf seiner Stirn aus.

»Aber die Lisbeth hat gesagt, dass er in ihrem Stall wohl gut geholfen hat«, meinte sie, sich seinem Zorn widersetzend, »irgendetwas muss doch geschehen, vielleicht ist es eine Krankheit, die ansteckend ist? Nachher passiert es bei den anderen Kühen auch, und wir sind ganz am Ende!«

»Am Ende sind wir schon lange«, war die kurze Antwort, und sie schwieg. Aber sie wollte sich nicht ergeben, nun gerade nicht. »Musst du nicht morgen nach Altendorf?«, fragte sie später, als Karl, fertig mit seiner Mahlzeit, sich seine Abendpfeife anzündete. Gertrud räumte das Geschirr ab und begann zu spülen. Marie stand auf und nahm ein sauberes Tuch zur Hand, um die Teller abzutrocknen. Danach verließ Gertrud wortlos das Haus, um eine Nachbarin zu besuchen. Marie nahm ihren Strickstrumpf zur Hand und fuhr mit der vor Tagen begonnenen Arbeit fort.

»Ja, nach der Stallarbeit gehe ich los«, meinte er nach einer Weile, und dann: »Spukt dir der Arthur immer noch im Kopf herum? Lass dir gesagt sein, ich halte davon nichts. Das ist alles Blödsinn, und … umsonst wird er es auch nicht machen!«

Halb hatte sie schon gewonnen, das spürte sie. »Geh doch einfach zu ihm herein und frag ihn«, drängte Mariechen ihn, »Fragen kostet kein Geld.«

Er schwieg lange, dann sagte er: »Gut, ich mach's, aber dass du es weißt, glauben tu ich nicht dran.« Damit verließ er die Stube, um, wie er sagte, frische Luft zu schnappen. Aber in Wahrheit wollte er nicht mehr darüber reden.

Am nächsten Tag regnete es in Strömen, und Karl verschob seinen Besuch um einen Tag. Dann machte er sich auf den Weg. In Arthurs Dorf angekommen, ging er ohne Umwege zu dessen Haus. Arthur war der Schuhmacher und weit über das kleine Dorf hinaus bekannt. Seine ordentlichen Riester waren geschätzt, aber er war auch wegen einer anderen Fertigkeit angesehen. Man sagte ihm magische Kräfte nach. Er könne, so hieß es, Krankheiten heilen, Warzen besprechen und böse Geister verscheuchen. Oft klopften die Leute bei ihm an, um sich einen Rat zu holen, oder um sich »gesundbeten« zu lassen. Manche unverhohlen am Tage, der eine oder der andere aber auch heimlich bei der Dunkelheit, um nicht gesehen zu werden. Sauber war sein Anwesen, die Fenster des kleinen Hauses blitzten, der Hof war gefegt und das kleine Schaufenster, in dem einige Leisten und fertige Schuhe lagen, war freundlich mit einem Blumentopf dekoriert. Karl schaute verstohlen durch das Fensterchen, er sah den Arthur auf seinem Schemel sitzend, eifrig die Sohle eines Schuhs bearbeiten. Vor ihm stand die Schusterkugel, die nicht nur von Kindern angestaunt wurde, die ihn ab und zu besuchten, um sich von ihm Geschichten erzählen zu lassen. Karl klopfte an die Scheibe. Arthur schaute auf blickte ihn an. Dann nickte er und wies mit der Hand zur Tür. Karl trat ein. Durch einen schmalen Flur gelangte er zur Werkstatttür.

»Guten Tag Arthur«, grüßte er den Schuster.

»Mach die Tür zu«, war die Antwort, »und setz' dich.« Umständlich nahm Karl Platz. Sie sprachen über das Wetter, das noch immer nicht den Frühling bringen wollte, über die nächstens zu erwartende Verlegung der Wasserleitung, über den plötzlichen Tod des Schusters Nachbarn, den der Schlag getroffen hatte. Dann kam Karl zur Sache. »Meine Kuh«, begann er, »hat schon zum zweiten Mal verkalbt. Für den Tierarzt habe ich kein Geld. Weißt du keinen Rat?«

Der Schuster schwieg eine ganze Weile. Dann begann er: »Ich kann es versuchen. Eine Garantie gebe ich nicht. Es ist mir einige Male gelungen, Tieren zu helfen, auch Menschen konnte ich schon nützlich sein. Aber ohne Gott geht es nicht. Beten muss man. Betest du?«

Karl wandte sich zur Seite. Jetzt schwieg er eine ganze Weile. Dann ertönte seine Stimme, leise sprach er seitlich in den Raum hinein: »Seit der Kriegsgefangenschaft bete ich nicht mehr. Ich bin krank zurückgekommen. Kinder bekommen meine Frau und ich auch nicht. Was soll ich beten? Gott hat mir so viel genommen ...«

»Dann geht es nicht«, war die lapidare Antwort. Karl stand auf: »Aber meine Frau und meine Schwester beten«, sagte er noch, wandte sich zur Tür und öffnete sie. Stille. Dann erklang die Stimme des Schusters in den Flur hinein: »In den nächsten Tagen komme ich.« Karl war kaum bei der Haustür, da rief Arthur ihm noch etwas nach: »Ihr solltet zum Arzt gehen. Euch kann ich nicht helfen. Aber ich habe gehört, es gibt vom Staat vielleicht Entschädigungen für kranke Kriegsgefangene.« Karl antwortete nicht. Er schämte sich und war zornig auf sich selbst, weil er sich dem Arthur gegenüber so offenbart hatte.

Einige Tage später an einem gewittrigen, schwülen Abend, trat Arthur in den Hof. Marie war im Stall beim Melken, der Junge rupfte Heu in der Scheune. Hin und her schauend, erblickte Arthur die halb offene Stalltür. »Karl«, rief er hinein, »Karl, hier ist der Arthur.« Karl trat an die Stalltür und blickte den Besucher finster an. Es tat ihm schon leid, den Gang neulich überhaupt gemacht zu haben. Die vergangenen Tage hatte er hin und her gegrübelt, wie er sein Ansinnen hätte rückgängig machen können. Und nun war der Arthur doch gekommen und stand bei ihm in der Stalltür. Klein und gebückt war seine Gestalt, und er erschien so unauffällig, dass man irgendwelche wundersamen Kräfte bei ihm wohl kaum vermuten würde. Gertrud hatte von Arthur gehört und kam eilfertig aus der Küche herbei, sich die Hände an der Schürze abtrocknend. »Schön, dass Ihr gekommen seid«, begrüßte sie Arthur freundlich, ließ ihm gegenüber doch auch eine gewisse Scheu wie beim Arzt oder Dorfpastor erkennen.

»Wo steht das Tier?«, fragte Arthur. Karl wies hinter sich in den Stall und verschwand im Haus.

»Der Karl hat zu tun«, wollte Getrud erklären, doch Arthur winkte ab. »Geht ihr nur auch zu eurem Mann«, wies er sie an, »und lasst mich allein!«

Gertrud verschwand im Haus und Arthur betrat den Stall. Freundlich begrüßte er Marie, bat sie aber, den Stall für kurze Zeit zu verlassen. Marie ging zu den anderen in die Küche. Nach einiger Zeit klopfte es an die Haustür. Getrud lief herzu und öffnete. Arthur stand draußen. »Ich gehe nun heim«, meinte er. »Betet jeden Abend einen Rosenkranz, eine Woche lang.

Ihr könnt' es nach der gebührlichen Zeit noch einmal mit der Kuh probieren, aber eine Garantie gebe ich nicht.«

»Kommt doch noch einen Moment herein und trinkt einen Schnaps mit meinem Mann«, bat sie ihn, »und sagt, was wir Euch schuldig sind.« Er trat in die Stube. Karl, der seine Frau wohl gehört hatte, stand an der Vitrine und kramte zwei Gläser und eine bauchige Flasche hervor. Sie setzten sich und prosteten sich zu.

»Was habt Ihr im Stall gemacht? Zauberei?«, fragte Karl und hob sein Glas, dem Schuster zuprostend, empor. »Zauber ist es nicht«, entgegnete Arthur und nahm einen vorsichtigen Schluck und verzog das Gesicht, »nein, zaubern kann ich nicht, und darüber sprechen darf ich nicht. Wartet's einfach ab, hilft's, ist's gut und hilft's nicht, schadet's auch nicht.« Mit diesen Worten erhob er sich, nickte und verließ das Haus. Das Ehepaar blieb nachdenklich zurück. Plötzlich, wie aus einem Traum heraus, schrie Gertrud auf: »Wir haben ihn nicht bezahlt«, und rannte hinaus. Arthur war schon die Dorfstraße hinunter bis an die kleine Brücke gelangt, die über einen halb ausgetrockneten Bach führte. »Wartet«, rief Gertrud, »so wartet doch!« Der alte Mann wandte sich um. Bei ihm angelangt, streckte sie ihm die geöffnete Hand mit einem Markstück entgegen. Dieses nahm er wohl, aber nur, um es ihr in die Schürzentasche zurückzustecken. Nachdenklich betrachtete er dann ihre geröteten und schorfigen Hände, denn sie waren ihm zuvor nicht aufgefallen.

»Wie lange hast du das schon?«, fragte er sie. »Ich krieg's nicht weg«, schimpfte sie, »immerfort reib' ich's mit Schmalz ein, und nichts hilft!«

»Still!«, befahl er ihr und schaute die kranke Hand eine Weile an. »Bete zehn Vaterunser und zehn Gegrüßet seist du Maria«, wies er sie dann an, »und halt' deine Hände und Sachen immer sauber.« Damit wandte er sich um und schritt, auf seinen Stab gestützt, davon. Sie starrte ihm mit offenem Mund nach und besah dann ihre Hände. Sie sahen genauso aus wie zuvor, aber seine Worte hatten etwas in ihr berührt, das sie nicht mehr losließ. Auf dem Hof angekommen, ging sie zu allererst in den

Stall. Liese, die kranke Kuh, stand apathisch an ihrem Platz und bewegte sich nicht. Nach dem Abendbrot nahm sie ihren Rosenkranz zur Hand und begann die verordneten Gebete zu sprechen. Draußen hatten sich die Wolken zu einer wahren Gewitterwand verdichtet, die Dämmerung war rasch hereingebrochen und Blitze zuckten und erhellten mit ihrem Schein ab und zu das Dunkel der Stube. Ihr Mann nahm die Pfeife aus dem Mund und faltete die Hände, Gertrud, Marie und Werner beteten laut: »Heilige Maria, Mutter Gottes, bitte für uns Sünder, jetzt und in der Stunde unseres …« Ein greller Blitz fuhr durch die Stube, dem beinahe sofort ein ohrenbetäubender Knall folgte.

»Es hat eingeschlagen«, rief Karl und lief zum Fenster und dann zur Haustür hinaus in den Hof. Gleich nach dem Krachen des Donners hatte ein sintflutartiger Regen eingesetzt. Völlig durchnässt kam Karl wieder herein und schüttelte seinen Umhang aus. »Es ist gut gegangen«, rief er, »ein solches Gewitter um diese Jahreszeit habe ich noch nicht erlebt!« Seine Frau schwieg gedankenvoll. Bald ging man zu Bett. Am andern Morgen entdeckte Getrud, dass ihre Hände schon sehr viel besser aussahen. Sie freute sich. Auf der Kommode standen die Waschschüssel und der Krug mit Wasser für die morgendliche »Katzenwäsche« schon bereit. Sorgfältiger als sonst wusch sie sich und umwand die Hände mit sauberen Leinenstreifen.

Als Marie mit Karl kurze Zeit später den Stall betrat, sahen sie sogleich, dass es der Liese besser ging, doch vermieden sie es, miteinander darüber zu sprechen. Marie wandte sich um und ging zur Futterküche, um den Melkeimer zu holen. Allein neben der Kuh, erhob Karl die Hände: »Herrgott, das war dein Werk, an Zauberei glaube ich nicht. Danke, Gott!« Marie hatte es wohl gehört, als sie in der Stalltür stand, und sie war glücklich. »Wir wollen es noch einmal versuchen mit der Liese«, meinte Karl nach ein paar Wochen. Und wirklich, es gelang. Nach der gehörigen Zeit brachte Liese ein gesundes Kuhkalb zur Welt. Ein paar von Marie selbst gestrickten Socken und einen Eimer mit

Lageräpfeln aus ihrem Garten brachte Getrud dem heiltätigen Schuhmacher und zeigte ihm stolz und dankbar ihre gesunden Hände. Ab da ging es mit dem Hof aufwärts. Aber Karl weigerte sich nach wie vor, zu den Behörden zu gehen, um nach einer Entschädigung nachzufragen. Ein Bauer hat nicht krank zu sein, und Geld für einen Arzt war keines da.

Kapitel Elf
Weihnachten am Rhein

Der Zug fuhr langsam über eine Weiche, es ratterte und schlug laut. Der neunjährige Werner hielt seine Nase an die Fensterscheibe gepresst und betrachtete die Landschaft. Er hatte sich so auf die weite Reise nach Köln gefreut, die er mit Marie zu seinen Eltern nach Köln machen durfte. Jetzt, kurz vor Weihnachten, war der Zug so voll, dass er sich einen Platz mit ihr hatte teilen müssen. Oft musste der Junge stehen, weil er seiner Pflegemutter zu schwer geworden war. Langsam bog der Zug von der Ahrstrecke von Bodendorf her in weitem Bogen nach Remagen ein.

»Gleich müssen wir umsteigen.« Marie reckte sich nach dem Gepäcknetz, um den kleinen Koffer herunterzuheben. Mit der anderen Hand zog sie den Jungen vom Sitz hoch. Gleich ihnen wollten viele der Reisenden umsteigen. Deshalb mussten sie im Gang warten, bis sie den Zug verlassen konnten. Der Junge konnte es kaum erwarten, bis die Reise weiterging. Von der letzten Fahrt nach Köln wusste er noch, dass er gleich freie Sicht auf den Rhein haben würde.

»Schau hier«, rief Marie plötzlich und wies auf zwei Brückentürme, die in einiger Entfernung am Fluss zu sehen waren, »hier stand mal eine Brücke, die ist zum Ende des Krieges eingestürzt.« Doch sonderlich interessierten Werner die Relikte der ehemaligen Ludendorff-Brücke nicht. Viel spannender waren die Bilder, die der breite Strom mit den Schleppern, die mit ihren Kähnen den Rhein auf- und abwärts fuhren, dem staunenden Kind bot. Die Fahrt von Remagen nach Bonn führte weiter am Rhein vorbei, durch Oberwinter, dann am Rolandsbogen vorbei und weiter Richtung Bonn. Doch der Drachenfels auf der anderen Rheinseite über Königswinter gelegen, von dem Werner schon eine Sage aus seinem Lesebuch kannte, hielt sich bereits hinter den Nebelschleiern des frühen Abends verborgen. »Auf der Rückfahrt kannst du den Drachenfels sehen.« Tröstend strich Mariechen ihm über die schwarzen Locken.

In der Küche des kleinen Hauses am Rheinufer stand Käthe, gekleidet in eine weite, bunt geblümte Kittelschürze, die ihre fortgeschrittene Schwangerschaft dennoch nicht verbergen konnte. Am breiten Tischherd mit der umlaufenden Stange legte sie letzte Hand an die Erbsensuppe, mit der sie die Familie und ihre Gäste abends bewirten wollte. Sie öffnete die Ofenklappe und legte zwei neue Briketts hinein, um die Suppe noch einmal zu erhitzen. Draußen war es kalt, in der Stube herrschte eine dumpfe Wärme. Käthe litt unter Asthma, die Anfälle brachten sie manchmal dem Ersticken nahe. Sie atmete hektisch, versuchte, sich zur Ruhe zu zwingen, hatte Angst vor einem Anfall. Heute war Donnerstag, einen Tag vor der Lohntüte, und sie hatte kaum noch Bargeld gehabt. Für ein Stück Speck zur Suppe hatte es gerade noch ausgereicht. Auf den kleinen Werner freute sie sich sehr, so lange hatte sie ihren Sohn nicht mehr gesehen. Seitdem plagte sie sich mit Schuldgefühlen herum. Nie würde sie den Moment vergessen, als sie in ihrem Heimatdorf von ihm Abschied nahm. Mit dem Verzicht auf das Kind hatte sie ein Stück von sich selbst weggegeben. Ein bisschen kam es ihr so vor, als ob es gestorben sei. Aber, um Gottes Willen, sie bekreuzigte sich rasch, Werner war ja nicht tot. Und er hatte damals ja noch gar nicht begreifen können, was mit ihm geschah. Das Kind schien sich hier und dort gleich wohl zu fühlen. Beide Orte waren ihm eins gewesen, hier und da Heimat, so hatte sie es geglaubt. Und schließlich sollte er als einziger Erbe nach dem Onkel eingesetzt werden. Sie wusste, dies war mehr, als sie ihren anderen Kindern jemals würde geben können.

Sie begann heftig zu husten. Der Anfall wurde stärker, als er nicht nachließ, taumelte sie vor die Haustür. Sich am Türpfosten haltend, rang sie verzweifelt nach Luft. Darf man sein Kind weggeben? Ihre Mutter hatte gesagt, Paul und sie könnten ja noch viel mehr Kinder bekommen. Ja, in dem hatte sie recht gehabt, ein fünftes Kind war unterwegs. Vielleicht würde es wieder ein Sohn? Sie wünschte sich so sehr, dass es ein Junge werden würde.

»Mama«, rief Karin von drinnen, »die Suppe riecht komisch.« Die Elfjährige stand vor dem Herd und rührte so eifrig in der Suppe, dass einiges überschwappte und die Herdplatte bekleckerte. Käthe rannte hinein und stieß ihre Tochter grob beiseite. »Ich wollte doch nur helfen«, maulte Karin und zog sich rasch auf die Eckbank zurück, um einer möglichen Ohrfeige auszuweichen. Der zwölfjährige Klaus grinste, Karin stieß ihn mit dem Ellenbogen in die Seite. »Du bist blöd.« Dafür bekam sie einen heftigen Stoß zurück und begann zu schluchzen. »Klaus hat mir weh getan!«

»Du bist selber schuld, lass ihn doch in Ruhe.«

»Aber er hat so blöd über mich gelacht.«

So ging es hin und her, bis die Mutter mit einem harten Wort für Ruhe sorgt. Der Großvater in seinem Rattanstuhl mit den hölzernen Armlehnen neben dem Herd nahm sein kleines schwarzes Gebetbuch zur Hand und vertiefte sich darin. Er war schon 86 Jahre alt und konnte Streit und Schimpfen nicht gut ertragen. Hatte er nie gekonnt. Die fünfjährige Franzi krabbelte von der Eckbank unter dem Tisch hindurch zum Großvater und kroch auf seinen Schoß. »Erzähl mir was, Opa.« Und der Opa, der sich nie lange bitten ließ, begann mit gedämpfter Stimme mit dem Märchen von Hänsel und Gretel und der bösen Hexe. In der Nacht würde Franzi Albträume haben, das wusste sie, aber sie nahm es jedes Mal in Kauf.

Im Zugabteil rieb sich Werner ausdauernd die Augen. Er war müde.

»Warte, bald sind wir da«, tröstete Mariechen ihn. Der Junge war missmutig. Jetzt wäre er am liebsten doch zu Hause geblieben. Zu Hause, das war das Dorf in der Eifel, in dem er lebte, zu Hause, da waren die Oma Anna, Onkel Karl und Tante Gertrud und seine geliebte Tante Marie oder Mariechen, seine Patentante, das Jöttchen, wie sie im Dialekt genannt wurde. Tante Gertrud konnte ja fabelhaft kochen, aber das Jöttchen, das hatte er einfach lieb, so wie man eine richtige Mama lieb hat.

Und jetzt fuhren sie dahin, wo die richtige Mama und der Papa und die Geschwister wohnten. Aber der Ort war auch nicht sehr viel größer als sein Dorf. Ja, einige Kilometer weiter gab es wirklich und wahrhaftig eine große Stadt, die hieß Köln. Aber da war er höchstens ein- oder zweimal im Leben gewesen, soweit er sich erinnern konnte. Einmal im Zoo mit seinen Eltern und Geschwistern und ein anderes Mal zum Einkaufen. Und da hatte er kaum etwas von der Stadt gesehen, nur das große Kaufhaus mit seinen unzähligen Etagen, und er war hierhin und dorthin gezerrt worden, musste Hosen anprobieren und Jacken.

Was er wohl vom Christkind bekommen würde? Ach, ja, wahrscheinlich würde er einen Anzug bekommen, einen Anzug zu seiner Kommunion. Aber die war erst nächstes Jahr im April. Zum Anprobieren hatte er ja gar keine Lust. Die richtige Mama hatte ihm eine Geige versprochen, als er zu Onkel und Tante gekommen war, aber daraus war auch nichts geworden. Und sein Wunschzettel fürs Christkind, den er zu Hause auf die Fensterbank gelegt hatte, war auch nicht abgeholt worden. Der hatte am anderen Morgen draußen, auf der Straße, im Dreck gelegen.

Jetzt, nach einem langen Tag mit Bus- und Bahnfahren, Umsteigen, Warten und viel Langeweile, waren sie endlich angekommen. An der Haltestelle der Rheinuferbahn stand Paul, sein Vater, und hielt sein altes Fahrrad am Lenker gepackt. Paul war nach der Arbeit in der benachbarten Maschinenfabrik zum Bahnhof geradelt. In der Bahnhofsgaststätte hatte er einige Gläser Kölsch getrunken und war dann auf den Bahnsteig getreten in Erwartung des Zuges, der seine Schwägerin und seinen Sohn bringen würde. Er hoffte, Marie würde nicht merken, dass er etwas getrunken hatte. Manchmal musste er es tun, da konnte er nicht anders. Die Kriegsdämonen waren manchmal einfach zu mächtig. Oft suchten sie ihn heim, wenn er mit der täglichen Arbeit fertig und auf dem Heimweg war. Bis ans Ende seines Lebens würde er diese unheiligen Geister nicht mehr loswerden. Dachte er an den Krieg, an die Krim, die

Ukraine, an Russland, erinnerte er sich an den kältesten Winter, den er je erlebt hatte, an alles, was dort geschehen war … dann ging es ihm richtig schlecht. Er hatte Menschen getötet. Und dass er das wirklich getan hatte, war ihm erst nach dem Krieg so richtig zum Bewusstsein gekommen. Die Lohntüte in der Tasche, konnte er manchen Freitag nicht widerstehen und kam dann einige Stunden zu spät nach Hause, halb- oder volltrunken, je nachdem, wie er sich gefühlt hatte. Heute war zwar kein Freitag, aber er hatte noch eine Mark in der Tasche gehabt. Dafür bekam man drei Kölsch und hatte noch einen Groschen übrig. Aber er verdiente kaum vierhundert Mark im Monat und musste davon eine sechs-, nein bald siebenköpfige Familie ernähren. Wenn man seinen Vater mitrechnete, der nur eine sehr kleine Rente bekam. Aber dafür wohnten sie mietfrei in seinem Haus. Seine Mutter war Ende 1947 an einem Schlaganfall gestorben. Paul schüttelte seine trüben Gedanken ab und suchte mit seinen Augen nach der Schwägerin und seinem Sohn. Als er beide auf sich zukommen sah, eilte er herbei und nahm Marie Koffer und Korb aus der Hand. Seinem Sohn strich er etwas verlegen über den Kopf: »Da bist du ja, Werner. Seid ihr gut gefahren?«, wandte er sich dann an seine Schwägerin. Werner schaute zu seinem Vater hinauf. Er war ihm fremd, weil er ihn hatte gar nicht richtig kennenlernen können. Als er geboren wurde, war der Papa noch im Krieg. Und nun lebte er ja schon lange auf dem Hof bei der Oma Anna und den anderen. Paul gab Marie die Hand. »Wir müssen zu Fuß gehen«, bedauerte er, »der nächste Bus kommt erst in einer Stunde.«

»Nicht schlimm«, Marie hatte damit gar kein Problem, »wir haben so lange gesessen, da tut einem der kurze Weg auch gut.«

Paul wuchtete den Pappkoffer auf den Gepäckträger seines Fahrrads. Marie trug den Korb. Nur Werner hatte nicht viel Lust zum Laufen, lieber wäre er noch mit dem Bus gefahren. Bus fahren war fast genauso toll wie Bahn fahren. Eine knappe halbe Stunde liefen sie, davon ein Stück über den Leinpfad am Rhein vorbei, von dem man wegen der Dunkelheit nichts mehr sehen konnte, sondern nur noch den Wellengang und das leise Glucksen des Flusses vernahm, dann hatten sie es geschafft. Müde stolperte Werner die Stufen bis zur Haustür hinauf. Eine Klingel gab es nicht, einen Türknauf auch nicht. Er drückte die Klinke und schob sich durch den kleinen Flur in die Küche hinein. Unschlüssig blieb er im Eingang stehen. Sein Blick schweifte durch den Raum. Den Küchenschrank mit den kleinen Gardinen hinter den Glasscheiben, den großen Tischherd, neben dem Opas Lehnstuhl stand, die Eckbank und der große Tisch, die Blümchentapete und der abgetretene Linoleumboden, das alles erkannte er wieder. Um den gedeckten Tisch herum saß die Familie, ganz offensichtlich in Erwartung der Gäste und des Abendessens. Käthe stand am Herd und rührte in einem Topf. Als sie hörte, wie die Tür geöffnet wurde, wandte sie sich um und erblickte als erstes Werner, der nun am Tisch vorbei auf sie zulief. Sie lächelte ihm zu und drückte ihn fest an sich.

»Mama«, mehr brachte er nicht heraus.

»Schön, dass du da bist.« Sie küsste ihn herzlich auf die Wange. »Setz dich zu deinen Geschwistern, sie freuen sich schon auf dich«, damit schob sie ihn zur Eckbank hinüber, auf dem Klaus, Karin und die fünfjährige Franzi saßen. Karin zwängte sich zuerst aus der Bank heraus, stürzte auf Mariechen zu und umarmte sie: »Jöttchen, mein Jöttchen.« Sie umarmte sie so fest, als wolle sie sie nie wieder loslassen. »Setz dich hin«, fuhr Käthe das Kind an. Vorwurfsvoll schaute Marie ihre Schwester an, sagte aber nichts.

Der Großvater am Kopfende des Tisches wartete ungeduldig auf den Beginn des Essens. Freundlich begrüßte er den kleinen Werner, der ihn scheu anschaute. »Da bist du ja. Dann können wir ja jetzt essen«, damit nahm er den Löffel in die Hand.

Kritisch schaute Käthe zu Paul hinüber, bevor sie ihre Schwester begrüßte. Seine roten Wangen kamen nicht von der Kälte allein. Und die glänzenden Augen sagten alles. Natürlich hatte er getrunken, hatte sie es doch schon vorher geahnt. Damit brachte er sie noch ins Grab. Sie würde ihm später ein paar Takte dazu sagen.

»Na, Marie, wie geht's zu Hause? Setzt euch«, damit stellte sie den Kessel auf den Tisch und begann die Teller zu füllen. In der Suppe schwammen vereinzelte Bröckchen des geräucherten Specks, der Basis für die Suppe war. Scheiben geschnittenen Graubrots lagen in einem Korb.

»Warte mal«, damit begann Marie ihren mitgebrachten Korb zu leeren. Ein selbstgebackenes Vierpfünderbrot, ganz frisch noch und ein großes, rundes Stück gesalzener Butter, eine Seite geräucherten Specks, ein Stück Schinken und einige Bratwürste holte sie aus dem Korb heraus. »Das schickt die Mutter dir«, damit stellte sie den leeren Korb beiseite. Sechs paar Augen begannen freudig zu glänzen, sogar die kleine Franzi ahnte, dass dies etwas Gutes war. Damit würde man gut über die Feiertage kommen. Käthe strahlte, es war genau das, was sie erhofft hatte. Paul sah ihre freudige Miene und war erleichtert. Nun würde der Abend doch noch gemütlich werden. Nach dem Essen setzten sich die beiden ältesten Kinder zusammen mit ihrem Bruder Werner wieder an den Tisch, um »Mensch ärgere dich nicht« zu spielen. Käthe und Marie spülten das Geschirr. Paul hätte gern einen Schnaps getrunken. Hochprozentiges gab es natürlich nicht im Haus. Die kleine Franzi wurde zu Bett gebracht, obwohl sie sich verzweifelt wehrte und sich an ihren Opa klammerte. Sie erahnte schon die schrecklichen Angstträume, die schon oben im Zimmer lauerten, es war immer so, wenn sie die Augen zumachte. Der Großvater ging, wie stets, um zwanzig Uhr in sein Zimmer, kam aber noch einmal zurück und stellte wortlos eine Flasche Mosel auf den Tisch, worauf er sich wieder zurückzog. Zuerst wurden die drei Kinder zum Schlafen geschickt, dann öffnete Paul die Flasche und goss allen ein Glas ein. Nachdem er selbst rasch zwei Gläser hintereinander ausgetrunken hatte, verschwand er nach oben. Nur die Schwestern setzten sich noch eine Stunde zusammen.

»Wie ist es zu Hause, Mariechen?«, fragte Käthe. Für sie war ihr Elternhaus immer noch das Zuhause. Marie berichtete über die Alltäglichkeiten, die sich dort ereignet hatten. »Mutter geht es nicht mehr so gut«, meinte sie dann, »ich mache mir manchmal Sorgen. Sie ist nicht mehr gut zu Fuß, und manchmal wird ihr schwindelig. Sie ist schon zweimal hingefallen. Immerhin ist sie schon siebenundsiebzig.«

»Und Werner?«, fragte Käthe weiter, »wie schickt sich Werner? Fühlt er sich wohl? Geht es ihm gut? Wie macht er sich in der Schule? Und hat der Kommunionsunterricht schon angefangen?«

»Warum soll es ihm nicht gut gehen?«, fragte Mariechen mit fester Stimme, »wir haben sein Bett jetzt in meinem Zimmer aufgestellt. Bei Karl und Gertrud wollte er nicht mehr schlafen. Gertrud ist halt nicht der Muttertyp, wenn du weißt, was ich meine.«

»Aber dann wäre er besser bei uns geblieben«, wandte Käthe ein, »die beiden sollten doch Elternstelle an ihm vertreten.«

»Nimm mir das Kind nicht fort«, entsetzt blickte Mariechen ihre Schwester an, »er ist mein Ein und Alles, er hängt an mir, und ich liebe ihn so, als ob er mein eigenes ist.«

Die Frauen schwiegen eine Weile. »Ich mache mir Vorwürfe, dass ich ihn weggegeben habe«, gestand Käthe plötzlich, »am liebsten hätte ich ihn wieder zurück.«

Sie schaute Marie lange an und ahnte, was ihre Schwester hatte sagen wollte. Marie würde niemals ein eigenes Kind haben. Sie war schon 42 Jahre alt, und außerdem, wer würde sie noch heiraten wollen? Die kleine krumme Gestalt mit den verwachsenen Füßen. Ihr Blick fiel auf Maries dreifingrige Hand, und ihre Gedanken schweiften für einen Moment in die Vergangenheit.

»Frau Neumann sucht wieder eine Frau für den Haushalt«, fiel ihr plötzlich ein. »Ihr Mann ist voriges Jahr gestorben.« Sie flüsterte plötzlich: »Die Luise hat ihn dann doch noch mal erwischt, du weißt schon, mit einer Verkäuferin. Er konnte es nicht lassen. Danach hat er viel getrunken und ist irgendwann mit seinem Auto gegen einen Baum …«

»Nie wieder«, fiel Marie ihr ins Wort, »nie wieder würde ich bei Fremden arbeiten wollen. Bleibe im Lande und nähre dich redlich. Mich kriegt so leicht keiner mehr aus dem Dorf.« Käthe wiegte ihren Kopf hin und her. »Man soll niemals nie sagen«, meinte sie, »wer weiß, was noch alles passieren kann.« Dann gingen auch sie zu Bett.

Schließlich war Weihnachten gekommen, das Fest, auf das sich die Kinder am meisten gefreut hatten. Käthe hatte sich lange den Kopf zerbrochen darüber, was sie ihren vier Kindern schenken könnten. Pfennig für Pfennig hatte sie aufeinander gelegt, alles, was sie hatte erübrigen können. Jedes Kind sollte doch wenigstens eine kleine Freude haben. Dann hatte es eine Überraschung gegeben. Der Patenonkel ihrer kleinen Franzi, ein selbstständiger Malermeister, hatte ihr fünfzig Mark gegeben. Davon sollte sie Geschenke für Franzi kaufen. Sie war so glücklich darüber gewesen.

Am Heiligabend mussten die Kinder, wie stets, früh zu Bett. Dann schmückten Vater und Mutter die kleine Fichte mit weißen Kerzen, silbrig glitzernden Kugeln, Vögeln, Glöckchen und Lametta. Und als die Kinder am Weihnachtsmorgen noch im Nachthemd in die Küche hinunter kamen, war im Wohnzimmer, das nur an hohen Feiertagen geheizt wurde, der Gabentisch aufgebaut. Klaus bekam eine Dampfmaschine und ein Karl May Buch, Karin zwei Bücher und eine neue Schultasche, die kleine Franzi eine schöne Puppe mit langen schwarzen Haaren und einem rosa Prinzessinnenkleid. Käthe hatte ihre kargen Feierabendstunden mit Stricken verbracht und für jedes ihrer Kinder noch einen Pullover gefertigt. Und Werner? Auf seinem Platz lag ein großes, längliches Paket. Er öffnete es, wobei ihm der Vater half, und schaute hinein: »Eine Geige«, brach es aus ihm hervor. Eine Geige zu besitzen, war schon immer sein Wunsch gewesen. Seine Augen strahlten. »Es ist keine Geige, sondern eine Mandoline«, verbesserte Paul ihn, »aber du kannst damit auch tolle Musik machen.« Werner holte das Instrument heraus und strich mit der Hand über die Saiten. »Man muss es zupfen.« Paul zeigte es ihm, der Himmel wusste, woher er es konnte. Die Mandoline war natürlich nicht neu, Paul hatte sie durch einen Arbeitskollegen billig erwerben können. Eine Geige zu kaufen, war einfach nicht zu schaffen gewesen, weil das Geld … Es war eben immer das Geld.

»Du kannst bei euch im Musikverein bestimmt Unterricht bekommen«, meinte Paul, dem die Mandoline selbst sehr gut gefiel. Vor der Hochzeit war er nicht nur im Fußballverein gewesen, er hatte auch eine schöne Stimme und war lange Mitglied im örtlichen Gesangverein gewesen. Sogar ein bisschen Klavier spielen konnte er und Mundharmonika sowieso. Musik lag ihm im Blut. Dann aber war der Krieg gekommen. Und nun war keine Zeit und auch kein Geld mehr da für seine Hobbys. Aber er hatte jetzt wenigstens Arbeit. Das war das Wichtigste.

Abends schalteten sie das Radio ein und hörten die Weihnachtsansprache Konrad Adenauers: »Es ist wohl so! Der Frieden ist das höchste Gut, das Gott den Menschen geben konnte durch die Menschwerdung seines Sohnes. Frieden! Ach wie wenig haben wir Menschen erkannt, welch ein kostbares Gut der Frieden ist. Wie wenig haben wir begriffen, dass Frieden die Grundlage allen Glückes ist, dass Frieden und Ehre Gottes eng verbunden sind.«

Kapitel Zwölf
Mariechen und der Tod der Mutter

Einige Jahre später. Marie quälte sich mühsam aus dem Bett. Es war Winter und bitterkalt. Gern wäre sie noch ein wenig liegen geblieben, sie war in der Nacht oft wach gewesen, hatte sich fiebrig und krank gefühlt. Aber ihre Pflichten ließen ihr keine Wahl. Schon hörte sie das Muhen der Kühe, die gefüttert und gemolken werden wollten. Sie schlug das Plumeau zurück, das nach jahrzehntelangem Gebrauch schon ziemlich dünn und klumpig war. Da half auch kein Aufschütteln mehr. Das Schlafzimmer war schmal und lang, ein kleines Fenster zeigte zum Garten hinaus. An der gegenüberliegenden Wand schlief Anna, die nun eine alte, kranke Frau war und seit einem Schlaganfall das Bett hüten musste. Marie setzte ihre Füße auf den abgewetzten Vorleger, der auch nicht den kleinsten Hauch von Wärme vermittelte und beugte sich nach vorn. Gedankenvoll betrachtete sie ihre Füße. Hässlich waren sie und verkrüppelt. »Das kommt, weil unsere Eltern Vetter und Cousine sind«, hatte einmal einer ihrer Brüder voll Bitterkeit hervorgestoßen, nachdem ihn ein nettes Mädchen, mit dem er tanzen wollte, abgewiesen hatte. Seine Füße waren ebenfalls deformiert, dazu hatte er entsetzliche X-Beine. Sie blickte zu ihrer Mutter hinüber, die noch tief zu schlafen schien.

Ihre Füße begannen in der frostigen Kälte des Zimmers zu frieren. Marie rieb sie erfolglos aneinander, dann stand sie auf. Sie trug ein dickes, geblümtes, unförmiges Nachthemd, das ihr bis über die Waden reichte. Als sie es über den Kopf zog, wurde darunter ein langes, ehemals weißes, Achselhemd sichtbar. Der dazu gehörige Wollschlüpfer mit langem Bein lag neben dem Bett auf dem Boden. Auf der Kommode stand eine Porzellanschüssel, daneben ein Wasserkrug. Marie goss etwas von dem eiskalten Wasser in die Schüssel und wusch sich flüchtig Gesicht und Hals. Sie griff nach einem groben Tuch und trocknete sich rasch ab. Danach stieg sie in den Schlüpfer und zog ihn bis zur Taille hoch. Ein Unterrock aus Biberstoff, außen glatt und innen angeraut, lag neben einem langärmeligen Kleid auf dem Stuhl. Rasch zog sie beides über, streifte die grobgestrickten Wollstrümpfen über und befestigte sie an den Oberschenkeln mit breiten, roten Einmachgummis. Das war ihre werktägliche Arbeitskleidung. An der Tür griff sie mit zwei Fingern in das weiße, mit einem blonden Engelsköpfchen verzierte, kleine Weihwasserbecken an der Wand und bekreuzigte sich. Gerade wollte sie das Zimmer verlassen, als ihre Mutter sich regte. »Marie, trinken«, flüsterte sie heiser. Sie hatte durch den Schlaganfall die Sprache nicht gänzlich verloren, aber eine flüssige Unterhaltung mit ihr war nicht mehr möglich. Marie füllte einen Becher aus dem Wasserkrug. Liebevoll umfasste sie die Kranke und half ihr ein paar Schlucke zu sich zu nehmen. »Ich muss in den Stall, Mutter«, flüsterte sie. Die alte Frau nickte und schloss die Augen. Die kleine Bewegung hatte sie schon erschöpft. Ihr Geist verlor sich in nebligen Träumen. Marie schaute noch einen Augenblick auf die Kranke hinunter. Das wenige weiße Haar, die tiefliegenden Augen, der faltige, eingefallene Mund, die Altersflecken ... so würde sie auch einmal aussehen. Arbeit und Sorgen und zu frühes Altern war der Preis, den das Leben für sie bereitgehalten hatte. Den Gedanken, ihre Mutter könne in naher Zukunft sterben, konnte sie kaum ertragen. Sie würde dann ganz allein sein, von aller Welt verlassen. »Robert«, flüsterte sie lautlos. Immer, wenn sie ganz traurig war, dachte sie an ihn. Aber Robert war weit fort, ach, so, so weit ... Sie würde ihn niemals wiedersehen.

Marie stieg die Treppe hinunter. Der Flur im Erdgeschoss war noch finster, nur von einer schwachen Glühbirne erleuchtet. Die rötlichen Fliesen strahlten Kälte aus. Rechts von der Treppe ging es in die Küche. Marie öffnete die Tür und trat ein. Gertrud, Karls Frau, hatte schon den Herd angefeuert und bereitete das Frühstück vor. »Morgen«, zu mehr als diesem knappen Gruß war Marie heute nicht aufgelegt. Durch die Küche ging es in die Milchkammer, wo sie nach zwei Melkeimern griff und durch den nächsten Raum, in dem sich der Backofen befand, über den Hof in den Stall. Als sie nach der Klinke greifen wollte, die zur

Tür auf den Hof ging, öffnete sich diese wie von Geisterhand. »Huch«, zu Tode erschrocken wich sie zurück. Ihr Bruder Karl steckte den Kopf zur Tür herein. »Wo bleibst du denn, Marie? Wir schaffen den Milchwagen sonst nicht.«

»Ja, ja«, murmelte sie und folgte ihrem Bruder in den Stall. Er hatte schon ausgemistet und den Kühen frische Streu untergelegt. Sie ging zur rotbunten Berta ganz links, hockte sich auf den Melkschemel, stellte den Eimer unter das pralle Euter der Kuh und begann mit ihrer Arbeit. Die dumpfige Wärme im Stall wirkte einlullend, sie lehnte den Kopf an die Flanke des Tieres und fuhr in ihrer mechanischen Tätigkeit fort. Ihre Gedanken wanderten ohne Ziel. Die Kuh bewegte sich unruhig und versuchte, zu treten. Das Euter war leer. Marie wechselte zur nächsten, der Liese, und melkte nun aufmerksamer, bis sie mit der Reihe der sechs Rotbunten fertig war. Sie füllte die Milch in die bereitgestellten Kannen, stellte sie auf einen Handwagen und fuhr durch den Hof auf die schlammige, mit matschigem Schnee und Kuhfladen bedeckte Dorfstraße. Unten an der Viehtränke standen schon andere Frauen mit ihren Handwagen. Diese Gelegenheit zu einem Schwätzchen nutzten die Frauen des Dorfes recht gern, denn das Leben bot ihnen ansonsten kaum besondere Höhepunkte.

»Wie geht's der Mutter?«, fragte Anna, die am Dorfplatz wohnte und ihr Gespräch mit ihrer Nachbarin unterbrach.

»Ach, sie wird immer schwächer, mag kaum noch essen. Ich mache mir Sorgen«, entgegnete Marie, die zu langen Ausführungen nicht aufgelegt war. Nach einem kurzen Gruß wandte sie sich wieder um und eilte zurück, um sich zuallererst ihrer Mutter zu widmen. Mühsam richtete sie die Kranke auf, wusch sie und zog ihr ein frisches Nachthemd an. Essen mochte die Kranke erst nichts, ließ sich dann aber doch dazu bewegen, ein paar Löffel von der warmen Milchsuppe zu nehmen, die schon fertig unten auf dem Herd gestanden hatte. Kaum hatte sie den letzten Löffel voll heruntergeschluckt, erbrach sie das Wenige, das sie zu sich genommen hatte. Seufzend zog Marie sie wieder um, strich ihrer Mutter zärtlich und tröstend über das

Gesicht. Innerlich litt sie Höllenqualen vor Angst um den Menschen, der ihr neben Werner so viel bedeutete. Danach hatte sie ein paar Minuten Zeit für ihr Frühstück. Ihr Bruder Karl, seine Frau Gertrud und Patensohn Werner waren schon fast fertig. Neben der Suppe stand selbst gebackenes Brot, Schinken, Butter und Marmelade auf dem Frühstückstisch. Als Marie sich eine Schnitte mit Butter bestrich, hob Karl mit Beten an. Marie legte ihre Brotscheibe wieder auf das Frühstücksbrett. Dass ihn doch der Teufel hole! Rasch bekreuzigte sie sich. Fluchen war eine schwere Sünde. Aber es war doch zu ärgerlich. Alle wussten, dass sie zuerst die Mutter versorgen musste und danach erst zum Frühstücken kommen konnte. Ein Vaterunser, drei Gegrüßet seist du Maria, O Gott, du hast in dieser Nacht … und noch einiges andere wurde hergebetet. Danach ergriff Karl wieder das Wort und verteilte die Arbeit, die an diesem Tag erledigt werden musste. Er selbst begab sich mit einem Nachbarn in den Wald, um Holz zu schlagen. Marie hörte, wie das Pferd vor den Wagen gespannt wurde. Klapp, klipp, klapp, klapp, verließ das Gespann den Hof. In Eile aß sie ihr Frühstück, trank ihre Tasse mit dem »Kathreiners« Muckefuck leer und räumte den Tisch ab. Auch wenn im Winter die Feldarbeit fortfiel, war noch genug zu tun. Zunächst rannte sie ins Dorf zu Trudi, die dort einen kleinen Lebensmittelladen betrieb. Gegen ein schmales Entgelt half sie ihr ein paar Stunden in der Woche im Haushalt. Wo hätte sie auch sonst Bargeld herbekommen sollen?

Währenddessen stieg ihre Schwägerin auf den Speicher, um die vor wenigen Tagen durch Mariechen gewaschene Wäsche zum Bügeln herunterzuholen. Das heiße Bügeleisen stand schon auf dem Herd. Unlustig begann sie mit ihrer Arbeit. Das Bügeln gehörte nicht zu ihrer Lieblingsbeschäftigung. Dass die alte Frau oben in ihrem Zimmer nach ihrer Tochter rief, hörte sie nicht.

Abends hockte Mariechen wieder auf ihrem Melkschemel neben der rotbunten Berta. Sie war sterbensmüde. Und der Tag war noch lange nicht vorbei. Am Nachmittag hatte man den Arzt holen müssen. Sie hatte die Mutter ohne Bewusstsein aufgefunden und trotz aller Bemühungen nicht aufwecken können.

Der Doktor, der mit seinem schwarzen VW aus der zwanzig Kilometer entfernten Kreisstadt gekommen war, hatte nur den Kopf geschüttelt und etwas von »keine Hilfe mehr möglich« und »gnädigem Tod« gefaselt. Man müsse auf alles gefasst sein und sollte wohl besser den Pfarrer holen. Marie starrte ihm noch einen Augenblick nach, als er in sein Auto stieg und fortfuhr, dann wandte sie sich um und rannte wieder zu ihrer Mutter hinauf. Die alte Frau lag regungslos unter ihrer Decke, hatte vom Besuch des Arztes nichts mitbekommen. »Mutter«, flüsterte Marie und fasste sie an der Schulter. Die Alte rührte sich nicht, ihre fast geschlossenen Augen starrten ins Leere.

Da lief Mariechen zum Pfarrer, es war nicht weit, die nächste Straße bergab. Heftig klingelte sie an der Tür des Pfarrhauses. Der kleine, dickliche Geistliche öffnete selbst. Sein Mund verzog sich zu einem breiten Lächeln, als er Mariechen erblickte. Sie konnte ihm nicht in die Augen schauen, so sehr hasste sie diesen schwarzgekleideten Vertreter der Kirche. »Was kann ich für dich tun, meine Tochter?«, fragte er jovial.

»Die Mutter stirbt, könnt Ihr kommen, sie versehen? Heut noch?« Marie brachte die Bitte kaum über die Lippen. Aber was sollte sie tun? Es gab keinen anderen Pfarrer, den sie hätte fragen können. »Nach der Abendandacht komme ich«, meinte der Geistliche, »übrigens, Marie, du warst lange nicht beichten. Das ist gar nicht gut. Du solltest an dein Seelenheil denken.« Marie starrte ihn an, flüsterte ein »Danke«, wandte sich um und rannte zurück zu ihrer Mutter.

Zu Hause kramte sie im großen Schrank, der auf dem Flur vor ihrem Zimmer stand. Dort war die Versehgarnitur untergebracht, die traditionell für den Besuch des Pfarrers und die Erteilung der letzten Ölung gebraucht wurde, und die sich seit Generationen im Familienbesitz befand. Sorgsam breitete sie eine frisch gewaschene und gestärkte weiße Decke über den Waschtisch im Schlafzimmer und stellte das Sterbekreuz auf. Daneben hatten noch zwei Leuchter samt Weihwasserkessel, ein Tellerchen mit Wattebäuschen und Salz sowie ein Handtuch

Platz. Nach der Abendandacht hatte sich die ganze Familie ins Zimmer der Mutter begeben, um der Zeremonie beizuwohnen. Man hörte schon von weitem das Glöckchen, das anzeigte, dass der Pfarrer auf dem Weg war. Marie blickte aus dem Fenster. Sie sah ein schwaches Licht, das sich schwankend näher bewegte. Schließlich erkannte sie die Gruppe, die sich auf das Haus zubewegte. Marie erkannte den Pfarrer in seinem liturgischen Gewand, den Messdiener in schwarz-weißer Chorkleidung, beide angeführt vom Küster, der die Laterne trug. Eilig rannte sie die Treppen hinunter, um ihm die Haustür zu öffnen. »Gelobt sei Jesus Christus«, grüßte er, als er eintrat. »In Ewigkeit, Amen!«, die vorgeschriebenen Worte kamen wie von selbst von ihren Lippen. Eilig schritt sie vor ihm die Treppe hinauf und ließ den Pfarrer an sich vorbei in die Schlafstube eintreten. Auf dem Boden kniend, erwartete die Familie den Pfarrer und bekreuzigte sich bei seinem Eintreten. Der Pfarrer vollzog die Handlung der Gewohnheit folgend, ernsthaft, aber eher mechanisch. Andächtig folgte die Familie seinem Tun. Da eine Beichte durch die Sterbenden nicht mehr möglich war, galt die »letzte Ölung«, wie die Krankensalbung landläufig genannt wurde, als Lossprechung. »Durch die heilige Salbung und durch sein gütiges Erbarmen verzeihe Dir der Herr, was Du gesündigt hast«, diese Worte und alle die Rituale begleitenden Gebete wurden in der lateinischen Sprache rezitiert. Der Pfarrer wandte sich gleich danach zum Gehen. Karl begleitete ihn zur Tür und kehrte sofort wieder in das Sterbezimmer zurück, wo die Familie noch eine Weile betend verweilte. »Ich wache bei der Mutter und rufe euch, wenn sich etwas ändert«, meinte Marie traurig. Karl und Gertrud begaben sich zur Ruhe. Werner war schon zu Bett gegangen. Ein kleines Zimmer nebenan war inzwischen sein eigenes Reich. Marie rückte einen Stuhl ans Bett der Sterbenden und griff nach ihrem Rosenkranz. Monoton betete sie einen Rosenkranz nach dem anderen. Dazwischen betrachtete sie aufmerksam das Gesicht ihrer Mutter, horchte auf deren stockenden Atem und beobachtete jede Veränderung. Sie hätte eigentlich müde sein müssen nach dem langen, arbeitsreichen und aufregenden Tag, aber irgendwie war sie hellwach. Etwas war anders in dieser Nacht, etwas könnte, würde, geschehen. Etwas, vor dem man Angst haben musste, vor dem man aber nicht davonlaufen konnte. Die Lampe hatte sie ausgeschaltet und dafür zwei Kerzen angezündet, die nicht viel weniger Helligkeit verbreiteten wie die 25-Watt-Birne an der Decke. Nun lagen Schatten über allem, finstere, bedrohliche Schatten, die wuchsen und schrumpften, je nachdem, wie die Kerzenflammen flackerten. Der Wind hatte aufgefrischt und fegte mit Macht gegen die undichten Fensterrahmen. Es war eiskalt im Schlafraum, Marie zog eine wollene Jacke über und Socken über ihre Füße. Sie goss ein wenig Wasser aus dem Wasserkrug in das Becken, befeuchtete ein sauberes Taschentuch und betupfte die Lippen der Mutter damit. Zärtlich strich sie ihr über die Wangen. »Mutter«, seufzte sie, »lass mich nicht allein. Was soll ich hier ohne dich?« In Gedanken setzte sie fort: »Und ohne Robert ...«

Das Atmen der Mutter wurde unregelmäßiger, rasselnder. Ihre Hände griffen suchend auf der Bettdecke umher. Marie ergriff sie und hielt sie fest. Leise sprach sie tröstende Worte, wusste selbst nicht, woher sie die Kraft dazu nahm. Dann betete sie wieder und versuchte dadurch, die Mutter zu beruhigen. Es musste nun schon weit nach Mitternacht sein. Marie entschloss sich, nach der Familie zu rufen. Rasch eilte der Bruder herbei, hatte sich notdürftig angekleidet. Ihm folgte mit missmutigem Blick Gertrud, sich einen wollenen Schal um Schultern und Arme ziehend. Auf ein paar harten Stühlen betete die Familie die Sterbegebete aus dem Gebetbuch. Mit einem Mal richtete die Mutter sich auf, starrte mit wildem Blick zur Decke, ein gurgelndes Stöhnen kam von ihren Lippen. Schließlich fiel sie in die Kissen zurück, der Atem setzte aus. »Mutter«, schrie Marie, das blanke Entsetzen hatte sie beim plötzlichen Aufbäumen der Kranken gepackt. Der Bruder packte sie hart beim Arm: »Still, sei still, es ist doch vorbei!« Aber es war noch nicht vorbei, der Atem setzte wieder ein, und für ein paar Minuten glaubte man, das Leben sei zurückgekehrt. Dann aber wurde das Röcheln schwächer und schwächer, noch ein letzter Atemzug, dann war es totenstill. Die blinden Augen starrten zur Decke. Marie, die so tapfer ausgehalten hatte, brach förmlich zusammen, schrie und weinte, warf sich auf den Boden und wusste sich vor Trauer und Schmerz nicht zu fassen. Karl schloss die Augen der Toten und verließ das Zimmer. Gertrud versuchte, Marie zu trösten. Da sie aber von Natur aus keinerlei Begabung dafür hatte und nicht zu ihr vordringen konnte, ließ sie es schließlich sein und verließ ebenfalls den Raum. Marie war nun allein mit ihrem Jammer. Werner war wach geworden von den lauten Stimmen und dem Geschrei, aber er hatte sich nicht getraut, aufzustehen und nachzuschauen. Es konnte auf jeden Fall nichts Gutes bedeuten, das Wehgeschrei, gar nichts Gutes …

Draußen peitschte der Sturm inzwischen immer heftiger um das Haus. Mit einem lauten Krach fuhr eine Bö so heftig gegen das Fenster, dass es aufsprang, der Windstoß ins Zimmer hineinfuhr und die Kerzen ausblies. Nun herrschte völlige Dunkelheit. Marie kreischte auf, diesmal vor Entsetzen über das plötzliche Geschehen.

»Was brüllst du so?«, Karl stürzte ins Zimmer, er hatte zwar das Schlagen des Fensters gegen die Wand gehört, aber der Schrei seiner Schwester war fast noch lauter gewesen. Fast rannte er sie um, tastete sich zurück zum Lichtschalter und machte Licht. Dann schloss er mit einiger Mühe das Fenster. Als ob der Höhepunkt des Sturms nun überschritten sei, war das Wüten des Windes etwas schwächer geworden. Marie saß auf ihrem Bett, das an der gegenüberliegenden Wand stand, und weinte leise vor sich hin.

»Nun ist's aber gut, Mariechen«, meinte er ungeschickt nach tröstenden Worten suchend: »Unsere Mutter hat nun ihre ewige Ruhe.« Ein wenig Ungeduld und Müdigkeit war mit dabei. Sie schaute ihn an: »Kann Gertrud mir helfen? Ich möchte Mutter waschen und anziehen.«

Die Frauen hatten noch in der Nacht den Leichnam der Mutter gewaschen und ihr das beste Kleid, ein schwarzes langes Gewand mit weißem Kragen, sowie Strümpfe und Schuhe, angezogen. Anderentags kam der Bestatter aus der fünfzehn

Kilometer entfernten Kleinstadt. Karl sprach allein mit ihm, suchte auch allein den Sarg und alles, was mit der Beerdigung zusammenhing, aus, da er, wie er sagte, das alles ja auch bezahlen musste. Marie lief wie im Schlaf umher, ihre Tränen hatten aufgehört zu fließen, aber sie war wie erstarrt, tat ihre Arbeit rein mechanisch. Die Tote lag in ihrem Sarg umgeben von hohen Leuchtern, in denen Kerzen brannten, in einem kleinen Raum seitab der Wohnstube. Auf einem Tischchen stand ein Weihwasserkessel mit einem Buchsbaumzweig darin, um die Tote zu segnen. Tags darauf wanderte das ganze Dorf in wahren Prozessionen durchs Haus, um Abschied zu nehmen. Abends kamen die Nachbarn, um für die Tote zu beten. Das war ein kleiner Trost für Marie, die sich darüber freute, weil niemand von den Dorfleuten fehlte. Sie selbst beteiligte sich mit Andacht daran, glaubte sie doch felsenfest, man könne der Toten dadurch schneller den Eingang in den Himmel bahnen. Nachts litt sie unter heftigen Albträumen über Fegefeuer, Himmel und Hölle. Dann war der Tag des Begräbnisses gekommen.

Die gesamte Verwandtschaft hatte sich eingefunden. Von allen Seiten, aus allen Dörfern kamen sie gegangen und gefahren, mit Kind und Kegel hatten sie sich aufgemacht, der Oma Anna das letzte Geleit zu geben. Die Söhne hatten eigenhändig das Grab ausgehoben, wie es auf dem Dorf so üblich war. Nach dem feierlichen Gottesdienst in der vor einigen Jahren erst umgebauten und vergrößerten Kirche gaben ihr die Großfamilie und das ganze Dorf das letzte Geleit. In feierlichem Zug trugen die Söhne den Sarg von der Kirche zum Friedhof, laut betete man den Rosenkranz, bis der Friedhof erreicht war. Marie stand mit versteinertem Gesicht vor dem Grab, neben ihr Werner. Vor dem offenen Grab stand ein Weihwasserkessel mit einem Buchsbaumzweig. Nacheinander traten die Anwesenden vor das Grab und besprengten den Sarg mit Weihwasser, die übliche Geste bei einer Beerdigung.

Nach der Beerdigung traf man sich im Trauerhaus, wo der Verstorbenen bei Kaffee und Kuchen gedacht wurde. Ein wenig sprach man über die Mutter, ihr schweres Leben, gedämpft noch und still, dann aber ging das Gespräch auch zu anderen Dingen über. Anna war bisher die alleinige Besitzerin des Hofes gewesen, auch wenn sie die letzten Jahre nichts mehr hatte bewirken können und alle Entscheidungen Karl überlassen hatte. Aber jedem war klar, jetzt ginge es ums Erben. Auch Karl dachte daran, wie es wohl werden würde. Man müsste darüber sprechen mit den Geschwistern, ein Testament gab es nicht, und dann würde es wohl nach dem Gesetz gehen, das Land würde geteilt, und das Anwesen geschätzt. Er wusste es auch nicht genau, wie das Verfahren war, man würde sich erkundigen. Auf jeden Fall würde er Land abgeben müssen, das machte ihm schon schwere Gedanken. Und Werner? Noch ein Schuljahr, dann würde er aus der Dorfschule entlassen werden und seinem Onkel auf dem Hof zur Seite stehen. Oder sollte man ihn besser einen Beruf lernen lassen? Das Geld war so knapp, aber um rentabler wirtschaften zu können, müssten modernere Maschinen her. Er war so in seinen Gedanken gefangen gewesen, dass er gar nicht zugehört hatte, was die anderen redeten. Erst als er von seinem Bruder Adam in die Seite gestoßen wurde, kam er in die Wirklichkeit zurück. »Was meinst du?«

»Wo bist du mit deinen Gedanken? Hier, trink mal einen Schnaps. Das Leben geht weiter für uns, gerade dann, wenn die Alten fort sind.« Karl nickte, den Schnaps wollte er nicht. Ein Glas Mosel wäre ihm lieber gewesen. Dann verabschiedete man sich, aber die Verwandten, die von weit her gekommen waren, blieben noch über Nacht. Am anderen Tag würden sie mit der Bahn wieder nach Hause fahren.

Als der Tag vorbei war, ging es Marie sehr schlecht. Sie hatte sich so zusammengerissen, wollte so tapfer sein vor den anderen. Nun aber saß sie in ihrem Schlafraum auf dem Bett der Mutter und starrte vor sich hin. In ihren Schmerz über den Verlust der Mutter mischte sich Bitterkeit und die Gewissheit, dass ihr Leben fortan noch einsamer und noch trostloser sein würde als bisher. Sie war sechsundvierzig Jahre alt, das war die Mitte des Lebens, wenn man der Bibel glaubte. Noch nicht wirklich alt, aber auch nicht mehr jung. Am liebsten würde ich fortlaufen, dachte sie immerfort. Trostlos schaute sie sich im Zimmer umher. Den alten Schrank, der ihre Habseligkeiten barg, die Kommode, die beiden Betten, was besaß sie sonst? Heiße Tränen fielen aus ihren Augen, sie konnte sich des Tränenstroms nicht erwehren und wischte mit beiden Händen über ihr Gesicht. Dann öffnete sie die Schranktür und griff tief hinein unter den Stapel Betttücher zu ihrem verborgenen Schatz, den sie hütete wie ihren Augapfel. Auf dem Bett sitzend, zählte sie ihre Barschaft, die sie durch die Arbeit bei der Trudi jede Woche etwas hatte vermehren können. Runde dreihundert Mark hatte sie so erspart. Das reichte nie und nimmer für einen Neubeginn. Außerdem, was konnte sie denn, außer mit dem Vieh umgehen, Feld- und Hausarbeit. Noch nicht einmal gut kochen konnte sie, weil das immer die Mutter und später die Schwägerin erledigt hatte. Würde alles so weiterlaufen wie bisher? Und wenn sie sich auf die Suche nach Robert machen würde? Ob er sein Zuhause erreicht hatte? Bis heute hatte man nichts darüber erfahren. Wie sollte sie ihn finden? Sie verstand doch seine Sprache nicht, hatte nur die Sprache seines Körpers kennengelernt – eine Sprache, die sie nie vergessen hatte. Seufzend stand sie auf. Es war Zeit zum Melken.

Kapitel Dreizehn
Trauer und Neubeginn

Marie war am Morgen zur Wiese oberhalb der Bundesstraße gelaufen, um das Heu zu wenden. Das Leben hatte seine Spuren schon recht tief in ihrem Gesicht eingegraben. Die Haut hatte durch die häufige Tätigkeit im Freien gelitten, einige Querfalten durchzogen die Stirn, die Partie zwischen den Augenbrauen teilten senkrechte Fältchen, und um den Mund hatten sich Furchen gebildet. Ihr Gesichtsausdruck war angespannt, sie wirkte ständig überarbeitet. Die Haare, die sie streng zurückgekämmt in einem festen Dutt trug, wiesen eisgraue Strähnen auf und waren verdeckt durch ein weißes Kopftuch. Heuwenden mit dem Rechen ist eine schwere körperliche Anstrengung. Wer sie im Leben getan hat, weiß, wie sie in die Knochen geht. Deshalb reckte sie sich ab und zu empor und schaute weit über die Wiesen hinüber zur Straße. Von ferne konnte sie die sieben Heiligenhäuschen erkennen, die entlang der Straße standen, die ein Vorfahr von ihr im 18. Jahrhundert errichtet hatte. Undeutlich erinnerte sie sich der Begebenheit, die immer wieder und immer etwas verändert erzählt wurde. Sie erinnerte sich, dass ihre Großmutter Agathe ihr und ihren Geschwistern früher Grausiges erzählt hatte von marodierenden Horden, die Dörfer überfallen, Menschen Böses angetan und Vieh gestohlen hatten. Und dieser ferne Urahn hatte einst die Schafherde des Dorfes vor einem dieser Überfälle in Sicherheit gebracht und gerettet. Das alles war so lange her. Geblieben war der Glaube daran, dass das Beten an diesen »Fußfällen« den Menschen in großer Not helfen würde.

Und Marie betete viel, das tägliche Gebet gehörte zum Tagesablauf dazu wie das Essen und Trinken. So selbstverständlich war das. Ein Stoßgebet murmelnd, beugte sie sich wieder über ihren Rechen. Als sie die ganze Wiese gewendet hatte, machte sie sich auf den Heimweg. Auf dem Rückweg kam sie an einem uralten Brunnen vorbei, mit dessen Wasser die Frauen gern ihre

Wäsche spülten, genau wie sie es alle zwei, drei Wochen bei Wind und Wetter, sommers und winters tat. Sie seufzte, ach ja, nächste Woche war auch wieder große Wäsche.

Im Haus wartete Gertrud mit einer traurigen Nachricht auf sie. Daniel, der älteste Sohn von Else und Richard, der erst achtundzwanzig Jahre alt war, hatte einen schweren Motorradunfall gehabt und lag im Krankenhaus. Es hieß, dass es schlecht um ihn stünde. »Heute Abend gehen wir alle die Fußfällchen beten«, sagte Gertrud. Das war der alte Brauch, nach dem sich die Frauen des Dorfes in Notfällen zusammenfanden, um an den Heiligenhäuschen zu bitten und zu beten. In der Zwischenzeit hatten sich die anderen Frauen schon untereinander verständigt, wann sie miteinander zu den Bildstöcken gehen wollten. So müde sie auch war, Marie eilte sofort zu Else, um ihr zur Seite zu stehen und Genaueres über den Unfall zu hören. »Er war nicht schuld«, schluchzte Else, »es heißt, ein Auto hat ihm die Vorfahrt genommen. Aber was hilft das denn noch?«

Zur vereinbarten Zeit trafen sich die Frauen am Heintzenhof und liefen miteinander zu den Heiligenhäuschen. »Ach«, dachte Marie, »heute Morgen hätte ich noch nicht gedacht, dass dieser Tag mit solch einem Schrecken enden würde.« Schon unterwegs betete sie ein Ave Maria nach dem anderen, die Angst um ihren Neffen krallte sich wie eine kalte Hand um ihr Herz. Eine alte Frau mit wirren Haaren und einer krummen Nase, die eher zu einer Hexe gepasst hätte, stand vor ihrem Haus und schaute zu, wie die Frauen die Straße hinunter eilten. »Lasst es bleiben, lasst es bleiben, ihr betet ihn in den Tod«, schrie sie ihnen hinterher. Marie wandte sich um und schüttelte verneinend den Kopf. Gleichzeitig drohte sie der alten Frau mit dem Finger. »Sie ist närrisch. Immer weiß sie alles besser«, flüsterte sie ihrer Nachbarin zu, »beten kann doch nichts Schlechtes bewirken.« In der untergehenden Sonne beteten sie an den Bildstöcken, bis sie am letzten angekommen waren. Danach verließen die Frauen still diesen Ort und gingen nach Hause. Man würde am nächsten Abend wiederkommen und noch einmal beten, insgesamt neunmal, wie es der Brauch verlangte. Am anderen Morgen erreichte jedoch schon eine weitere Botschaft das Dorf. Der junge Mann war seinen schweren Verletzungen erlegen. Das ganze Dorf trauerte. Nur die hexenähnliche Alte, die nicht ganz richtig im Kopf war, höhnte, sie habe recht gehabt mit ihrer Spruchweisheit, man würde die Kranken ja nur in den Tod beten. Marie wusste es besser: Man bittet ja nicht nur um das Leben des Kranken. Man legt dessen Leben in die Hände Gottes und unterwirft sich seiner Entscheidung. Das war ihr felsenfester Glaube. Davon ließ sie sich durch nichts und niemanden abbringen.

An der Beerdigung, an dem das ganze Dorf teilnahm, stand Marie neben Else. Tröstend legte sie ihr die Hand auf den Arm. Sie war sich sicher, dass ihr Neffe in ein besseres Leben vorangegangen war. Aber für die Mutter, die ihr Kind zu Grabe tragen musste, gab es keinen Trost.

Marie seufzte und schaute vom Friedhof weit ins Tal hinein. Sie war unglücklich, nicht nur wegen dieses Todesfalles, der ihr sehr naheging. Auch lag die Trauer um ihre Mutter noch auf ihr wie eine schwere Last, die alles verdunkelte. Und sie konnte Robert nicht vergessen und verstand nicht, warum er all die Jahre nichts von sich hatte hören lassen.

Ein lautes Klagen holte Marie aus ihrem gallebitteren Tagtraum zurück. Wie erwachend blickte sie um sich. Gerade wurde der Sarg mit ihrem Neffen in die Erde gelassen. Darüber war dessen Mutter in lauten Jammer ausgebrochen. Der Wind wehte über das freie Feld und einzelne Regentropfen fielen auf die Gräber. Sie zog das schwarze Schultertuch enger um sich. Und wenn es nun Werner wäre, der da im Sarg liegen würde, dachte sie, denn sie liebte ihn ja wie ein eigenes Kind. Aber da fiel ihr ein, dass er ja noch zu jung war, um Motorrad zu fahren. Nach dem Schlussgebet traten die Trauernden einer nach dem anderen an das offene Grab, um von dem Toten Abschied zu nehmen. Viele weinten und schluchzten laut, selbst einige alte Männer zogen ihr weißes Taschentuch hervor und tupften sich die Augen ab. Danach verließen alle den Friedhof, um sich in der nahe gelegenen Gaststätte zu einem Imbiss zu versammeln, wie es auf den Dörfern üblich war. Marie saß neben ihrer Schwester, sie konnte nichts essen. Beide hatten die Trauerkleidung um ihre verstorbene Mutter noch nicht abgelegt und würden nun – das ahnten beide in dieser Stunde noch nicht – die nächsten Jahre keine andere Farbe tragen, da Elses zweitältester Sohn, Aaron, ein knappes Jahr später ebenfalls bei einem Motorradunfall ums Leben kommen würde.

Nach den ersten stillen Minuten wurde das Gemurmel an den Tischen etwas lauter. Marie hörte die Stimme ihres Bruders Karl heraus, der gerade mit den anderen Männern am Tisch, (Männer und Frauen saßen üblicherweise getrennt), Brüdern, Schwägern und Nachbarn, diskutierte. Sie verstand kein Wort, glaubte aber zu wissen, worum es ging. Ihr Bruder Karl, der seit seiner Rückkehr aus der Gefangenschaft einen Platz im Gemeinderat hatte, war vor zwei Wochen von einer Sitzung mit Neuigkeiten gekommen, die geradezu überwältigend waren. Der Ortsvorsteher hatte über das Förderprogramm des »Grünen Plans« berichtet. Es sollte Zuschüsse geben für die Modernisierung der Höfe. Traktoren sollten die Pferde ersetzen und neue Maschinen und Geräte müssten her, damit die Schufterei in der Landwirtschaft sich endlich lohnen würde. Und es sollte eine gesetzliche Altershilfe für Landwirte geben. Adenauer, der Bundeskanzler, habe gesagt, die bäuerlichen Familienbetriebe müssten unbedingt erhalten bleiben. Bauer kann sein, wer Bauer sein will, so habe Adenauer es formuliert. Der Lebensstandard auf dem Land solle zukünftig der gleiche sein wie in den Städten. Dabei würde der Bauernverband helfen, da müsse man Anträge stellen auf Zuschüsse und so weiter. Der Nachbar Franz habe jedoch vor, seinen Hof stillzulegen und sich eine Arbeit im Straßenbau zu suchen. Er hatte ja eine große Familie und befürchte, dass der Hof sie auf die Dauer nicht alle ernähren könnte.

Gertrud hatte Karl verblüfft zugehört, erst erschrocken, dann aber doch sehr interessiert. Sie meinte, der Franz habe gar nicht so unrecht. Es sei doch eine elende Plackerei auf dem Hof, die nichts einbrächte. Sie würde auch gern mal etwas Neues haben, einen Elektroherd oder eine Waschmaschine, um sich die anstrengende Hausarbeit zu erleichtern. Marie, die stumm dabeigesessen hatte, schaute bei dem Wort »Waschmaschine« auf. Ich bin doch diejenige, die schwere Arbeit tun muss. Also müsste ich ja die Maschine bekommen, dachte sie. Gertrud lamentierte weiter, ihr Haushaltsgeld sei so gering, es reiche ja gerade einmal für Zucker und Puddingpulver. Marie schwieg erbittert. Auch sie hatte Wünsche, aber die würde sie sich wohl nie erfüllen können. Das bisschen Bargeld, das sie in die Hände bekam, erhielt sie inzwischen neben der Hilfe in Trudis Haushalt auch von der Gemeinde für das Putzen der Dorfschule.

Karl war erschrocken über die Reaktion seiner Frau gewesen. Er hatte gar nicht begriffen, was mit ihr los war. Sie war doch sonst nicht so gewesen. Sie hatte zwar schon einmal gemurrt, wenn es gar nicht Feierabend werden wollte wegen der vielen Arbeit. Aber dass sie richtig rebellisch wurde, das kannte er nicht an ihr, und das wollte er auch nicht dulden. Er ließ sich doch nicht von seiner Frau die Welt auf den Kopf stellen! Von der Gleichberechtigung der Geschlechter, die nun sogar im Gesetz festgeschrieben worden war, wusste er nichts. Und wenn er es gewusst hätte, ihm wäre es wohl ziemlich gleichgültig gewesen. So etwas passte nicht in sein Weltbild. Es tat ihm schon leid, dass er ihr davon erzählt hatte. In der Nacht danach fand er lange keinen Schlaf.

Und jetzt kamen diese Dinge auf der Beerdigung wieder zur Sprache. »Den Hof aufzugeben, kommt für mich nicht in Frage. Ich habe meiner Mutter auf dem Sterbebett versprochen, ihn in ihrem Sinne weiterzuführen«, wiederholte Karl die Worte, die er seiner Frau am anderen Morgen unverblümt ins Gesicht sagen würde. Konrad konnte er ja irgendwie verstehen, er war viel jünger, lebensfroher als er selbst, und dessen Lebensumstände waren insgesamt schwieriger als seine eigenen. Er sah seinen Traktor schon vor sich, die Mähmaschine, die Melkmaschine, den Selbstbinder, ach, es gab so vieles, was einem helfen konnte.

Er stand als erster auf, es hielt ihn nicht mehr auf seinem Sitz: »Ich werde mich schon morgen um die Formalitäten kümmern. Endlich passiert was. Wir werden es schaffen, da bin ich ganz zuversichtlich.« Die Trauergesellschaft starrte ihn an. Das war etwas ganz Neues bei Karl. Er, der sonst so ruhig und besonnen war, schien auf einmal eine Begeisterung zu entwickeln, die den anderen befremdlich war. Nach und nach löste sich die Gesellschaft auf, denn die abendliche Arbeit auf den Höfen wartete.

In den nächsten Tagen machte Karl sich kundig, was da so infrage käme. Sein Favorit war ein Kramer Schlepper mit 14 oder 18 PS mit einem Mähbalken. Das nächste wäre dann wohl ein Pflug. Sicher gab es noch größere, stärkere, wie Ford, Holder, MAN oder McCormick, aber die würden wahrscheinlich zu teuer. Und was es da sonst noch gab, Dungstreuer, Heuwender, Heulader, Mähmaschinen, Selbstbinder, das müsse vorerst wohl noch warten.

Werner würde im Herbst mit der Schule fertig sein. Um Ostern herum waren seine Eltern zu Besuch gekommen, um ihn zu fragen, wie er sich seine Zukunft vorstellen könnte. Ob er zu ihnen nach Köln ziehen wolle, um einen Beruf zu erlernen, oder ob er lieber beim Onkel auf dem Heintzenhof bleiben möchte. Der Junge hatte ein wenig gezögert, einen Moment lang zuckte etwas in ihm auf, sein langgehegter Wunsch, jetzt, jetzt wäre die Chance, den Eltern zu sagen, dass er Kaufmann werden wollte. Er schaute seinen Vater an, der ihn nachdenklich betrachtete, dann den Onkel, der ihn erwartungsvoll anschaute und ihm ermunternd zunickte. Noch eine Sekunde überlegte er, dann verließ ihn der Mut. Er wollte den Onkel nicht enttäuschen und nickte seinem Onkel zu. Damit hatte er sich für seinen Verbleib auf dem Hof entschieden. Karl freute sich über Werners Zusage, denn nun war er ganz sicher, dass der Junge einmal ein brauchbarer Erbe des Hofes sein würde. Der Junge war recht anstellig und half ihm tüchtig, manchmal sogar über seine Kräfte hinaus. Nach der Schule würde er im Betrieb richtig mitarbeiten können. Er war jetzt ganz sicher, die richtige Entscheidung getroffen zu haben. Auf die Idee, dass der Junge vielleicht eigene Vorstellungen, Wünsche und Pläne gehabt hatte, kam er nicht.

Die Eltern reisten wieder ab, Paul war offensichtlich ein wenig enttäuscht, aber Käthe schien nicht sehr traurig zu sein. Wahrscheinlich sah sie das kleine Häuschen in Köln vor sich, wo sieben Leute auf sechzig Quadratmetern hausten. Da hätte schwerlich ein achter Platz gefunden.

Das Frühstück am anderen Morgen wurde schweigend eingenommen. Der Junge machte, dass er in die Schule kam, und die anderen gingen wie üblich ihrem Tagewerk nach. Nach dem Mittagessen suchte Karl Konrad auf und sprach mit ihm über sein Vorhaben und darüber, dass er Land von ihm pachten wolle. Durch den Tod von Anna, seiner Mutter, war durch Erbschaft einiges Land an seine Geschwister gegangen, das diese nun selbst bearbeiten wollten. Dieses Land musste auf irgendeine Weise ersetzt werden. Konrad erwiderte, er habe sich darüber auch schon Gedanken gemacht und sei grundsätzlich damit einverstanden. Wenn Not am Manne sei, könne er ihm auch beistehen, darauf könne er sich verlassen. Über die letztere Aussage zuckte Karl die Achseln. Versprechungen sind wohl gut, dachte er, aber kann er sie halten? Immerhin wird Konrad bald wochentags fort sein. Sie redeten noch hin und her, über den Zeitpunkt der großen Veränderung, über Geldsachen und auch über den Traktor. Konrad wollte mit zum Händler den Schlepper aussuchen gehen. Karl war wie elektrisiert. Jetzt, wo die entscheidenden Worte gefallen waren, zögerte er nicht mehr und seine Zweifel waren wie fortgeflogen.

Beim Abendessen verkündete er seiner Familie vom bevorstehenden großen Umbruch. Seine Überlegungen hatten sich inzwischen weiter konkretisiert. Den Betrieb zu vergrößern war nun beschlossene Sache. Nach dem Traktorkauf und – je nach finanzieller Möglichkeit, die er noch genau untersuchen wollte – Anschaffung weiterer Maschinen würden sie den Viehbestand vergrößern und eine neue Scheune bauen. Auch eine Melkmaschine müsse her und vielleicht auch nach und nach etwas für den Haushalt, einen Elektroherd oder eine Waschmaschine oder so. Gertrud und Marie freuten sich, fragten dies und jenes und ließen sich zuletzt von der Aussicht auf Verbesserungen gefangen nehmen, ja, sie waren schon gespannt auf den Traktor, der ja das erste Projekt war.

Nur Werner saß stumm dabei, fragte nichts, sagte nichts und sein Gesicht war ausdruckslos. Später verließ er die Küche und stromerte ziellos durchs Dorf. Er war verbittert. Keiner hat um meine Meinung gefragt, niemand hatte sich dafür interessiert, was ich davon halte, dachte er traurig. Aber als er nach Hause zurückkehrte, stand Karl im Hof, die Pfeife im Mund, und winkte ihn heran. Und dann geschah etwas, was er nicht für möglich gehalten hätte. Onkel Karl informierte ihn über seine Pläne bezüglich des Traktorkaufs. Was er davon hielte, mit zum Händler zu fahren, um den Schlepper auszusuchen? Auch müsse er lernen den Trecker zu fahren und mit den neuen Maschinen zu arbeiten. Nicht mehr sehr lange, und vieles würde anders werden. Werner schaute ihn ungläubig an. Der Onkel sprach mit ihm, und nicht nur das, er versprach ihm sogar etwas. Das war noch nie da gewesen, und die Aussicht aufs Traktorfahren hatte ihn ein wenig versöhnt. Und nun war der eigentliche Berufswunsch ja auch gar kein Thema mehr. Aber dann kam doch alles etwas anders.

Karl schrieb Briefe, erkundigte sich, schrieb wieder Briefe und telefonierte von der Dorfgaststätte aus mit den verschiedenen Stellen, um die Zuständigkeiten zu erkunden. Dann hatte er den ersten Termin, wo es konkret um Geld ging. Als der Papierkram erledigt war, die Bank den Kredit bewilligt hatte, denn trotz Zuschüsse wäre es ohne geliehenes Geld von der Bank nicht gegangen, stand eines Tages der neue Kramer Schlepper samt Pflug und Mähmaschine im Hof. Karl und Werner, der inzwischen schon die Schule verlassen hatte, lernten den Trecker fahren. Werner war stolz und bugsierte das große Gefährt geschickt und wendig vom Hof. Der Stall wurde vergrößert und der Viehbestand vermehrt.

Dann aber musste Karl feststellen, dass die Investitionen sich erst längerfristig amortisieren würden. Als er mit einer Rate fast in Rückstand geriet, überlegte er mit seiner Frau, was zu tun sei. Gertrud fiel gleich eine Lösung ein. »Der Konrad verdient gutes Geld bei seiner Firma. Frag ihn doch, ob Werner nicht auch dort arbeiten kann. Dann kommt was herein, und wir haben ein Problem weniger.« Mit diesem Gedanken war sie schon seit längerer Zeit umgegangen, hatte aber nicht gewagt, ihn ihrem Mann vorzutragen.

Marie wurde zuerst nicht darüber in Kenntnis gesetzt, das verhandelte das Ehepaar unter sich. Am anderen Tag beim Frühstück verkündete Karl die Ideen, die helfen sollten, die Raten pünktlich zu begleichen und eventuell noch neue Maschinen anzuschaffen. Werner staunte nicht schlecht, als Onkel Karl ihm den Vorschlag machte, er solle doch mit Konrad gehen und Geld verdienen. In der Region würden viele neue Straßen gebaut, da könne er abends nach Hause kommen und brauchte nicht auswärts zu schlafen. Werner strahlte. Geld verdienen, das war doch mal was. Sich selbst etwas kaufen, vielleicht ein Moped, was für Aussichten! Karl bremste seinen Enthusiasmus und erklärte ihm offen die wirtschaftliche Lage des Hofes. »Du bekommst natürlich ein Taschengeld, und einen fahrbaren Untersatz brauchst du auch«, versprach er. Und so wurde es gemacht. Konrad nahm Werner mit, er bekam eine Stelle im Straßenbau, wo er angelernt wurde und fortan mit Hacke und Schaufel schaffte. Sein Verdienst floss zum größten Teil in den

Betrieb. Nach Feierabend half er seinem Onkel, wo immer es nötig war. Manchmal gab es keinen Samstag und keinen Sonntag für ihn.

Marie war nicht um ihre Meinung gefragt worden, sie war das Faktotum, die Domestikin, die zu gehorchen hatte. Immer weniger dachte sie an das Versprechen, das Robert ihr einst gegeben hatte. Wer weiß, was aus ihm geworden ist, dachte sie und beugte sich ergeben über ihr Waschfass, vielleicht lebt er ja nicht mehr. Sonst wäre er doch einmal gekommen.

Kapitel Vierzehn
Ein Traum zerbricht

Eine neue Zeit war angebrochen. Marie hatte inzwischen die ersehnte Melkmaschine bekommen, mit der sie morgens und abends ihre acht Kühe melkte. Ein für die damalige Zeit modernes Kühlsystem war in der Milchkammer installiert worden. Neue Vorschriften hatten dies verlangt. Sie war stolz darauf, dass es auch in ihrem Stall moderner zuging als früher. Im Dorf führte die neue Wasserleitung inzwischen auch geradewegs in jedes Haus und in jeden Stall. Aber Karl hatte es nicht eingesehen, für eine Waschmaschine Geld auszugeben. Auch der Bau eines Badezimmers lag noch in weiter Ferne. Lieber schaute er in den Rundschreiben des Bauernverbandes nach, was es wieder erschwinglich Neues gab, und wofür es sich zu investieren lohnte.

Eines Abends, als Karl sich nach der Arbeit mit der Pfeife in seinen Sessel gesetzt hatte und die Nachrichten am Radio hörte, setzte Gertrud sich zu ihm. Marie war mit ihrem Strickstrumpf zu ihrer Freundin Mathilde ins Dorf gegangen, um ein wenig zu plaudern. Werner war mit seinen Freunden unterwegs. Das passte Getrud gut in den Kram, denn sie wollte mit Karl allein reden.

»Die Erna, die von der Hauptstraße, du weißt schon«, begann sie, »vermietet im Sommer Zimmer an Feriengäste. Das könnten wir doch auch tun. Seit zwei Jahren verdient sie sehr gut damit, hat sie mir gesagt. Und ich kann gut kochen, das weißt du, und für Vollpension kann man pro Person zehn oder zwölf Mark am Tag nehmen und für Kinder sechs.« Erstaunt schaute Karl sie an. »Aber du weißt, dass damit sehr viel mehr Arbeit auf dich zukommen würde«, wandte er ein. »Und ganz aus der Feldarbeit kann ich dich nicht nehmen. Außerdem müssten wir die Zimmer renovieren und fließendes Wasser nach oben legen, damit die Gäste sich waschen können. Du weißt, wir haben noch kein Badezimmer.«

»Das schaffe ich schon«, beteuerte Gertrud, »und immer brauche ich ja sowieso nicht mit aufs Feld. Und was die Wasserleitung betrifft«, Gertrud beugte sich auf ihrem Stuhl zu ihm hinüber, »wir könnten doch Konrad fragen, der hat so etwas in seinem Haus selbst verlegt.«

Karl war noch nicht ganz überzeugt, fragte noch dies und das, endlich versprach er ihr, mit Konrad zu reden. Sie sahen sich die Zimmer im Obergeschoss an. Gertrud stand im Korridor und schaute um sich. »Wir müssten unser Schlafzimmer und den dahinter liegenden Raum herrichten«, schlug sie vor. »Dann kann eine Familie mit Kindern hier wohnen. Wir ziehen um in eines der Vorderzimmer, und Werner bekommt das kleine unter der Treppe. Marie behält ihres natürlich.«

Marie kam am späten Abend von ihrer Freundin zurück und betrat das Haus mit der Absicht, gleich nach oben in ihr Zimmer zu gehen. Aber ihr Bruder, der sie kommen gehört hatte, holte sie noch herein. »Mariechen, magst du noch ein Glas Wein mit uns trinken?« Marie wusste nicht, was sie sagen sollte. So freigebig war er sonst nur an hohen Feiertagen, Kirmes oder so. Werner kam kurz hinter ihr nach Hause, und auch er wurde zu einem Glas Wein eingeladen. Gertrud lächelte erfreut, denn alles wies darauf hin, dass Karl mit ihren Ideen einverstanden war und sie in die Tat umsetzen wollte.

Karl räusperte sich. »Also, was ich euch sagen möchte, ist, dass wir zukünftig Feriengäste aufnehmen werden. Viele Leute aus der Stadt machen schon Ferien auf dem Bauernhof. Das ist eine Chance auch für uns. Aber Gertrud kann dann nicht mehr uneingeschränkt für die Feldarbeit zur Verfügung stehen. Und was die Hausarbeit angeht, so müsstest du, Mariechen, sie entlasten. Wir dachten, dass du dann für die Fremdenzimmer sorgen könntest. Gertrud ist für das Kochen zuständig und wird servieren.«

Werner sagte erst einmal gar nichts. Er war ja von morgens bis abends fort und hatte eigentlich gar nichts damit zu tun.

Aber ihm schwante, dass es auch für ihn in mancherlei Beziehung unbequem werden könnte.

Marie schüttelte den Kopf: »Als ob ich nicht genug zu tun hätte, Karl, du weißt ganz genau, dass ich von morgens bis abends eingespannt bin.«

»Du gehst dann eben nicht mehr im Laden helfen«, schlug er vor, »wir brauchen dich hier.« Marie war von diesem Ansinnen überhaupt nicht erbaut. »Das Taschengeld, das du mir gibst, reicht vorn und hinten nicht. Du musst verstehen, dass ich mir etwas hinzuverdienen muss.« Karl wand sich vor Verlegenheit. »Wenn mehr Geld hereinkommt, kann ich dir auch mehr geben, das ist doch klar.«

Er hörte nicht gern, wenn seine Schwester sich beklagte. Sonst war es ja auch nicht ihre Art. Und was schließlich konnte er dafür, dass sie nicht verheiratet war und einen eigenen Hausstand hatte? Sie hatte freie Kost und Logis in ihrem Elternhaus, er sorgte für ihre Kleidung, so gut wie er es konnte, was brauchte sie da noch eigenes Geld? Ach, es war ein Elend mit den Weibern. Seine eigene Frau machte ihm oft genug das Leben schwer mit ihrer Unzufriedenheit. Und jetzt noch die Schwester? Das ging auf gar keinen Fall.

Gertrud hatte lange nicht begreifen können, dass das Leben auf seinem Hof kein Zuckerschlecken war. Sie kam aus einem Elternhaus, das wohlhabender gewesen war als die Leute auf dem Heintzenhof. Aber sie hatte Ja gesagt zu seinem Antrag. Als der Krieg begann, waren sie beide schon versprochen. So nannte man ein Verlöbnis damals. Und jeder hatte geglaubt, dass der Krieg schnell vorbei sein würde. Aber schließlich hatte sie die ganzen Jahre über auf ihn gewartet, bis er endlich nach Hause entlassen wurde. Indessen – und dafür konnte er schließlich nichts – kam er als kranker Mann zurück, hatte sich im Lager mit einer schweren Krankheit angesteckt. Diese Krankheit, die er lange verschwiegen hatte, hatte ihn schließlich eine halbe Lunge gekostet.

»Wenn ich das alles gewusst hätte? Einen Lehrer hätte ich haben können.« Diese an seine Adresse gerichtete abfällige

Äußerung Gertruds, die sie bei passender Gelegenheit in seine Richtung abfeuerte, hatte ihn mehr als einmal verletzt. Dabei war sie nicht wirklich böse, nur unzufrieden mit ihrem Leben. Aber litt er selbst nicht? Seine Frau konnte ihm keine Kinder gebären. Das empfand er als Makel. Auf die Möglichkeit, es könne an ihm und seiner schlechten körperlichen Verfassung liegen, kam er nicht. Frauen brachten die Kinder zur Welt, kam kein Nachwuchs, waren sie natürlich daran schuld. Wenn man es genau betrachtete, war das Zutun der Männer doch mehr als gering. Gleichermaßen empfand er seine Krankheit als dunklen Punkt in seinem Lebenslauf. Wenn er an seine Brüder dachte ... Die meisten waren gesund und stark. Der eine hatte schon fünf, der andere vier Kinder, seine Schwester Käthe hatte ebenfalls fünf Kinder, und Else, die Älteste, hatte sogar zwölf Kinder zur Welt gebracht. Und die jüngeren würden schon noch Kinder bekommen. Weshalb hatte das Schicksal ihn allein so hart getroffen?

»Warten wir es ab.« Karl beendete kurz angebunden die Diskussion mit Marie. »Man wird sehen, wie es läuft. Dann entscheide ich, wie die Arbeit eingeteilt wird. Schluss jetzt.« Marie war entrüstet, doch sie schwieg, um Karl nicht noch mehr zu reizen. Sie trank ihren Wein aus, sagte kurz »Gute Nacht« und ging hinauf in ihr Zimmer. Karl sah ihr nach, dann stand er auf und ging noch einmal nach draußen, um Luft zu schnappen. Es war finster, nur ein paar Sterne hatten sich zwischen den Wolken hervorgewagt. Sollte er noch ein Pfeifchen rauchen? Ach, lieber doch nicht, besser war die frische Luft für seine Lungen. Er versuchte, tief einzuatmen, aber konnte nicht so viel Sauerstoff in seine Lungen bringen, wie er gebraucht hätte. Sogar das Atmen war schwere Arbeit. Im Hof roch es nach dem Misthaufen, der dort mit jedem Tag höher wuchs und Karl daran erinnerte, dass er ihn bald als Dünger auf die Felder fahren müsste. Wie bleischwer solch eine beladene Mistgabel war ... Aber Werner würde helfen, samstags nachmittags war ja auch noch

Zeit dazu. Auf die Idee, dass sein Pflegesohn einen Anspruch auf Freizeit haben könnte, kam er nicht.

Am anderen Tag wurde über die Pläne nicht mehr gesprochen. Karl ging zu Konrad, um ihn wegen der Verlegung der Wasserleitung zu fragen und bekam eine Zusage. Es dauerte dann noch bis nach Ostern, dann lagen die Leitungen und die Zimmer waren neu tapeziert. Stolz betrachtete Gertrud die schneeweißen Waschbecken, über die nagelneue Spiegel gehängt worden waren. Es lief nur kaltes Wasser aus den Hähnen, aber wenn die Gäste kämen, wäre ja schon Sommer. Sie wischte nochmals über die blinkenden Hähne und hing dann kleine weiße Gardinen an die Fenster. So, jetzt war alles fertig. Befriedigt schaute sie um sich.

Später im Jahr kamen die ersten »Sommerfrischler«, als erste eine Familie mit zwei Kindern. Das Leben änderte sich ab sofort für alle. Die Feriengäste standen stets an erster Stelle. In der kleinen Stube wurde für sie extra gedeckt, Dinge kamen auf den Tisch, die sonst nicht gekauft wurden wie zum Beispiel Schnittkäse und auch schon mal eine andere Wurst anstelle der ewigen Blut- und Leberwurst. Vom selbst gebackenen Brot, der gesalzenen Butter, vom geräucherten Schinken und den frischen Eiern waren alle restlos begeistert. So etwas kannte man zu Hause gar nicht. Mittags kochte Gertrud Töpfe voll Gemüse und Kartoffeln, auch Fleisch kam fast jeden Tag auf den Tisch, wobei die Gäste natürlich immer die besten Stücke erhielten. Nudelteig bereitete sie grundsätzlich selbst zu und bekam viel Lob dafür. Nach dem Frühstück verschwanden die Feriengäste auf lange Wanderungen und tauchten hungrig zu Mittag wieder auf. Und für die Abendmahlzeit dachte Gertrud sich immer etwas Neues aus; mal gab es einen leckeren Salat, Bratkartoffeln mit Spiegelei, Pfannkuchen oder eine Suppe. Auch das Winterkind Franzi aus Köln war gekommen, um, wie üblich, die Ferien hindurch auf dem Hof zu verbringen. Sie schlief bei Marie, Werner war in einen kleinen Alkoven umgezogen.

Das Haus war voll bis unters Dach, Gertrud nahm das alles in Kauf. Zufrieden genoss sie das Gefühl, das Kochen, ihre liebste Arbeit, werde endlich genügend gewürdigt.

Als die Gäste nach vierzehn Tagen abreisten, hatte sie über zweihundertfünfzig Mark in Händen. Sie strahlte. »Die nächsten Gäste kommen am Mittwoch, dann habe ich am Ende des Monats vielleicht fünfhundert Mark.«

Marie, die neben ihr stand, als die Gäste verabschiedet wurden, insistierte: »Ich habe zwei Wochen lang die Betten gemacht und die Zimmer geputzt. Und ich muss viel mehr waschen als früher. Was habe ich verdient?«

Gertrud gab ihr fünf Mark. »Das ist zu wenig«, beklagte sich Marie, »bei Trudi bekomme ich achtzig Pfennig die Stunde.« Karl kam hinzu und nahm Gertrud das Geld aus den Händen. »Darüber reden wir noch. Schließlich ist das kein Nettoverdienst, die Leute haben auch was gekostet.« Er schloss das Geld fort und damit war das Thema erledigt. Marie steckte die Münze in ihre Schürzentasche und hüllte sich in Schweigen. In ihr wuchsen Gedanken, die sie noch nie gedacht hatte, die sie noch nicht einmal hätte in Worte fassen können. Sie begann, sehr unzufrieden zu werden.

Im Folgejahr kamen noch mehr Gäste. Gertrud überredete Karl, ihr gemeinsames Schlafzimmer auch noch zu vermieten. Er zögerte, stimmte dann jedoch zu, da er einen Heuwender kaufen wollte und durch den Mehrverdienst die Anschaffung früher als geplant möglich sein könnte. Karl zog für vier Wochen auf den Speicher. Dort wurde ein altes Bett aufgestellt und in dieser staubflirrenden Luft voller Spelzen verbrachte er hustend seine Nächte. Dass diese Wochen ihn langfristig den Rest seiner Gesundheit kosten würden, konnte er zu diesem Zeitpunkt noch nicht ahnen. Gertrud baute sich jede Nacht ihr Lager auf der Couch in der großen Wohnstube und träumte von einem Elektroherd und einem Badezimmer.

Als Marie eines Mittags mit den Kühen von der Weide kam und sich nach dem Melken in der Küche zum Essen niederließ, zeigte ihr Bruder ihr eine Ansichtskarte, die am gleichen Tag mit der Post gekommen war. Darauf war ein großer Marktplatz mit klassizistischen Häuserreihen zu sehen, hinter denen ein Turm aufragte, der irgendwie an den Campanile von Venedig erinnerte. Sie sah die fremde Briefmarke und erblasste. Es war so viele Jahre her, seit Marie etwas von Robert gehört hatte. Die Karte war an die Familie adressiert, nicht an sie persönlich. »Famille« stand dort, nicht »Marie«. Nun gut, dachte sie, er will ja die ganze Familie besuchen, wenn er mich abholt. Sie versuchte, die Schrift zu entziffern. Richtig, in gebrochenem Deutsch stand dort sinngemäß, dass man gern zu Besuch kommen wolle, wenn es der Familie recht sei. Man möge antworten. Die Unterschrift war unleserlich, aber ein Absender war vermerkt. Robert Fabron stand dort und eine Adresse in Lille. Tränen traten in Maries Augen, kaum konnte sie ein Aufschluchzen unterdrücken. Endlich, endlich, nach vielen, vielen Jahren hatte er sich auf sie besonnen. Nun kam er, oh mein Gott, was war sie froh. Alles würde gut werden.

»Es ist lange her«, meinte Karl, »eine aufregende Zeit war das damals für euch alle hier auf dem Hof, oder nicht? Aber Robert hat ja überlebt und den Weg nach Hause geschafft. Ein netter Kerl war er, ich habe ihn ja einmal während eines Fronturlaubs kennengelernt.« Er dachte einen Augenblick nach. »Weißt du, warum er sich jetzt meldet? Charles de Gaulle war in Bonn und hat sich mit Adenauer getroffen. Unsere Erbfeindschaft soll wohl begraben werden.« Karl lachte auf: »Da will Robert nicht abseits stehen, sondern auch mit Deutschland seinen Frieden machen.«

Marie schüttelte unwillig ihren Kopf, sagte aber nichts. Sie wusste nicht, ob sie Karl etwas von ihrer Verbindung zu Robert sagen sollte, vermutete aber, dass dies damals kein Geheimnis geblieben und vielleicht sogar, ohne dass sie es ahnte, ihm zugetragen worden war. Aber über so etwas hätte er nie mit ihr gesprochen. Das tat man einfach nicht.

Sie überließ es ihrem Bruder, zu antworten, da sie vermutete, dass seine Sprachkenntnisse durch die Kriegsgefangenschaft besser als ihre seien. Karl schrieb an Robert, und Marie wartete auf eine weitere Nachricht, die jedoch nicht eintraf.

Marie wartete. Sie malte sich aus, wie es sein würde, wenn er einträfe. Wie würde er angereist kommen? Ob er ein Auto hatte, oder ob er von der Bahn abgeholt werden müsste? Ob sie mit Karl reden sollte, was er dazu meinte? Aber dann schwieg sie doch, weil sie Angst vor seinen Fragen hatte. Was sie das alles denn so sehr interessiere, würde er wissen wollen, und was sie das eigentlich anginge. Das wollte sie auf keinen Fall riskieren. Ihr Bruder konnte recht grob werden.

Wie Robert wohl aussehen würde? Er war, so wie sie auch, um viele Jahre älter geworden. Sein Gesicht sah sie wieder, wie zum Greifen nah vor sich. Die dunklen Augen, die gerade Nase und der Mund – oh, wie hatte sie seinen Mund gemocht, seine zärtlichen Küsse, die unsagbar erregend waren. Ach, sie sah alles so deutlich wieder vor sich, wie es damals war, wie sie beieinander gelegen hatten auf der einsamen Lichtung oder in der Hütte im Wald. Ach, wie sehr hatte sie ihn geliebt! Die tiefen Gefühle von einst brachen sich Bahn, und sie weinte vor Vorfreude ganz für sich allein, beim Melken den Kopf in die Flanken einer der Rotbunten gedrückt.

Sonntags zog sie sich jetzt immer besonders sorgfältig an und behielt die gute Kleidung so lange an, bis sie abends in den Stall musste. Das fiel Gertrud auf, die sie neugierig nach dem Grund fragte. Marie zuckte nur mit den Achseln.

»Man sollte meinen, du wartest auf deinen Bräutigam«, grinste daraufhin Gertrud verschwörerisch, »aber der hat sich wohl verspätet. Du solltest besser deine Kleidung schonen.«

Marie wurde flammend rot. Dabei hatte Gertrud gar nicht an Robert und den avisierten Besuch gedacht, sondern nur so dahergeredet. Auch Karl dachte nicht mehr an Robert. Gerade jetzt im Sommer, war so viel zu tun, dass ihm gar nicht der Kopf nach Besuch stand. Aber dann, als Gertrud und Karl überlegten, ob sie die Zimmer nicht noch einmal vermieten sollten, geschah genau das, womit niemand mehr gerechnet hatte.

Eines Sonntags, als Marie bei Else zum Kaffee eingeladen war, stand bei ihrer Rückkehr auf dem Hof plötzlich dieses Auto mit dem fremden Kennzeichen vor der Tür.

Einen Moment blieb sie wie angewurzelt im Hof stehen und konnte es kaum glauben. Tief einatmend trat sie ins Haus. Dann konnte sie nicht mehr an sich halten und riss die Stubentür auf. Endlich, endlich, war er da! Robert, ihr geliebter Robert, saß neben ihrem Bruder, und beide waren in ein angeregtes Gespräch vertieft. Nie hätte sie geglaubt, dass ihr Bruder sich so gut in der französischen Sprache verständigen konnte. Robert sah gut aus; älter geworden war er natürlich auch genau wie sie, seine Haare waren von weißen Strähnen durchzogen, er hatte etwas an Gewicht zugelegt, und sein glattrasiertes Gesicht wirkte entspannt und ruhig. Sonst befand sich niemand im Raum. Robert wandte sich um und erblickte Marie. Eine leichte Röte flog über sein Gesicht. Er stand auf und trat auf sie zu. Sie wollte sich instinktiv in seine Arme werfen, doch, als ob er es geahnt hätte, reichte er ihr rasch seine Hand zum Gruß. Als sie ihm ihre gab, beugte er sich darüber, als ob er sie küssen wollte. Noch niemals hatte jemand ihre Hand geküsst. Rasch zog sie sie zurück, diese Geste machte sie verlegen.

»Wie geht es dir?«, fragte sie zögerlich, sie wusste auf einmal nicht, was sie sagen sollte. Neben ihn setzte sie sich auf einen freien Stuhl. Ehe er antworten konnte, flog die Tür auf und zwei Kinder im Alter von acht und sechs Jahren stürmten herein und überfielen Robert mit einem französischen Wortschwall. Sie berichteten ihm in begeisterten Worten von den »petite veaux« und den »cochons«, die sie so »agréable« und »mignon« fanden. Ihnen folgte eine Frau, nein, eine Dame. Sie trug ein Kleid in fröhlichen Farben, darüber einen offenen, dünnen Mantel aus dem gleichen Stoff. Die blonden Haare in schicke Dauerwellen gelegt, die Lippen rot angemalt, bot sie den Anblick einer gutsituierten Dame der Mittelschicht.

»Ma femme Adèle«, stellte Robert seine Frau vor, »mes enfants Louis et Marie.« Das verstand Marie, das brauchte ihr niemand zu übersetzen. Totenblässe überzog ihr Gesicht. Sie reichte Adèle verlegen die Hand, die sie ergriff und heftig schüttelte und dabei einen Schwall französischer Worte über sie ergoss, bei dem ab und zu das Wort »Marie« und »merci, merci beaucoup« auftauchte. Gertrud, die gehört hatte, dass Marie hereingekommen war, rief aus der Küche: »Mariechen, du kannst den Tisch decken.« Sie hatte rasch Waffelteig gemacht. Marie bedachte Robert und Adèle mit einem langen Blick und verließ die Stube, aber nicht in Richtung Küche, sondern durch den Hausflur nach draußen. Das Rufen von Gertrud hörte sie nicht, sondern wandte sich seitwärts Richtung Friedhof.

Da stand sie wieder einmal vor dem Grab der Mutter, dem Zufluchtsort in den Nöten ihres Lebens. Ihr war bewusst, dass alle Hoffnung für immer und ewig zu Ende war. »Mutter, hilf mir doch«, flüsterte sie voller Jammer, wobei ihr selbst nicht klar war, wen sie um Hilfe bat, ihre verstorbene Mutter oder die Muttergottes. Aber von niemandem kam eine Antwort. Da verließ sie den Kirchhof und lief ziellos weiter und weiter. Ihr war, als ob sie nie wieder in den Heintzenhof zurückkehren könne.

In ihrer ersten Erregung beschloss sie, zu Else zurückzukehren, um ihr von Roberts Besuch zu berichten. Aber Else hatte unverhofft Besuch von Paula bekommen, einer ihrer Töchter, die ihr von ihrer dritten Schwangerschaft berichten wollte. Marie stand einen Moment in der Wohnzimmertür, lächelte die werdende Mutter mühsam an: »Ich freue mich für dich. Wann wird es denn soweit sein?« Dann wandte sie sich wieder zum Gehen. Else lief ihr noch nach bis zur Haustür: »Was ist los, Mariechen? Warum bist du zurückgekommen?«

Impulsiv umarmte Marie Else. »Robert ist da«, flüsterte sie so, dass es niemand hören konnte.

»Freust du dich?«, fragte Else, aber als sie sie Maries kummervolles Gesicht sah, schwieg sie.

Marie kämpfte mit den Tränen: »Er … er … er ist … verheiratet. Er … hat Frau und Kinder mitgebracht. Und ich, ich … habe gedacht, er holt mich zu sich, oder er bleibt hier bei mir …«, stammelte sie und konnte nun ihre Tränen nicht aufhalten. Else tupfte ihr mit ihrem Taschentuch die Wangen ab.

»Hast du wirklich gedacht, er kommt, dich zu holen?«, fragte sie kopfschüttelnd, »nach all den Jahren? Dann hätte er nicht so lange gewartet, sondern wäre schon viel früher gekommen. Jetzt will er seiner Familie gewiss nur zeigen, wo er im Krieg gewesen ist. Die Sache mit dir hat er doch längst vergessen.«

»Das glaube ich nicht«, widersprach Marie heftig und konnte ihr Stimme nicht mehr dämpfen, »so, wie er mich vorhin angeschaut hat … Er hat sich sofort an alles erinnert …«

»Still, still«, raunte Else, »sei ruhig, das braucht doch nicht jeder zu hören. Geh zurück auf den Heintzenhof und sei freundlich mit den Leuten. Was anderes kann ich dir nicht raten.«

Mit tränennassen Augen blickte Marie ihre Schwester an. »Ich habe all die Jahre auf ihn gewartet und fest daran geglaubt, dass er zurückkommen wird. Und jetzt? Was bleibt mir noch?«

»Mama, wo bleibst du?«, rief Paula.

»Ich muss gehen«, meinte Else zu Marie und drückte sie noch einmal an sich. »Wir sprechen noch einmal darüber.«

Marie zog die Haustür leise hinter sich zu und blieb noch einen Moment stehen. Was sollte sie nun tun? Einfach auf den Hof zurückgehen und sich nichts anmerken lassen? Oder ihm zeigen, was sie von ihm hielt? Und seiner Frau die kalte Schulter zeigen? Die Kinder mit Nichtachtung strafen?

Sie wusste es nicht, wusste nur, dass sie zurückgehen musste auf den Hof, denn sie hatte sonst keine Bleibe, kein anderes Zuhause. Und sich zum Gespött der Leute machen, wollte sie auch nicht. Deshalb wollte sie das tun, was ihre Schwester ihr geraten hatte. Sie straffte die Schultern und lief den Weg durchs

Dorf zurück, erwiderte lächelnd die Grüße der Leute, die ihr begegneten. Auf dem Hof angekommen, gab sie sich einen Ruck und betrat die Küche durch die Hintertür. Dort war Gertrud damit beschäftigt, das Kaffeegeschirr abzuwaschen. »Wo warst du denn so lange?«, begann sie zu lamentieren, »alles muss ich allein machen. Die Franzosen bleiben noch ein paar Tage, die Zimmer sind zurechtzumachen und das Abendessen vorzubereiten. Hilf mir gefälligst, es ist auch dein Besuch.« Von der französischen Familie war nichts zu sehen, sie waren in die Nachbarstadt gefahren zum Bummeln (faire une promenade)«, wie Adèle kichernd verkündet hatte.

Marie spülte das restliche Geschirr und lief danach mit sauberem Bettzeug in das obere Stockwerk, wo sie die Zimmer für die Gäste herrichtete. Kummervoll betrachtete sie die frisch bezogenen Ehebetten. Wie gern hätte sie sich dort an ihn geschmiegt. Niemals hatte sie seine zärtlichen Küsse vergessen, die wie eine Offenbarung gewesen waren. Nie den Rausch, in den seine Liebkosungen sie versetzt hatte. Seit damals war sie nie mehr mit einem Mann zusammen gewesen, wusste aber noch genau, wie es sich angefühlt hatte. Wie um Abschied zu nehmen, strich sie über eines der Kopfkissen.

»Marie!« Das war Gertrud, der es schon wieder nicht schnell genug gehen konnte.

Zur Melkzeit war Karl damit beschäftigt, auszumisten. »Robert ist ein Geschäftsmann geworden«, berichtete er ihr ohne weitere Einleitung, als sie den Melkapparat samt Kanne, Schläuchen, Kabeln und Saugnäpfen aus dem Hauswirtschaftsraum in den Stall geschleppt hatte. »Er hat die Firma seines Vaters übernommen und beschäftigt fünfzehn Leute.« Sie schwieg. »Robert will mir Geld leihen für einen Mähbinder (Landmaschine zur Ernte von Getreide), fuhr Karl fort, »ich könnte es in Raten zurückzahlen, wie immer es mir möglich ist. Und die Familie will jedes Jahr eine Woche hier Urlaub machen.«

»Nein«, schrie Marie auf, sie konnte nicht mehr an sich halten vor Empörung. »Du nimmst kein Geld von ihm! Ich will das nicht, hörst du!« Eigentlich wusste sie gar nicht genau, weshalb sie sich so aufregte, es sprudelte einfach so aus ihr heraus.

Erstaunt schaute er sie an. »Was hast du denn damit zu tun? Ich dachte, du freust dich darüber, dass du dann keine Garben mehr zu binden brauchst. Eigentlich hatte ich die Anschaffung erst für nächstes Jahr geplant. Ich könnte die Maschine sogar verleihen und damit Geld verdienen.«

Genau so schnell, wie Maries Zorn hochgekocht war, so schnell war er auch in sich zusammengefallen.

»Ich meine nur«, begann sie stockend, »weil wir ihn doch gar nicht mehr so genau kennen. Und vielleicht geht das gar nicht mit dem fremden Geld.«

Karl lachte. »Das Geld kann man doch tauschen in Mark und Pfennig. Das ist das kleinste Problem. Komm, mach weiter, damit wir fertig werden. Ich will mit Robert in Trudi's Kneipe, er will mit mir ein deutsches Bier trinken. Du könntest dich vielleicht um seine Frau, die Adèle kümmern.«

»Das kann ich nicht«, widersprach sie ihm, ganz entsetzt von dem Ansinnen, sich mit Roberts Frau radebrechend unterhalten zu müssen.

»Doch«, meinte er, »du bist die Einzige neben mir, die noch bisschen was von der Sprache versteht. Und jetzt mach voran!«

Abends saßen Marie und Gertrud neben Adèle im Wohnzimmer und ließen Adèles französischen Redefluss über sich ergehen. Mit Händen und Füßen und ein paar Brocken der fremden Sprache fand schließlich so etwas wie eine, allerdings sehr unergiebige, Plauderei statt, weil es zu viele Missverständnisse gab. Um elf Uhr kamen die Männer aus der Kneipe zurück, gut gelaunt und ein wenig angetrunken, Robert mehr als Karl. Adèle und Robert verabschiedeten sich bald und stiegen die Treppen hinauf, um zu Bett zu gehen, Gertrud und Karl folgten ihnen nach kurzer Zeit, nur Marie räumte noch die Gläser fort, und, da sie sicher war, keinen Schlaf zu finden, gab sie sich ans Spülen und Wegräumen. Danach saß sie noch auf der Eckbank und träumte vor sich hin. Unversehens war sie eingenickt, schrak aber zusammen, als jemand sie an der Schulter berührte. Robert stand vor ihr. Er trug einen leichten Morgenmantel über seinem Schlafanzug. »Mariesch«, flüsterte er und setzte sich neben sie. Instinktiv wollte sie fortlaufen, aber er nahm ihre Hand und zog sie wieder auf die Bank zurück. Nachdenklich schauten beide sich an. Dreizehn Jahre waren vergangen, dreizehn lange Jahre, und doch waren sie vergangen wie im Flug. Robert hatte die Firma seines Vaters wieder aufgebaut, geheiratet, Kinder bekommen. Mit seinen vierundvierzig Jahren stand er mitten im Leben. Er war neunundzwanzig gewesen, als er in Kriegsgefangenschaft geriet. Dass Marie älter war als er, hatte er gewusst, aber es hatte ihn nicht gestört. Und diese dort, die früh gealterte Frau mit den grauen Strähnen im Haar, das sollte sein Mariesch' sein? Die sich so gern und so hingebungsvoll an ihn geschmiegt hatte? Die so nach Zärtlichkeit gehungert hatte wie keine Frau zuvor? Rasch rechnete er nach. Achtundvierzig musste sie heute sein. Adèle war um einige Jahre älter, und doch sah sie viel jünger aus als sie. Mitleidig strich er Marie über die Wange. Da lösten sich zwei Tränen aus ihren Augen und verliefen langsam in den tiefen Falten ihrer Nasenflügel. Er konnte nicht anders, nahm sie in die Arme und küsste sie ein allerletztes Mal. Sie drängte sich voller Sehnsucht an ihn. In diesem Moment hätte sie sich ihm so gern hingegeben. Aber es durfte nicht sein. Er war verheiratet und alles, was jenseits des Ehegelöbnisses geschah, war Ehebruch. Dennoch … dennoch …

Sie löste sich aus seinem Arm, stand auf und wollte den Raum verlassen. Aber er ließ es nicht zu, folgte ihr und nahm ihre beiden Hände in die seine. »Je t'ai toujours aimé«, flüsterte er, »mais je suis désolé. Tu as lu ma lettre. (Ich habe dich immer geliebt, aber es tut mir leid. Du hast doch meinen Brief gelesen.)« Dann erst ließ er sie los. Einen Moment stand sie noch so da, seinen Worten nachhorchend. Was hatte er gesagt? Aimé hatte sie verstanden, das hieß Liebe, das wusste sie noch, aber was bedeutete das letzte? Tu as lu ma lettre? Lettre? Buch vielleicht? Sie konnte sich keinen Reim darauf machen. Leise schloss sie die Tür hinter sich und stieg in ihr Zimmer hinauf.

Robert schaute ihr einen Moment hinterher, dann seufzte er, ging vor die Tür und rauchte eine Zigarette.

In der Nacht wurde Franzi im Bett ihrer Tante durch deren Schluchzen wach. Das war etwas völlig Neues, sie hatte die Tante noch nie weinen gehört. »Jöttchen, was ist los?«, getraute sie sich zu flüstern. Marie drehte sich im Bett herum und nahm Franzi in den Arm. »Gar nichts, alles ist gut«, versuchte sie das Kind zu beruhigen. »Ich habe nur ein bisschen Bauchschmerzen.« Da streichelte Franzi die Tante vorsichtig über den Arm und überließ sich wieder ruhig ihren kindlichen Träumen.

Kapitel Fünfzehn
Mariechens Hochzeit und die Zeit danach

Inzwischen schrieb man das Jahr 1964. Schon lange tuschelte man im Dorf über das Mariechen. Sie, die man im Dorf stets als ein Ausbund an Ehrbarkeit, Fleiß und Frömmigkeit kannte, zeigte neuerdings ganz ungewöhnliche Eigenheiten. So, wie auch heute, am Sonntag, wieder. Pünktlich erschien sie zum Hochamt, nahm ihren Platz in der schmalen Bank ein, faltete die Hände, betete, sang und folgte andächtig dem Zeremoniell – dann aber, kaum hatte sie die Kommunionbank verlassen, kaum war der Priester mit dem Kelch wieder hinauf beim Altar, verließ sie fast fluchtartig den Kirchenraum. Das ging schon über Wochen so. Und danach wurde Mariechen den ganzen Sonntag über nicht mehr gesehen.

Kurz und gut, man wunderte sich. Ihre Freundinnen tuschelten im Geheimen, ließen aber vor ihr nichts laut werden.

Es vergingen noch einige Wochen, bis Fritzens Bärb es eines Tages in Trudis Laden nicht mehr aushielt. »Manche Leut' brauchten gar nicht mehr zur Kirche zu gehen«, vermeldete sie im Kreise der Hausfrauen, die mit ihren Einkaufstaschen brav warteten, bis sie an der Reihe waren und von Trudi, der Ladenbesitzerin, bedient wurden, »weil manche Leut' schon rausgehen, wenn die Kirch' erst halb aus ist.« Mariechen, die heute wieder bei Trudi aushalf, stand hinter der Schiebetür vom Laden zur Küche, und hörte jedes Wort, wusste, wer gemeint war, und errötete. »So geht es nicht weiter«, dachte sie bei sich, »ich muss doch mal was sagen.«

Abends, als die Stallarbeit getan war, saßen alle beim Abendbrot, Karl, Gertrud, Werner und sie, ein in die Jahre gekommenes, früh ergrautes Faktotum, das für alle Drecksarbeit gut war.

»Nächstens ist Kirmes«, begann ihre Schwägerin. »Da gibt es viel zu tun, Marie, bitte bleib ausnahmsweise mal zu Hause.« Mariechen errötete und ärgerte sich gleichzeitig über sich selbst.

Dass ihr das auch in der letzten Zeit so oft passieren musste! »Nein, nein«, beeilte sie sich zu sagen, »ich bleib' natürlich hier.«

»Was ich dich immer schon mal fragen wollte«, begann Gertrud, »wohin gehst du eigentlich sonntags immer? Man sieht dich überhaupt nicht, und zum Essen bist du auch nicht da! Ich dachte immer, du bist bei deiner Freundin Mathilde, aber die weiß von nichts.« Mariechen räusperte sich, brachte aber keinen Ton heraus. Karl stand auf und ging zum Büffet, nahm aus der Schublade einen Umschlag und reichte ihn ihr. »Das kam heute mit der Post für dich«, meinte er gleichmütig. Sie nahm den Brief und entschwand wie der Blitz auf ihr Zimmer. Nein, wie war das peinlich! Hastig riss sie den Umschlag auf und begann zu lesen. »Liebe Marie, der letzte Sonntag mit dir war wieder so schön, dass ich dir das einfach einmal schreiben muss. Ich freue mich auf jedes Wochenende, das ich mit dir verbringen darf. Wie wäre es, wenn du deinen Leuten einmal etwas von mir erzählst. Dann müssen wir uns nicht mehr verstecken, sondern können offen miteinander verkehren.« Bei dem letzten Wort wurde Marie blutrot und verlegen. Aber er hatte ja recht. Ihr lieber Franz, sie war ihm wirklich von Herzen zugetan. Trotzdem war ihr Herz schwer. Sie hatte sich das alles etwas einfacher vorgestellt. Ihrem Bruder einfach ins Gesicht zu sagen, so und so ist es, ich habe da jemanden kennen gelernt, und es ist vielleicht etwas Ernstes, das brachte sie einfach nicht fertig. Und dann hätte die Familie wissen wollen, wie sie, die doch früher nie aus dem Haus kam, diese Bekanntschaft geschlossen hätte. Sie seufzte und legte den Brief beiseite, ohne den Rest gelesen zu haben. An diesem Abend ging sie nicht mehr hinunter, sondern blieb für den Rest des Abends auf ihrer Stube. Am anderen Morgen fiel ihr der Brief wieder ein und sie las die letzten Zeilen: »Wenn du deinen Leuten etwas über mich sagen wirst, kannst du gleich auch noch sagen, dass ich dich heiraten möchte.« Wie vom Donner gerührt stand sie da, der Brief fiel ihr aus der Hand. Sie hatte zwar schon einmal ganz im Stillen darüber nachgedacht, wie es wohl sein könnte, verheiratet zu sein. Von ihrer großen Enttäuschung, die sie damals erlitten hatte, als Robert mit einer kompletten Familie zu Besuch gekommen war, war nur noch ein wehes, fast beschämendes Gefühl zurückgeblieben. Und was sie hier im Haus täglich am Beispiel der Ehe ihres Bruders sah, war etwas ganz anderes als das, was sie sich immer unter einer glücklichen Ehe vorgestellt hatte. Hier gab es nur Schufterei ums tägliche Brot, nur Kampf ums Dasein, kaum ein freundliches Wort! Da konnte sie schon darauf verzichten! Sie beschloss, nichts mehr zu sagen, und auch nicht zurückzuschreiben.

Mit dem Brief in der Hand blieb sie stehen und starrte aus dem Fenster in ihren Garten. Und doch, die Sonntage, die sie mit Franz verbracht hatte, waren so schön gewesen. Nicht umsonst war sie früher aus der Messe davongelaufen, unterhalb der Kirche hatte er mit seinem kleinen Auto gestanden, niemand sollte ihn sehen, rasch waren sie davongefahren und hatten sich einen schönen Sonntag gemacht an der Mosel oder am Rhein. Dann hatte er sie zurück bis zum Ortsschild gebracht, weiter wollte sie nicht, niemand sollte ihn sehen, sie schämte sich so und fürchtete den Spott der Dorfbewohner. Sich in ihrem Alter zu verlieben, wie verrückt war das denn? Aber war sie denn verliebt? Was war das eigentlich für ein Gefühl? Es zog irgendwo am Herzen, eine sehnsuchtsvolle Empfindung war es, ja, das stimmte. Aber es war auch der Wunsch, davonzuziehen und etwas Neues beginnen zu wollen. Ja, sie wollte einmal etwas anderes mit ihrem Leben beginnen, eine andere Rolle spielen als die der ewig ledigen Tante, die zu nichts anderem gut war, als für die schwersten und undankbarsten Aufgaben im Haus und auf dem Feld. Doch war das alles möglicherweise nicht nur eine fixe Idee von ihr? Sie quälte sich so und kam zu keinem Schluss.

Das Kirmeswochenende kam heran und damit eine Menge Arbeit. Mariechen und Gertrud putzten das ganze Haus, schmorten große Schweinekeulen, backten Taat' mit Streuseln, Obst und Griespudding, Frankfurter Kranz und frisches Brot, holten Schinken und Würste aus dem Rauchfang, und bereiteten alles für ein Haus voller Gäste vor.

Dann war der Sonntag gekommen. Nach dem Hochamt trudelten die ersten Gäste aus dem Nachbarort ein. Vetter Konrad mit seiner Frau und seinen beiden Kindern. Ein wenig später kam der lange Adam mit seiner kleinen, aber wohlbeleibten Agnes mit dem Goggomobil aus der Mayener Gegend, kurze Zeit später gefolgt von Martin und Sophie. Aus dem Kölner Raum kamen Paul und Käthe mit ihren Kindern. Ein alleinstehender Onkel traf als letzter ein. Die Tanten, beide mit hochroten Wangen, bedienten die vielen Gäste. In Stube und Wohnzimmer saß man an weiß gedeckten Tischen und ließ es sich wohl ergehen. Der Braten mundete, die Kartoffeln waren genau richtig, das Gemüse frisch aus dem Garten. Kurz, die fleißigen Hausfrauen konnten stolz auf sich sein. Alles ging gut, bis auf einmal jemand in der Tür stand, den keiner kannte.

»Ich habe geklopft«, kam es fast schüchtern von den Lippen eines eher schmächtigen Mannes, der die Sechzig schon länger hinter sich gebracht hatte und mit dem Hut in der Hand etwas verloren dastand. Marie kam mit einer vollen Kartoffelschüssel in der Hand aus der Küche. Wie vom Donner gerührt blieb sie stehen, im letzten Moment konnte sie die Schüssel noch festhalten, sonst wäre sie ihr aus der Hand geglitten.

»Franz … du«, hauchte sie, drehte sich um und verschwand samt Kartoffelschüssel wieder in der Küche. Die Schiebetür glitt hinter ihr zu. Karl fasste sich als erster, stand auf und begrüßte den Fremden, der ihn mit einer bittenden Kopfbewegung auf den Flur hinaus bat. Ein paar Worte unter Männern später kamen beide wieder in die Stube zurück. Platz wurde gemacht, Teller und Besteck kamen wie von Geisterhand herbei, und zu Braten und Wein wurde Franz kurzerhand in ein politisches Gespräch über den Mauerbau in Berlin verwickelt, von diesem Thema ging es über zu Landwirtschaft und Viehzucht, davon verstand man viel. Von Franzens Handwerk, er war Schneider gewesen, wohl weniger, aber die Frauen fragten ihn gleich über Stoffe und Schnittmuster aus. Und Mariechen? Mariechen saß im Stall auf ihrem Melkschemel und weinte sich die Augen aus dem Kopf. Sie wusste nicht aus noch ein, ihr drehte sich alles im Kopf, und sie hatte nicht die leiseste Ahnung, was sie machen sollte.

Franz hatte gegessen, ein Glas Wein getrunken, nun schaute er sich suchend um. »Wo ist Marie?«, wollte er wissen.

Gertrud wandte sich ihm zu, schaute ihm aufmerksam ins Gesicht, angespannt, neugierig, mit tausend Fragen auf den Lippen. Aber sie fragte nichts, sondern wies auf den Hof hinaus. »Draußen wohl«, meinte sie.

Franz ging auf die Suche. Auf dem Hof war sie nicht zu sehen, er schaute in die Remise, in die Scheune lugte er und ging dann zum Stall hinüber. Vorsichtig öffnete er die Tür und sah sie dort sitzen, die weiße Schürze vor die Augen gepresst. »Marie«, flehte er, »Mariechen, du bist mir doch nicht böse, dass ich gekommen bin? Ich meine, einmal muss es doch sein, oder willst du mich nicht?«

Sie weinte heftiger und schluchzte: »Wie soll das werden, hier werde ich doch auch gebraucht, der Bruder lässt mich bestimmt nicht weg. Und von dir weiß ich so wenig.«

Da nahm Franz sie einfach in den Arm und wiegte sie wie ein kleines Kind. »Sei doch nicht so ängstlich, es wird schon alles werden. Du wirst es bestimmt gut bei mir haben, aber«, er lachte, »Kühe habe ich nicht, nur einen Kanarienvogel.«

Er nahm sie bei der Hand und zog die Widerstrebende durch den Hausflur in die Stube.

»Wir haben uns verlobt«, verkündete er der staunenden Gesellschaft, »Marie und ich werden heiraten.«

Da ging ein Fragen und Antworten an, das bis in den Nachmittag hinein währte. Mariechen hatte nun ihre schwere Last von der Seele und lächelte so glücklich und stolz, dass ihr herbes Gesicht fast schön wirkte. Die Jugend am Tisch feixte: »Mariechen, wir machen dir eine Hillich*, die hat die Welt noch nicht gesehen!«

* *Polterabend*

»Um Gottes willen, nein!«, Marie war ganz entsetzt.

»Aber da wirst du nicht drum herumkommen«, grinste ihr Bruder, »wo du doch einen Fremden heiratest. Da wollen die Burschen bestimmt noch etwas absahnen.«

Nun hatte das Dorf richtig etwas zum Schwätzen. Ihre Freundinnen wollten es nun ganz genau wissen: Wo sie ihren Franz nun kennengelernt habe, wo sie wohnen würden, und ob sie eigentlich nicht zu alt für gewisse Dinge sei. Das ging so weit, dass ihr manche der braven Ehefrauen einen regelrechten Aufklärungsunterricht verpassen wollten. Sie aber schüttelte jedes Mal heftig den Kopf und wollte von allen guten Ratschlägen nichts wissen. Im Gegenteil richtete sie ihr Augenmerk eher auf ihre Aussteuer, die sie noch ergänzen wollte. Auch kümmerte sie sich um ihre Garderobe, die doch sehr erneuerungsbedürftig war. Mit ihrem Bruder hatte sie einige, sehr ernste Gespräche, denn immerhin hatte sie ja viele Jahre fast nur für Kost und Logis gearbeitet. Da musste er schon zugeben, dass ihr eine ordentliche Mitgift zustand.

Der Abend vor der standesamtlichen Vermählung war gekommen. Und es trat ein, was sie zuerst mit bangem Herzen gefürchtet, nun aber doch ein bisschen ersehnt hatte. Alle Junggesellen des Ortes waren gekommen; eine zweirädrige Karre wurde umgedreht und die Karrenräder in schnelle Umdrehungen versetzt. Mit der Schneide von Sensen auf den eisernen Belägen der Räder wurden metallische, ohrenbetäubende Geräusche erzeugt, die einem durch Mark und Bein gingen. Dazu sangen die Burschen das bei der Hillich übliche Lied: »Du Schönste aller Schönen ...«.

Andere Burschen hockten auf der Erde und hämmerten dröhnend auf Sägeblätter ein, dass man sein eigenes Wort kaum noch verstand. Franz spendierte großzügig, und die Burschen zogen später in die Gastwirtschaft, um das Geld in geistige Getränke umzusetzen. Nicht nur die Nachbarn, das ganze Dorf hatte seine helle Freude an diesem Polterabend, der so ganz anders war, weil das Brautpaar eben auch nicht der üblichen Norm entsprach. Mariechen aber hing glücklich am Arm ihres Zukünftigen, sie malte sich ihr weiteres Leben in hellen, freundlichen Farben aus. Keinen Kuhstall, keine Feldarbeit mehr, nur noch ein bisschen Haushaltsarbeit in einer netten Wohnung, ein neuer Wohnort, neue Menschen. Es würde so schön werden! Nur ihre Schwägerin haderte mit ihr, fiel jetzt doch eine ganze Arbeitskraft fort. Dafür musste Ersatz geschaffen werden, das wollte sie ihrem Karl schon noch beibringen.

Mariechen aber verriet niemandem, nicht einmal ihrer allerbesten Freundin, wie sie einst an ihren Franz gekommen war.

Nun packte sie ihre Siebensachen. Karl stand im Hof und verabschiedete sie. Linkisch umarmte er sie. Das war sehr ungewöhnlich für ihn, denn so etwas tat er sonst nie. »Pass auf dich auf, Mariechen«, damit klopfte er ihr leicht auf die Schultern. Dann ging er ins Haus zurück. Von Gertrud hatte sie sich schon im Haus verabschiedet. Die Nachbarn winkten freundlich, es tat ihnen aufrichtig leid, Marie zu verlieren. Sie war eine gute und freundliche und immer hilfsbereite Nachbarin gewesen. Mariechen fuhr mit ihrem Franz in die neue Heimat ins Dörfchen an der Lahn. Werner hatte sich einen Transporter geliehen, um alles zu transportieren, was ihr gehörte. Sie hatte ihre persönlichen Dinge sorgsam gepackt, Kleidung und Wäsche, ein paar Dinge, an denen ihr Herz hing, Andenken an ihre Mutter, einen Karton mit alten Familienbildern, ihr Gebetbuch und ein dickes Heft, in das sie Rezepte für Salben, Kräutertees und allerlei Heilsames aufgeschrieben hatte. Ihr altes Bett, ihren Schrank und den Waschtisch, der inzwischen auf sehr wackeligen Beinen stand, ließ sie dort. Franz hatte gesagt, Möbel hätten sie genug. Er habe sogar ein neues Schlafzimmer gekauft, denn er wolle ihr nicht zumuten, im Bett seiner ersten Frau zu schlafen. Das fand sie sehr rücksichtsvoll von ihm. Einmal war sie schon mit ihm in seinem Haus an der Lahn gewesen, und sie hatten in seiner Wohnung in der ersten Etage, die Franz seit dem Tod der Frau allein bewohnte, Kaffee getrunken. Im Erdgeschoss wohnte seine Tochter Klara mit ihrer Familie, die von

Franz auch gern Klärchen gerufen wurde. Mariechen hatte also eine Stieftochter und sogar Stief-Enkelkinder mitgeheiratet. Die beiden Kleinsten standen vor der Tür, die Finger im Mund und staunten die neue Oma an, die etwas mühsam aus dem Transporter kletterte. Seine Tochter ließ sich nicht sehen, der Schwiegersohn Max war berufstätig und würde erst abends kommen. Marie begrüßte die Kinder freundlich und reichte ihnen die Tafel Schokolade, die sie wohlweislich eingesteckt hatte. Das ältere der beiden Kinder nahm sie entgegen, die danach wie ein Blitz im Haus verschwanden. Marie lächelte. Die würden schon noch kommen, mit Kindern konnte sie gut umgehen.

Der erste Abend verlief recht angenehm, Marie hatte abends ein Essen für alle gekocht, was Franz sehr nett fand und sie dafür lobte. Klara kam mit ihrer Familie, und bei einer Flasche Wein saß man nach dem Essen noch eine Zeit zusammen. Max, der Schwiegersohn, war sehr freundlich zu Marie. Gleich ging man zum Du über. Klara war zurückhaltender und beäugte Marie sehr kritisch. Die Kinder, es waren außer den Kleinen noch zwei halbwüchsige Jungen da, die Maximilian und Moritz hießen, fragten allerlei, wo sie gewohnt habe und ob sie auch schon mal verheiratet gewesen sei so wie der Opa, was Marie verneinte. Sie erzählte den Kindern etwas über den Heintzenhof, wo sie gelebt habe und von den Tieren, die sie versorgt habe. Sie erzählte Lustiges über die Katzen, die auf dem Hof lebten. »Wir wollen auch eine Katze«, begannen die Kleinen daraufhin ihre Eltern anzubetteln. Klara wurde böse und lehnte es rigoros ab. Sie schaute Marie verärgert an, weil sie von Katzen gesprochen hatte, die sie aus tiefstem Herzensgrund hasste. »Ihr wisst doch, dass ich allergisch bin dagegen«, mit dieser Ausrede stand sie auf und begab sich ohne Abschied nach unten. Marie schaute ihr verblüfft und auch nachdenklich hinterher. Dann verließen auch die anderen das Paar. Franz versuchte, Marie zu trösten: »Mariechen, das Klärchen ist manchmal nicht einfach. Aber sie ist im Grunde eine gute Tochter, du wirst schon sehen.« Marie nickte abwesend und begann den Tisch abzuräumen.

Dann gingen sie zu Bett. Franz nahm Marie behutsam in die Arme. Einen Moment versteifte sie sich, es war ihr, als liege ein gefährliches Stück Arbeit vor ihr, das sie nicht vollbringen könnte. Auf einmal konnte sie nicht mehr verstehen, warum sie geheiratet hatte. War es richtig gewesen? Was kam nun auf sie zu? Auf einmal dachte sie an Robert und seine Zärtlichkeiten. Damals war es so einfach gewesen. Franz spürte ihren Widerstand und ließ sie los. »Du musst nicht«, flüsterte er, »wir haben alle Zeit der Welt.« Sie lächelte ins Dunkle hinein. »Danke«, flüsterte sie und suchte nach seiner Hand. »Danke, du bist gut.« Das war die erste Nacht. Andere Nächte folgten, und beide lernten die Liebe von Neuem.

Die Eheleute kamen gut miteinander aus. Sie waren beide nicht anspruchsvoll, brauchten nicht mehr viel, erwarteten auch nicht mehr den Himmel auf Erden, wie es vielleicht junge Leute tun. Franz bemühte sich trotzdem, oder gerade deswegen, seiner Frau, die vom Schicksal nicht gerade verwöhnt war, immer mal wieder etwas Besonderes zu bieten, sei es, ein Ausflug in die Region, damit sie ihre neue Heimat kennenlernen sollte oder auch einen Kurzurlaub weiter weg ins Hessische, zum Beispiel nach Limburg. Einige Male fuhren sie die Mosel aufwärts bis Trier und verbrachten dort schöne Wochenenden.

Mariechen hätte glücklich sein können, wenn, ja, wenn Klara nicht gewesen wäre. Die Stieftochter bemühte sich immer weiter nach Kräften, ihr das Leben zur Hölle zu machen.

So war es auch an einem Mittwoch wieder. Franz nutzte diesen Wochentag stets gern, um seinen Bruder, der in einem Seniorenheim in Cochem lebte, zu besuchen. Und diese Tage verwendete Mariechen gern, um die Wohnung zu putzen. Gerade war sie im Wohnzimmer mit den Fenstern fertig und schickte sich an, am Ausguss in der Küche einen Eimer mit Wasser zu füllen, um den Boden zu reinigen, da trat, ohne zu klopfen, Klara vom Flur her in die Küche. »Hallo, Klärchen«, begrüßte

Marie ihre Stieftochter freundlich. »Willst du dich nicht setzen? Ich mache uns einen Kaffee.«

»Nein, danke«, war die bissig hervorgebrachte Ablehnung, »ich wollte nur mal schauen, was du so machst, wenn Papa nicht da ist.«

»Das siehst du ja«, entgegnete Marie und öffnete den Wasserhahn von neuem, den sie geschlossen hatte, als Klara die Küche betrat. Als der Eimer voll war, goss sie etwas Reiniger hinein und hob den Eimer aus dem Becken. »Mama hat immer einen anderen Reiniger verwendet«, bemerkte Klara und zeigte auf die Flasche, »der hier ist für die teuren Fliesen gar nicht gut.«

Marie antwortete nicht, sondern nahm den Eimer in die linke, den Schrubber in die rechte Hand und schickte sich an, ins Wohnzimmer zu gehen, das auf der anderen Seite des Flurs lag. Klara, die in der Küchentür stand, machte ihr Platz und trat einen Schritt zurück. In dem Moment, als Marie an ihr vorbeiging, drehte sich Klara um, so als wolle sie den Flur hinunter zur Treppe zu gehen. Dabei tat sie so, als ob sie stolperte, trat gegen den Eimer, der Marie daraufhin aus der Hand fiel. Das Wasser ergoss sich über den Flur und lief zur Treppe hinunter. »Ach, das tut mir aber leid«, Klara machte ein betrübtes Gesicht, innerlich jubelte sie. Da hatte sie es der Stiefmutter mal wieder gezeigt. Marie biss die Zähne zusammen und begann, den Boden aufzuwischen. Das Wasser war bis ins Erdgeschoss gelaufen, so dass sie die ganze Treppe, die sie am Morgen erst gereinigt hatte, noch einmal putzen musste. Klara aber war vorher schon zurück in ihre Wohnung entflohen.

Als Franz zurückkam, war Marie fertig, nicht nur mit dem Putzen, sondern auch mit den Nerven. Noch zweimal war Klara gekommen und hatte sie gestört. Jedes Mal unter irgendeinem nichtigen Vorwand hatte sie sie von der Arbeit abgehalten. Zuletzt hatte sie noch tränenreich von ihrer Mama erzählt, was sie doch für eine gute Frau gewesen sei, die nicht nur ihre Arbeit in Haus und Garten perfekt gemacht habe, sondern auch noch ihr, der Tochter, mit allem geholfen habe, da sie ja vier

Kinder und einen großen Haushalt zu bewältigen habe. Marie hörte sich das alles mit großer Geduld an und bot ihr zuletzt an, ihr nach ihren Kräften helfen zu wollen. »Ach wie lieb von dir, das finde ich aber nett. Vielleicht kannst du mir ja morgen die Handwäsche machen.«

So ging es der armen Marie, die nicht Nein sagen konnte und mit Klara ein gutes Einvernehmen ersehnte, bald wie ehemals auf dem Heintzenhof. Sobald Franz das Haus verlassen hatte, kam Klara und hatte dies oder jenes für Marie zu tun. Meist waren es die unangenehmsten Dinge. Mal war das große Familienbad sauberzumachen, während Klara mit den Kindern auf den Spielplatz ging, mal war das Unkraut im Garten zu jäten, während Klara beim Kaffeeklatsch mit ihren Freundinnen saß. Kam Franz dann wieder zurück, war Marie meist mit der Arbeit fertig, jedoch todmüde und hatte starke Rückenschmerzen. So ging es über lange Zeit. Franz verstand nicht, warum Marie ständig abgespannt war und dauernd Schmerzen hatte. So viel Arbeit machte der kleine Haushalt doch nicht? Er bemühte sich, ihr zu helfen, begriff aber nicht, dass es ja nicht das bisschen Hausarbeit in der kleinen Wohnung war, was Marie fix und fertig machte. Es war inzwischen schon so, dass Marie die allermeisten der unangenehmen Hausarbeiten bei Klara mit erledigte. Und Klara bedankte sich nicht, sondern hatte noch dieses und jenes daran zu bemängeln.

An einem Mittwoch war Franz wieder bei seinem Bruder im Pflegeheim. Sein Bruder lag grippekrank im Bett, so dass er sich nicht lange aufhielt, sondern bald wieder nach Hause fuhr. Als er den Wagen auf den Abstellplatz fahren wollte, stutzte er. Wer lag da auf Knien auf dem Platz und riss das Unkraut aus den Ritzen der Pflastersteine? Das war doch nicht sein Mariechen? Rasch parkte er das Fahrzeug am Straßenrand und lief, so schnell er konnte, zu seiner Frau. »Mariechen«, rief er aufgeregt, »was machst du da? Das darfst du doch nicht mit deinem kranken Rücken! Wir hatten doch vereinbart, dass Maximilian und Moritz diese Arbeit machen. Ich gebe ihnen dafür doch immer das Taschengeld.«

Marie erhob sich mühsam aus ihrer knienden Position, wobei sie ein leises Stöhnen nicht unterdrücken konnte. »Siehst du«, beharrte Franz, »so geht es nicht weiter. Warum machst du das? Du könntest es besser haben, dich hinsetzen und ein Buch lesen.« Er führte sie in die gemeinsame Wohnung und brühte für sie beide einen Tee auf. Danach rieb er ihr vorsichtig den Rücken mit einer schmerzstillenden Salbe ein und befahl ihr, sich auf dem Sofa auszustrecken. Klara, die ihren Vater und Mariechen vom Küchenfenster aus beobachtet hatte, lief leise die Treppe hinauf und horchte an der Wohnungstür. Sie wollte herausbekommen, ob Marie verraten würde, dass sie ihr diese Arbeit aufgetragen hatte. Aber drinnen war alles ruhig. In der Folgezeit hielt sich Klara mit ihren Forderungen um Mitarbeit Maries etwas zurück. Marie ging zum Arzt und ließ ihren Rücken mit Spritzen behandeln, worauf es ihr ein wenig besser ging. Der Doktor konstatierte, dass sie sich schonen müsse, sie habe erhebliche Abnützungen der Wirbelsäule und der Bandscheiben infolge ständiger Überbelastung. Darauf nickte Marie, das war nichts Neues, diese Diagnose war ihr schon seit vielen Jahren bekannt. Aber was konnte man schon dagegen tun? Einen alten, kaputten Rücken konnte man nicht wieder neu machen.

An einem Samstag bat Max seinen Schwiegervater, mit ihm zu einem Baumarkt nach Bad Ems zu fahren, um verschiedene Dinge für Renovierungsarbeiten am Haus einzukaufen. Marie wollte Franz begleiten, aber er wollte ihr das nicht zumuten. »Bleib zu Hause und ruh dich aus«, riet er ihr, »wer weiß, wie lange es dauert. Das Herumlaufen ist zu anstrengend für dich. Das ist Männersache. Wir sind bestimmt am Spätnachmittag wieder zurück.«

Die Gelegenheit ließ Klara nicht vorübergehen. Im Garten waren die Kartoffeln auszumachen. Sie hatte vor, diese Arbeit Marie zu übertragen und ihrem Mann dann weiszumachen, sie habe es gemacht. »Kannst du mir ein bisschen helfen, Mariechen«, schmeichelte sie sich bei Marie ein. »Ich will die Kartoffeln ausmachen. Es wäre so nett von dir.«

Marie schaute sie erstaunt an. »Max kann das doch viel besser, er ist doch stärker als wir beide zusammen.«

»Ach, weißt du, wenn er nach Hause kommt, ist er auch abgespannt und müde. Und dann freut er sich, wenn die Arbeit schon gemacht ist.«

Marie nickte zögerlich. Sie wusste schon im Voraus, wie es laufen würde. Beide holten Hacke und Körbe und begaben sich in den Garten. »Die Jungen könnten die Kartoffeln auflesen«, schlug Marie vor. Maximilian und Moritz hingen im Fenster ihres Zimmers und feixten. Klara antwortete nicht auf Maries Einwand, sondern gab sich mit der Hacke ans Werk, schlug mitten in die Kartoffelpflanze hinein und zerspaltete drei Kartoffeln auf einmal, so dass Marie ihr sogleich den Karst aus der Hand nahm und ihr zeigte, wie man es richtig machte. Aber es hatte keinen Zweck. Klara stellte sich so ungeschickt an, dass Marie immer Strauch für Strauch aufhackte und Klara die Kartoffeln auflas. »Aua, au weh«, jammerte Klara plötzlich, es war noch keine Reihe fertig gehackt. »Ich habe mir den Rücken verrenkt. Maximilian, Moritz«, schrie sie dann zum Fenster hinauf. »Ihr kommt sofort runter und helft der Tant' Marie.« Sie hatte den Kindern verboten, Oma zu Marie zu sagen. Die Oma wäre tot, und eine andere hätten sie nicht.

Die Jungen kamen nacheinander in den Garten und lasen, wenn auch widerstrebend, die Kartoffeln auf, während Klara sich in einen Gartenstuhl setzte und die anderen bei der Arbeit beobachtete und die Leistungen kommentierte. Marie bekam nach einer halben Stunde sehr starke Rückenschmerzen, wollte jedoch durchhalten, bis die letzte Reihe der Kartoffeln ausgegraben war. Es waren noch drei Reihen auszugraben. Sie biss die Zähne zusammen. Aber sie schaffte es nicht mehr, ließ die Hacke zu Boden gleiten und versuchte, sich aufzurichten. Es gelang ihr nur unter heftigsten Schmerzen. »Sind doch nur noch ein paar Meter«, rief Klara von ihrem Stuhl aus, »die schaffst du doch auch noch.«

Im gleichen Moment kamen Max und Franz um die Ecke. Sie waren zurück und hatten in den Wohnungen niemanden gefunden. Deshalb waren sie auf die Suche gegangen. »Mariechen«, schrie Franz erbost, »wieso machst du diese schwere Arbeit? Du weißt doch, dass du das nicht darfst.«

»Sie wollte es aber«, ergriff Klara rasch das Wort, »sie kann ja alles besser.« Marie schwieg dazu, wie immer.

Maximilian schaute seine Mutter an, dann Marie, dann wieder seine Mutter. »Die Mama lässt die Tante alles machen«, brach es dann aus ihm heraus, »die muss immer putzen und bügeln und im Garten arbeiten. Und die Mama macht dann gar nichts.«

»Bist du still«, fuhr Klara ihrem Sohn über den Mund, »was lügst du da herum? Ich habe Marie nie was befohlen. Sie hat immer alles freiwillig gemacht.«

»Ja, weil du sie sonst immer ausgeschimpft hast. Und du hast ihr den Eimer über die Treppe gekippt. Ich habe es genau gesehen.«

»Ich auch«, mischte sich Moritz ein, »und die Tante weint auch manchmal. Das habe ich gehört.«

Damit war alles gesagt. Franz nahm Marie am Arm und brachte sie nach oben. Nachdem er sie versorgt hatte, ging er wieder nach unten, wo ein heftiger Streit im Gange war. Max machte seiner Frau die heftigsten Vorwürfe, und sie setzte sich genauso heftig zur Wehr. »Sie musste es ja nicht tun, sie musste es ja nicht tun«, war ihr einziges Argument.

Franz setzte sich zu dem Ehepaar und wartete, bis Max und Klara sich etwas beruhigt hatten. »So geht es nicht weiter«, begann er dann, »ich habe mich schon gewundert, warum Mariechen immer so müde und abgeschlagen ist. Ich weiß ja, wieso du sie so ausgenutzt hast, du bist faul, hast keine Lust zum Arbeiten. Das hast du bei der Mama auch schon gemacht. Das hier aber, das ist meine Angelegenheit. Mariechen wird dir nicht mehr helfen, Klara. Das verbiete ich ihr. Und dass du sie nicht leiden kannst, Klara, das weiß ich auch. Ich begreife nur nicht, warum. Aber ich habe mir die Marie ausgesucht, ich liebe sie und will mit ihr zusammen leben, bis einer von uns stirbt. Also, entweder lässt du sie in Ruhe oder ihr zieht aus. Das ist mein letztes Wort.« Daraufhin erhob er sich und verließ die Küche.

Marie wäre fortan auch gar nicht mehr in der Lage, gewesen, überhaupt eine schwere Arbeit zu verrichten. Franz stand ihr zur Seite, so gut er konnte. Besser wurde es erst, als der Arzt ihr eine Kur verschrieb und sie zusammen mit ihrem Franz einige Wochen in einer Klinik in Bernkastel-Kues verbrachte. Danach ging es etwas besser.

Klara lehnte sie nach wie vor ab, hielt sich aber sehr zurück, war höflich zu ihr, aber darüber hinaus war sie zu keinem guten Wort zu bewegen. Marie fand sich damit ab, sie konnte – und wollte es nun auch nicht mehr ändern. Ihren Franz liebte sie nun umso mehr und freute sich über jeden Tag, den sie mit ihm verbringen durfte.

Kapitel Sechzehn
Wieder daheim

Im Dorf sprach man nicht mehr viel von Marie, sie war nun schon ein paar Jahre fort und zu ihrem Mann in sein Haus an die Lahn gezogen. Manchmal erinnerte man sich noch an den denkwürdigen Polterabend, die »Hillich«, am Abend vor ihrer Hochzeit mit Franz.

Ab und zu, aber sehr selten, besuchte sie ihren Bruder Karl und dessen Frau, blieb wohl auch schon einmal über Nacht, besuchte die Kirche, den Friedhof, ihre Freundin Mathilde und Trudi, bei der sie gearbeitet hatte. Doch sie war nicht wie sonst, nicht mehr das Mariechen, das alle gekannt hatten. Ihr Mann bemühte sich liebevoll um sie, das konnte jeder sehen, aber ob sie so richtig glücklich war; die Frauen wiegten zweifelnd die Köpfe.

Allein das Leben im Dorf ging weiter, jeder hatte seine Sorgen, jeder ging seinem Tagewerk nach. Dann starb Karl an seiner Lungenkrankheit und Marie kam zur Beerdigung ins Dorf. Sie trauerte ehrlich um ihn, der damals nicht nur den elterlichen Hof, sondern auch sie als unverheiratete Schwester mit übernommen hatte. Mariechen weinte den ganzen Weg von der Kirche bis zum Friedhof, es war ihr, als ob ein Teil von ihr mit begraben worden würde. Nach dem Beerdigungskaffee, der im kleinen Saal der Gastwirtschaft abgehalten worden war, ging sie noch mit zurück zum Haus. Schweigend saßen sich die beiden Frauen gegenüber. »Was willst du nun anfangen«, fragte Marie.

»Werner übernimmt Haus und Hof, er ist ja Alleinerbe«, meinte Gertrud gleichmütig, »ich habe Wohnrecht auf Lebenszeit. Alles geht so weiter wie bisher. Karl konnte ja sowieso nicht mehr viel schaffen.«

»Will Werner nicht heiraten?«

»Doch, er wollte im Sommer heiraten, aber jetzt will er sicher das Trauerjahr abwarten. Er baut übrigens ein eigenes Haus dort hinten auf dem alten Gartenstück, es wird ganz groß und modern. Wie geht es dir denn eigentlich so an der Lahn?«

Marie antwortete ausweichend, ja, gut gehe es, sie hätten ja die schöne Wohnung im Obergeschoss, unten wohne die Tochter ihres Mannes mit ihrer Familie, ja, sie müssten vielleicht ein Zimmer abgeben für dessen Ältesten, den Maximilian, ganz sicher sei das aber noch nicht. Doch, sie kämen sicher auch so zurecht, sie bräuchten ja nicht mehr viel.

Franz kam von einem kurzen Spaziergang zurück und mahnte zum Aufbruch. Marie seufzte ein wenig, aber so, dass Franz es nicht merkte. Nein, sie war nicht gern dort in seinem Haus. Oh, er war sehr gut zu ihr, aber mit ihrer Stieftochter kam sie nun einmal überhaupt nicht klar. Klara mochte sie nicht, hatte sie ja von Anfang an nie gemocht. Und die kränkenden Sticheleien, die sie von sich gab, natürlich immer, wenn Franz abwesend war, ach, es war schlimm. Sie konnte es einfach nicht lassen, sie zu kränken. Was hatte sie ihr nur getan? Sie konnte es einfach nicht begreifen.

Und so ging wieder eine Zeit dahin.

Dann geschah das Unfassbare, Franz erkrankte auf den Tod, sie pflegte ihn noch ein paar kurze Wochen, dann war alles vorbei. Weinend stand sie am Grab, auf dem Stein würde nun neben dem Namen der ersten Frau auch sein Name stehen. Und was wurde nun aus ihr? Langsam ging sie in ihre Wohnung zurück. Kalt war ihr und einsam fühlte sie sich, fast noch einsamer als zu der Zeit, als sie noch unverheiratet war. Sie feuerte den Ofen an und setzte sich in den Lehnstuhl, in dem Franz immer gern gesessen hatte und zog die karierte Decke, die Franz immer über seine Beine gelegt hatte, über sich. Alles roch noch nach ihm … Sie schloss die Augen, um sie gleich wieder erschreckt zu öffnen, als sie die keifende Stimme Klaras neben sich vernahm.

»Kaum ist der Papa unter der Erde, schon macht sie sich in seinem Stuhl breit, meinst du, dir gehört hier auch nur ein Stück Möbel?« In dem Ton ging es weiter, Marie wusste Bescheid, hatte nichts anderes erwartet, ihr Wohnrecht würde sie nie in

Anspruch nehmen können, und wenn sie es täte, wäre ihr kein ruhiger Lebensabend vergönnt.

»Du brauchst dich nicht so aufzuregen, ich zieh' ohnehin bald aus«, war ihr einziger Kommentar, »bitte geh' jetzt, ich bin müde.«

Klara zog sich zurück, triumphierend, glaubte, endlich ihr Ziel erreicht zu haben und die ungeliebte Stiefmutter los zu sein.

Marie nahm Kontakt mit ihrer Familie auf, Gertrud war gern bereit, sie aufzunehmen, dann wäre sie nicht mehr so allein. Werner hatte mit seiner jungen Frau längst sein neues Haus bezogen, die Landwirtschaft war aufgegeben, Gertrud bewohnte den Heintzenhof nun allein. Werner kam mit Thomas, seinem Cousin, Marie zu helfen, ihre Habseligkeiten zu packen und sie ins heimatliche Dorf zu bringen. »Den Sessel hätte ich so gern mitgenommen«, meinte Marie, »so als Andenken an Franz, sonst will ich nichts. Aber Klara meint, alles, auch die Möbel gehören ihr.« Werner schaute den Fauteuil an und setzte sich hinein. Es krachte verdächtig. Er musste grinsen: »Das Ding bricht ja schon fast zusammen. Aber wenn du ihn behalten willst … irgendetwas muss doch von dem alten Kram auch dir gehören, oder?« Sprach 's und trug den Lehnstuhl rasch durch die geöffnete Tür hinunter in den kleinen Transporter hinein. Kartons und Koffer mit Mariechens Hab und Gut folgten. Mit einem Knall fiel die Autotür ins Schloss. »Jött, komm, wir fahren.« Im gleichen Augenblick schoss Klara wie eine Furie zur Tür hinaus auf die Straße: »Papas Sessel ist weg, wo ist der Sessel, der ist echt ›antik‹ hat der Papa jesacht, der hört mir an …«

Die beiden Neffen standen feixend auf der Straße, Marie hatte sich förmlich hinters Auto verkrochen und raunte Thomas zu: »Holt ihn doch wieder raus und gebt ihn ihr … um Gottes Willen, nur keinen Krach!«

»Ach, watt, Tant' Mariechen, wir haben doch keinen Stuhl, davon wissen wir nix!« Thomas zwinkerte ihr zu, aber so, dass die keifende Frau es nicht sah. Sorglich schob er sie in das Auto hinein und setzte sich ans Steuer. Klara bekam buchstäblich einen Tobsuchtsanfall und kreischte noch lange hinter dem davonfahrenden Auto her. Nach ein paar Minuten bog der Wagen am Friedhofsweg ein und hielt an. »Komm, sag' deinem Franz noch Tschüs«, meinte Werner. Marie ging den breiten Hauptweg hinauf und bog nach links ab, wo die Grabstätte lag. Eine weiße Rose legte sie auf das Grab ihres Mannes: »Tschüs, Franz, ich werde dich nie vergessen«, murmelte sie, dann wandte sie sich um und ging. Sie würde nie wieder hierher kommen, das wusste sie.

»Macht das Auto auf, ich will sehen, was ihr drinnen habt«, von fern hörte sie eine scheltende Stimme und wusste, dies konnte nur Klara sein. Die Männer standen hohnlächelnd mit verschränkten Armen vor der Ladetür des Transporters und hörten sich Klaras Gezeter an, die gestikulierend neben ihrem Fahrrad stand. Marie kletterte, ohne die Schimpfende eines Wortes zu würdigen, in den Wagen und fort ging es.

Zwei Zimmer hatte Gertrud an Mariechen abgetreten, einige Zeit hatten sie zu tun mit Räumen und Einrichten, schließlich war sie ja keine junge Frau mehr, und das alles ging ihr nicht mehr so rasch von der Hand. Dann war sie fertig. Jetzt aber wollte sie einmal mit Ruhe durchs Dorf gehen, um alte Bekannte wiederzusehen. Kaum war sie zurück, empfing Gertrud sie ganz aufgeregt: »Du, hier war die Klara, die wollte in deine Zimmer, ich habe sie wieder weggeschickt, aber sie will wiederkommen.« Marie seufzte: »Die will den Lehnstuhl von Franz, sie denkt, der ist wertvoll, was soll ich machen? Alle Möbel hat sie behalten können, und das Wohnrecht habe ich aufgegeben.«

»Fragen wir mal Werner, wenn er kommt, vielleicht fällt ihm etwas ein.« Werner hatte eine tolle Idee: »Mariechen, pass auf, was wir machen. Morgen Abend bringe ich einen Kollegen mit, der kennt sich mit antiken Sachen aus. Der schaut sich den Stuhl mal an. Und dann gucken wir mal auf dem Speicher nach, da ist so viel alter Kram, den kann er sich bei der Gelegenheit auch mal anschauen.« Abends kam Werners Kollege vorbei. Man hatte den Lehnstuhl hingestellt, daneben eine alte

Uhr, die nicht mehr ging, und der ein Zeiger fehlte, ein Spinnrad sowie ein gewaltiges, grellbuntes Hinterglas-Stillleben mit Blumen, Früchten und Gemüse, am unteren Rand geziert durch eine beeindruckende Signatur. Sachkundig betrachtete er die Sachen und war rasch zu einer Wertung gelangt: »Der Stuhl ist zwar alt, aber nicht wirklich wertvoll. Sein Zustand ist mehr als schlecht, er ist mehrfach durch andere Hölzer geflickt und wird wohl nicht mehr sehr viele Jahre halten, wenn er nicht noch einmal gut repariert und geleimt wird. Die Uhr ist richtig alt, müsste aber fachkundig restauriert werden, das ist sehr teuer. Das Spinnrad geht nicht mehr, da ist der Holzwurm drin, es gehört auf den Müll. Das Stillleben ist auch etwas für den Trödel, ein Druck, auf alt getrimmt, und ziemlich hässlich, oder?«

Mariechen bedankte sich herzlich, Werners Kollege hatte sie auf eine wundervolle Idee gebracht. Sie dachte einen Tag lang nach, wie sie es am besten anfangen sollte. Ehe sie aber Klara anrufen konnte, klingelte es an der Tür, und die streitlustige Dame stand schon so dicht vor der Tür, dass Mariechen förmlich zurückzuckte, als sie öffnete. Doch sie fing sich rasch, und ehe Klara wieder mit ihrer Schimpferei anheben konnte, bat sie sie mit ihrem allerfreundlichsten Lächeln herein: »Gut, dass du kommst, Klara, ich habe es mir überlegt mit dem Stuhl. Und weil du doch so gern antike Sachen hast, will ich dir noch etwas zeigen. Sie gingen zusammen in die Stube, wo noch immer die Sachen vom Speicher standen. »Ich habe die Sachen schätzen lassen. Der Stuhl ist nicht wirklich was wert, weil er schon oft geflickt worden ist. Sein Zustand ist ziemlich schlecht, sagt der Sachverständige. Aber schau mal«, sie wies auf die anderen Dinge, »die Uhr ist richtig alt, sie müsste nur restauriert werden, und das Spinnrad, sieh mal, ist das nicht schön? Es ist noch gut in Schuss, oder? Aber das Schönste ist doch das Bild, das wir auf dem Speicher gefunden haben, das will ich nächstens einmal einem Museum anbieten.« Klara beugte sich vor, und starrte auf die Signatur. Das Bild gefiel ihr ausnehmend gut, sie mochte solche Stillleben, sie machten doch so richtig was her. Wie prächtig würde das in ihrem Wohnzimmer wirken? Sie war nun einmal nicht für das Moderne, hatte sich nie für Nierentische und Cocktailsessel begeistern können. »Wenn du mir den Sessel lässt, dann schenke ich dir das Bild«, bot Mariechen freundlich lächelnd an. Klara war begeistert, wollte es aber nicht so zeigen: »Woher weiß ich denn, ob das so alles stimmt mit dem Stuhl, vielleicht schwindelst du mir etwas vor?« Marie seufzte und griff zum Telefon. »Ich rufe jetzt den Günter an, der hat die Sachen geschätzt, der weiß über so etwas genau Bescheid«, nach ein paar Sekunden hatte sie Werners Kollegen an der Strippe und ein paar Minuten später zog Klara stolz mit dem Bild ab, nachdem sie sich sogar bei Marie bedankt hatte. Marie wusste nicht, ob sie nun erleichtert sein konnte, oder ob sie nun ein schlechtes Gewissen haben müsste, fühlte sich aber so befreit von einem schweren Druck, dass ihre innere Stimme sie in Ruhe ließ. Schließlich hatte Klara ihr das Leben oft genug sauer gemacht. Und sie hatte letztendlich nicht gesagt, dass das Bild wertvoll sei.

Marie wandte sich um und betrachtete die Dinge, die nun wieder auf den Speicher zurück konnten. Nun würde sie hoffentlich noch ein paar Jahre ruhig leben können in ihrem alten Dorf, die Familiengräber auf dem Friedhof wieder selbst pflegen und in ihrem früheren Garten Blumen pflanzen. Das hatte ihr immer schon viel Freude bereitet. Sie nickte vor sich hin, so würde sie es machen. Und jetzt ging sie zur Schwägerin, ein Tässchen Kaffee trinken.

Kapitel Siebzehn
Die verlorene Schwester

Mariechen dachte viel an die Jahre ihrer Jugend.

»So ist das wohl mit alten Menschen«, sinnierte sie vor sich hin, »wenn nichts Neues mehr kommt, kommt man auf das Alte zurück.«

Gern kramte sie in den alten Unterlagen, die ihr verstorbener Bruder hinterlassen hatte. Da gab es sogar noch die Urkunde, die den Besitz des Hauses belegte. Handgeschriebene Rechnungen, die zeitlich weit in die Vergangenheit zurückreichten. Und Briefe waren dort, viele Briefe, die der Bruder nicht hatte wegwerfen mögen. Sie waren eine große Familie gewesen, jede Generation hatte viele Kinder hervorgebracht. Kinder waren ein Segen, wer keine hatte, war arm dran. So waren einige der Söhne im Krieg gewesen, hatten nach Hause geschrieben, später waren die Töchter in Dienst gegangen, Söhne hatten fortgeheiratet oder waren in die Stadt zum Arbeiten gegangen. Aber alle hatten geschrieben, mit ungelenker Hand, in einfachen Sätzen, aber voller Liebe waren sie gewesen und voller Sehnsucht nach der heimatlichen Scholle.

Mariechen sortierte und bündelte, las und lachte und weinte. Bis sie eines Tages bei ihrem Suchen und Ordnen in einer Truhe auf dem Speicher auf Kartons mit alten Fotos und weiteren Briefen stieß, die von ihrer jüngsten Schwester Johanna stammten. Seit vielen Jahrzehnten hatte man nichts mehr von ihr gehört, sie galt als verschollen, niemand wusste, wo sie abgeblieben war. Johanna war als Siebzehnjährige in Dienst gegangen, wie man das früher nannte, auf einen Hof in der Nähe von Paderborn, den ein Onkel von ihr bewirtschaftete. Doch nach einem knappen Jahr teilte sie ihrer Mutter mit, dass sie die Stelle wechseln und in einen Fabrikantenhaushalt nach Krefeld gehen wollte. Auch von dort aus hatte sie jeden Monat treu und brav einen Teil ihres Verdienstes nach Hause geschickt, und zu Fest- und Feiertagen war sie ins heimatliche

Dorf zu Besuch gekommen. Dann aber wurden ihre Besuche seltener, schließlich blieb sie ganz fort, und dann schickte sie auch kein Geld mehr. Die Mutter machte sich Sorgen, schrieb Briefe an die Tochter, die allesamt als unzustellbar zurückkamen. Schließlich schickte sie den Patenonkel in die Stadt, um nach ihr zu suchen. Der machte sich auf die weite und umständliche Reise nach Krefeld. Zornbebend erzählte der Onkel bei seiner Rückkehr, wie er in dem herrschaftlichen Haus behandelt worden sei. Man habe ihn an der Haustür abgefertigt und auf die Johanna geschimpft. Sie sei ein liederliches Frauenzimmer und habe dem Hausherrn schöne Augen gemacht, deshalb habe man sie hinauswerfen müssen. Er habe wie vom Donner gerührt in der Haustür gestanden, seine Kappe in den Händen.

»Die Johanna ist ein anständiges Mädchen«, habe er beharrt, »wo ist sie hin?«

Man wisse es nicht, es sei auch nicht ihre Sache, da könne man nichts tun. Er sei dann, immer noch zornbebend, zur Polizei gegangen. Die habe nichts gewusst, aber versprochen, nachzuforschen. Dabei war es geblieben. Johanna war und blieb verschwunden.

Marie starrte auf die Papiere in ihren Händen. Und hier waren Briefe, Briefe aus der Zeit nach des Paten Besuch bei ihrer Dienstfamilie. Warum hat die Mutter nichts davon gesagt, sie nicht gezeigt?

»Liebe Mutter«, schrieb Johanna, »ich habe von der Familie fortmüssen, weil sie mich nicht mehr dort haben wollten. Sie haben mir Böses nachgesagt. Aber glaubt mir, dass ich keine Schuld habe. Ich suche mir einen neuen Dienst und werde mich wieder melden.«

Marie öffnete den zweiten Brief:

»Liebe Mutter«, hieß es, »nun habe ich einen neuen Dienst, habe durch eine Bekannte eine Stelle in einer Fabrik in Hamburg bekommen. Schicke auch wieder Geld an Euch. Besucht mich nicht, die Reise ist zu weit, und es kostet zu viel Geld. Mir geht es gut.«

Fabrik, dachte Marie, das war doch gar nichts für sie. Ob sie das ausgehalten hat?

Sie öffnete einen weiteren Brief.

»Liebe Mutter, nun bin ich doch von der Fabrik weg, weil ich die Arbeit nicht ausgehalten habe. Habe wieder einen Dienst bei einer Herrschaft gefunden. Die Leute sind sehr freundlich zu mir. Mir geht es gut.«

Auf einem Zettel stand noch »Anbei fünfundzwanzig Mark«. Das war der letzte Brief, weitere fanden sich nicht. Drei ungeöffnete Briefe lagen noch bei dem Päckchen, allesamt von der Mutter an die Tochter geschickt und als unzustellbar zurückgekommen. Marie öffnete sie, las die besorgten Zeilen der Mutter, die Johanna nicht mehr erreicht hatten. Ich wüsste wohl zu gern, was aus ihr geworden ist, dachte sie, wer könnte mir da wohl helfen? Sie las ihre letzte Anschrift: bei Familie Rottländer, Am Millerntor. Kurz entschlossen wandte sie sich an ihren Neffen Thomas, der einfallsreich und gewitzt war. Er arbeitete bei der Stadtverwaltung, wo es schon Computer gab.

»Tantchen«, lachte er, »in Hamburg lebte sie? Wer weiß, was sie da gemacht hat? Da kamen schon früher ledige Mädchen schnell unter die Räder. Hast du schon einmal etwas von der Reeperbahn gehört? Da stehen die Damen an der Straße und ...«

»Schweig still«, gebot Marie ihm Einhalt.

Sie war schamrot geworden, mit solchen Dingen war sie in ihrem Leben nie in Berührung gekommen. »Du musst nicht gleich so etwas sagen«, wies sie Thomas zurecht. »Kann man nicht herausfinden, was aus ihr geworden ist? Du arbeitest doch beim Amt. Da hast du bestimmt viele Möglichkeiten. Vielleicht kannst du nachforschen und herausfinden, wo sie geblieben ist?« Thomas musste schon wieder lachen.

»So einfach ist das nicht, wie du meinst«, gab er zurück, »aber wir wollen mal zusammen überlegen. Vielleicht fällt mir etwas ein.«

Sie erzählte ihm dann alles, was sie über ihre Schwester wusste, wann sie geboren war, die Schuljahre, den Dienst in Paderborn, in Krefeld und dann in Hamburg.

»Wie alt wäre sie denn heute«, fragte er noch. Marie überlegte: »Sie müsste jetzt … warte mal …«, sie begann an den Fingern zu rechnen, »sie ist 1920 geboren, also müsste sie heute 64 Jahre alt sein.«

»Das ist eine verdammt lange Zeit«, stellte Thomas fest, »aber ich will mal sehen, was sich machen lässt.«

Marie war glücklich. Sie malte sich aus, was Thomas vielleicht herausfinden würde. Johanna wäre am Leben, verheiratet, hätte Mann und Kinder, Enkelkinder sogar, und man würde sie besuchen können. Sie dachte über ihre Familie nach. Es waren nicht mehr viele aus der Geschwisterschar übrig geblieben. Mehrere ihrer Brüder waren früh gestorben. Eine verwitwete Schwester Martha lebte in Bonn, zwei ihrer Brüder Martin und Hermann im Nachbarort. Die wollte sie nacheinander besuchen gehen, um ihre Meinung über die Sache mit den Briefen und der verschollenen Schwester zu erfahren. Sie machte sich am nächsten Samstag auf den Weg, wusste sie doch, dass ein Besuch so kurz vor dem Wochenende am günstigsten war. Auch wenn ihre beiden Brüder schon längst im Rentenalter waren, so saßen sie doch nicht faul herum, sondern bewirtschafteten noch ein kleines Stück Land, einen Garten und hatten auch noch ein paar Rinder auf der Weide. Es war sommerlich warm, und die fünf Kilometer Weg in den Nachbarort hatten sie erhitzt. Ihren Bruder Hermann traf sie auch tatsächlich ganz hinten im Garten an, wo er an seinen Bienenkästen arbeitete.

»Hast du ein bisschen Zeit für mich«, fragte sie, »ich hätte gern mit dir einen Kaffee getrunken und ein bisschen geplaudert.« Er zog seinen Imkerhut aus und wischte sich über die schweißfeuchte Stirn.

»Gehen wir hinein«, forderte er sie auf, »eine kleine Pause tut mir gut.«

Seine Frau Anita begrüßte die Schwägerin herzlich und bat sie herein.

»Gleich gibt es Kaffee«, rief sie über die Schulter hinweg, während sie schon die Tassen aus dem Schrank holte, »ich habe Apfelkuchen gebacken, den probieren wir gleich.«

Anita war eine treue Seele, immer freundlich und guter Dinge. »Hermann arbeitet zu viel«, beklagte sie sich, »wir könnten es besser haben, aber er kann seinen Garten einfach nicht lassen. Und seine Bienen gehen ihm über alles.« Man saß bei Kaffee und Kuchen, aß, trank und redete über Alltägliches, das Wetter, die Frühjahrsbestellung, die Gesundheit und wer unlängst wieder aus ihren Reihen verstorben war. Als das alles abgehandelt war, begann Marie und erzählte von der gemeinsamen Schwester Johanna.

»Ich habe Briefe von ihr im Nachlass von Karl gefunden«, berichtete sie, »Gertrud hat mir die alten Briefschaften und Fotos überlassen, da lagen sie dazwischen.«

Sie erläuterte weiter, was Johanna geschrieben habe und erwähnte auch die als unzustellbar zurückgekommenen Briefe der Mutter an die jüngste Tochter. Hermann schwieg eine Weile und starrte vor sich hin.

»Ich habe schon gar nicht mehr an die Hanna gedacht«, gestand er dann. »So viele Jahre sind inzwischen vergangen, ich denke mir, sie wird nicht mehr am Leben sein.«

Marie fiel ihm fast ins Wort: »Und wenn doch? Thomas würde sich darum kümmern, er ist beim Amt, die haben doch Computer, damit kann man alles herausfinden, habe ich gehört.«

»Wenn du dich da nicht mal irrst«, brummte Hermann, griff nach seiner Pfeife, zündete sie an und paffte vor sich hin.

»Johanna schrieb damals aus Krefeld«, überlegte er dann, »das weiß ich noch, aber da hat man sie wohl entlassen. Mutter hat sehr geschimpft über sie, hat sie als liederlich bezeichnet. Mehr weiß ich eigentlich nicht, denn Mutter hat alles ziemlich unter der Decke gehalten. Außerdem habe ich mich nicht getraut, zu fragen, du weißt doch, wie sie war.«

»Ja, sie hat nur den Leuten geglaubt und nicht ihrem Kind, das war nicht richtig. Ich glaube nicht, dass Hanna sich etwas hat zuschulden kommen lassen«, verteidigte Marie ihre Schwester. »Ich will auch noch mit Martin sprechen, vielleicht weiß er noch etwas.«

Am darauffolgenden Samstag machte Marie sich auf ins andere Nachbardorf zu ihrem Bruder Martin. Sie traf ihn im Haus an. Er war stark erkältet und lag im Wohnzimmer auf der Couch. »Komm nicht zu nah«, warnte er sie, »sonst wirst du auch noch krank.«

»Lass nur«, wehrte sie ab, »das Leben hat mich ziemlich abgehärtet, mach dir um mich keine Sorgen.«

Er lachte und wies ihr einen Platz neben seiner Lagerstatt an.

»Schön, dass du auf einen Krankenbesuch kommst«, freute er sich, »wer hat dir gesagt, dass ich …?«

»Niemand«, beklagte Marie sich, »Sophie hätte ja auch mal Bescheid sagen können.«

Sophie, seine Frau, war zum Einkaufen in die nächste Kleinstadt gefahren. Marie goss ihrem Bruder einen Kräutertee auf und nahm selbst auch eine Tasse davon. Martin hustete zum Gotterbarmen und rang nach Atem.

»Aber so eine kleine Erkältung ist das aber auch nicht«, meinte Marie, »das hört sich ja richtig gefährlich an.«

»Ach, so schlimm, wie es sich anhört, ist es nicht«, wehrte er ab. »Komm, erzähl' mir was. Was gibt es Neues bei euch im Dorf?«

Sie berichtete von ihrer Schwägerin Gertrud, von der Herzoperation ihrer Nachbarin Marianne und davon, dass die Tochter der Ladenbesitzerin ihr fünftes Kind bekommen sollte. Dann schwieg sie eine Weile. Martin hustete wieder.

»Ich wollte mit dir über Johanna sprechen«, begann sie wieder.

»Johanna?«, fast erschrocken blickte Martin sie an, »wie kommst du auf einmal auf Johanna?«

»Es war so«, begann Marie, »ich habe in den alten Papieren gekramt und Briefe von ihr gefunden, von denen Mutter uns nie etwas gesagt hat.«

Sie erzählte auch, dass sie Nachforschungen anstellen wollte, um herauszufinden, was aus ihrer Schwester geworden sei.

»Mit Hermann habe ich auch gesprochen und auch mit Thomas. Der arbeitet doch beim Amt, und kann vielleicht dadurch etwas …«

»Das ist Quatsch«, unterbrach Martin sie. Er war ganz aufgeregt, hatte sich aufgerichtet und starrte sie beinahe böse an.

»Ich glaube nicht, dass sie noch am Leben ist«, beharrte er. »Nach all der Zeit, und sie hat sich nie mehr gemeldet. Sie wollte bestimmt nichts mehr mit uns zu tun haben. Lass den Blödsinn und fange mit deiner Freizeit etwas Besseres an als in alten Papieren zu kramen. Gib sie lieber mir oder Hermann, wir haben eher ein Recht darauf, nachdem unser Karl tot ist.«

Erregt wollte er aufstehen, doch ein plötzlicher Hustenanfall hinderte ihn daran.

»Ich verstehe dich nicht«, entgegnete sie verstört, einen solch heftigen Ausbruch hatte sie nicht erwartet. »Es wäre doch schön, wenn wir sie wiederfänden. All die Jahre hat sich keiner von uns um sie gekümmert. Das war nicht recht.«

Doch Martin beharrte weiter auf seiner Meinung, dass sie sich nicht mehr mit dem Verbleib der Schwester befassen sollte.

»Und bring mir die Papiere«, verlangte er nochmals, als Mariechen sich enttäuscht verabschiedete.

Sie dachte nicht daran, seinem Verlangen nachzukommen. Im Gegenteil, sie wollte weiter auf die Suche gehen. In einigen Tagen würde sie nach Bonn fahren, um mit ihrer Schwester Martha zu sprechen. Auch diese Schwester war Witwe. Sie lebte seit dem Tode ihres Mannes Fritz sehr zurückgezogen. Die Schwestern waren vom Charakter her sehr unterschiedlich. Martha war schon immer sehr zurückhaltend und in sich gekehrt gewesen. Manche hatten sie als eingebildet und hochnäsig bezeichnet, aber das war sie in Wirklichkeit nicht. Sie neigte zu Depressionen, was früher niemand erkannt hatte. Depressionen, was war das denn für eine Krankheit? So etwas Neumodisches, beinahe Unmoralisches, gab es auf dem Lande einfach nicht.

Als sie wieder in ihrem Dorf angekommen war, stand Gertrud im Hof, so als habe sie sie dringend erwartet.

»Thomas hat angerufen«, rief sie ihr schon entgegen, »du sollst dich bei ihm melden.«

Marie lief zum Telefon. Das war ja spannend, vielleicht hatte Thomas schon etwas herausgefunden.

»Gut, dass du zurückrufst«, meinte er. »Ich habe selbst noch nichts herausfinden können. Aber da gibt es doch Suchdienste wie das Deutsche Rote Kreuz, das Fernsehen, Radio, Zeitungen. Ich kenne eine Fernsehjournalistin sehr gut und habe mich schon mit ihr in Verbindung gesetzt. Diese Leute haben doch ganz andere Möglichkeiten. Du musst natürlich damit einverstanden sein, dass dadurch unsere Familiengeschichte möglicherweise öffentlich gemacht wird.«

Marie überlegte einen Moment, dann meinte sie: »Ich glaube, dass muss ich mit meinen Geschwistern besprechen. Nächste Woche fahre ich zu Martha, danach frage ich auch die anderen. Wenn alle einverstanden sind, könnte man da was machen.«

»Was war los?«, fragte Gertrud neugierig.

Marie hatte ihr von der Suche nach der verschollenen Schwester bisher noch nichts gesagt. Aber Getrud hatte sich für die Familiengeschichte nie sonderlich interessiert und niemals in Briefe oder andere Dokumente hineingeschaut. Marie erzählte ihr kurz, um was es ging und auch von Thomas' Idee, die Hilfe der Medien in Anspruch zu nehmen. Gertrud war fasziniert: »Stell dir vor, wir kämen ins Fernsehen!«

Für ihr Leben gern sah sie Soaps und Shows. In früheren Jahren hatte sie dazu nie Zeit gehabt, überhaupt sehr spät einen Fernsehapparat bekommen, so dass sie immer noch von diesem Medium tief beeindruckt war.

»Das habe ich aber im Fernsehen gesehen!«, war einer ihrer liebsten Sprüche. Marie bedauerte schon, ihr etwas gesagt zu haben. Alles würde nun wie ein Lauffeuer durchs Dorf gehen, was absolut nicht ihrem Wunsch entsprach. Sie hätte die Sache lieber unter der Decke gehalten. Aber der Schaden war nun einmal da und leider nicht mehr zu ändern.

Sie rief ihre Schwester Martha an und bat darum, sie baldmöglichst besuchen zu dürfen. Martha war überrascht, hatten sie doch in den letzten Jahren nur an hohen Feiertagen und den Geburtstagen miteinander telefoniert und sich sonst kaum noch gesehen. Sie schien sich jedoch zu freuen, und man verabredete sich für einen der nächsten Tage. Marie packte eine kleine Tasche, vielleicht würde sie ja eingeladen, über Nacht zu bleiben. Mit der Bahn fuhr sie nach Bonn. Im Kottenforst bewohnte die Schwester ein großes Haus. Fritz, ihr Mann, hatte eine führende Position bei einer Bank innegehabt und sie gut versorgt. Felix, der Sohn, lebte als Banker in London und kam nur höchst selten zu Besuch. Das Haus gefiel Marie eigentlich gut, nur hatte Martha die Einrichtung im Stil der 1960er-Jahre belassen. Dunkle Vorhänge nahmen das Licht fort, zu zahlreiche und zu schwere Möbel machten die Räume eng und ungemütlich. Aber ganz offensichtlich gefiel es ihrer Schwester so, wie es war. Jeden Tag polierte sie ihre Möbel, bis sie glänzten und kontrollierte ihre Putzfrau unerbittlich.

Pedantisch stellte Martha Tassen und Teller zurecht und holte nacheinander Milch und Zucker aus der Küche. Trockener Streuselkuchen vervollständigte das Angebot auf dem Kaffeetisch. Marie hatte Hunger von der langen Bahnfahrt. Sie hatte nicht in den Speisewagen gehen wollen, und das Angebot des Servierwagens, der von einem schlecht gelaunten Dicken durch die Gänge geschoben wurde, schien ihr nicht sehr vertrauenserweckend. Nur eine Flasche Wasser hatte sie dem Mann abgekauft und sich über den Preis geärgert.

Als sie den ersten Bissen des Kuchens genossen hatte, beschloss sie, nicht auf die Einladung zum Dableiben zu warten, sondern den letzten Zug nach Haus zu nehmen.

»Du kannst gern über Nacht bleiben«, lud ihre Schwester sie auch schon ein. »Das Gästezimmer ist ja immer bereit.«

»Danke, aber nein, danke«, beeilte sich Marie zu sagen und schob gleich eine Notlüge nach, »ich muss dringend wieder zurück, Gertrud ist nicht so gut dran, sie braucht mich.«

»Wie du willst«, meinte Martha, »aber ich hätte mich doch gefreut. Wir sehen uns so selten.« Marie wunderte sich über ihre Schwester, sie schien sanftmütig geworden im Alter.

Sie aßen und tranken schweigend, dann erhoben sie sich. Marie half, abzuräumen, denn sie wusste, es war ihrer Schwester wichtig, den Tisch gleich wieder in Ordnung zu bringen. Danach nahmen sie auf der breiten, bunt gemusterten Couch Platz. Marie berichtete, wie sie sich inzwischen im Heimatdorf wieder eingerichtet habe.

»Du hättest auch zu mir nach Bonn ziehen können«, meinte Martha nachdenklich, »das Haus ist eigentlich viel zu groß für mich. Um es in Ordnung zu halten, ist man Tag und Nacht beschäftigt. Und Felix kommt ja fast nur noch Weihnachten mit seiner Familie zu Besuch.«

Marie räusperte sich, beinahe wäre ihr eine ironische Bemerkung entschlüpft. Stattdessen meinte sie: »Ich habe in der letzten Zeit viel an Johanna gedacht. Zu gern wüsste ich, was aus ihr geworden ist.«

Martha fuhr zusammen. »Wie kommst du darauf?« Sie hätte alles erwartet, aber nicht eine Frage nach der Schwester. Marie überlegte. Wenn sie ihr von den Briefen erzählte, besonders von ihren letzten Briefen, und dazu noch von der Idee mit den Nachforschungen, wer weiß, was ihre pedantische Schwester dazu sagen würde. So beschloss sie, die Sache vorsichtig anzugehen. »Ach«, meinte sie leichthin, »ich habe ja jetzt so viel Zeit, da kommt man auf allerlei Gedanken.«

Martha starrte sie an. »Ja, unsere Johanna«, sagte sie dann, »es ist so lange her. Wer weiß, was aus ihr geworden ist.«

»Ja«, fiel Marie lebhaft ein, »genau das will ich ja endlich wissen. Wann hast du denn zum letzten Mal von ihr gehört? Erinnerst du dich überhaupt noch an sie?«

Martha schwieg und starrte aus dem Fenster. Es war Wind aufgekommen, und die Zweige des großen Walnussbaums bewegten sich unruhig hin und her. Dann stand sie auf. Wie sie sich mühte, vom Sofa hochzukommen! Marie merkte, wie steif und ungelenk ihre Schwester geworden war. Martha verließ das Zimmer und Marie hörte, wie langsam sie die Treppen zum ersten Stock hinaufstieg. Auch sie stand auf, wanderte durchs Zimmer und betrachtete die altmodischen Bilder an den Wänden. »Echt Öl«, dachte sie bei sich, wobei ihr die Stieftochter Klara und die Sache mit dem Lehnstuhl in den Sinn kamen. Sie schmunzelte ein bisschen und beschloss, ihrer Schwester die Geschichte unbedingt noch zu erzählen. In den Vitrinen standen blitzblanke Gläser, die gewiss jahrelang nicht mehr in Gebrauch waren. Im Vorübergehen streifte ihre Hand über die dicken dunkelroten Samtvorhänge. Als sie vor dem Porträt ihres verstorbenen Schwagers stand, das neben dem Schrank hing, meinte sie fast, sein wieherndes Lachen zu hören. Er hatte gern nicht ganz stubenreine Witzeleien erzählt und dabei selbst am meisten darüber gelacht. Dazu hatte er stets mit Daumen und Zeigefinger seinen Schnurrbart bis zur Brille hoch gezwirbelt. Auch erinnerte sie sich daran, dass er oft wie zufällig ihren Arm berührt hatte, oder so dicht an ihr vorbeigegangen war, und dabei jedes Mal ihre Hüfte gestreift hatte. Inzwischen war ihre Schwester wieder ins Zimmer getreten. Marie hatte ihre Schritte auf dem weichen Teppich nicht gehört, so dass sie sich erschreckt umwandte, als Martha sie ansprach.

»Ich habe von Johanna auch einmal einen Brief bekommen.« In der Hand hielt sie einen vergilbten Umschlag, den sie an ihre Schwester weiterreichte. Mit klopfendem Herzen nahm Marie ihn entgegen. Innen steckte ein liniertes Doppelblatt. »Meine liebe Schwester Martha«, las sie, »ich glaube, noch nie im Leben habe ich dir einen Brief geschrieben. Und wenn die Not mich nicht so drückte, würde ich es auch jetzt nicht tun. Aber es ist so, dass ich nicht weiß, wie es weitergehen soll. Ich bitte dich von Herzen, mir etwas Geld zu schicken. Meine Verhältnisse lassen es im Moment nicht zu, dass ich einer Arbeit nachgehen kann. Ich denke, in ein paar Monaten wird es wieder anders sein. Dann werde ich dir das Geld in Raten zurückzahlen können.« Sie schrieb noch, dass sie ihre Mutter nicht bitten könne, da diese gewiss nicht in der Lage sei, ihr zu helfen. Auch habe sie keinen Mut dazu, der Mutter ihre missliche Lage zu gestehen. Nach Hause ins Dorf zurück wolle sie zurzeit auf keinen Fall. Mit einer erneuten dringenden Bitte um Hilfe und Grüßen »auch an den Schwager Fritz« schloss der Brief.

»Was bedeutete das?« Marie ließ ihre Hand mit dem Brief sinken. »Was ist damals passiert?«

»Sie war schwanger.« Martha schaute ihr nicht in die Augen, sondern fixierte einen Punkt auf dem Teppich. »Und dann? Was hast du geantwortet?« Marie, sonst die Ruhe selbst, war außer sich.

»Ich habe ihr nicht geantwortet«, entgegnete Martha, »ich war selbst schwanger und mir ging es nicht gut. Ich musste liegen und durfte mich nicht aufregen. Aber Fritz fuhr sofort dorthin, zögerte keinen Moment.«

»Und dann?«

»Sie lebte mehr schlecht als recht in einem kleinen Zimmer und stand kurz vor der Entbindung. Er brachte sie mit nach Hause. Hier hat sie das Kind bekommen, einen Jungen. Fast zur gleichen Zeit habe ich mein Kind verloren. Wir haben die Hebamme bestochen, Fritz hatte ja genug Geld. So gaben wir ihren Sohn für meinen aus und gaben ihm den Namen Felix. Felix, der Glückliche. Johanna war einverstanden.«

Marthas Miene war unbewegt, sie schien keiner Gefühlsregung fähig. Marie weinte. »Die arme Johanna. Was geschah dann?«

»Johanna ist nach ein paar Wochen fortgegangen. Wir wollten es so, damit sie Abstand zum Kind bekommt, das ja unseres sein sollte. Ich habe nie mehr etwas von ihr gehört.«

Ein trockenes Schluchzen entrang sich Marthas Brust. »Wir dachten, es wäre richtig, dass sie wieder nach Hamburg geht. Fritz hatte die Idee, er gab ihr etwas Geld, und ich war sogar froh, dass sie fort war. Ich war so glücklich, endlich ein Kind zu haben.«

Marie strich Martha leicht über den Arm. »Wenn ich das geahnt hätte?« Sie war tief bewegt. Von dieser Tragödie in der Familie hatte sie nichts gewusst.

»Ich habe Johanna gefragt, wer der Vater des Kindes ist. Sie hat mich nur angesehen und gesagt, dass würde sie selbst ihrem Beichtvater nicht verraten.«

»Hast du noch mehr Briefe von ihr?«

»Ich wüsste nicht, dass sie noch einmal geschrieben hat. Eigentlich hat Fritz ja immer darauf bestanden, die Post entgegenzunehmen. Aber er hätte es mir doch gesagt.«

»Gibt es möglicherweise noch Papiere in deinem Haus, von denen du nichts weißt?«

»Ich glaube kaum«, Martha war verblüfft über diese Frage, »Fritz hat mir eigentlich immer alles gesagt und gezeigt, die Hausunterlagen, sein Testament, die Rechnungen, das alles kenne ich in- und auswendig.«

»Es war nur eine Idee«, entschuldigte sich Marie, »vergiss es einfach. Aber mir geht das alles nicht aus dem Kopf, ich weiß auch nicht, warum.«

Marie erzählte ihr nun von den Plänen, mit Hilfe von Thomas und einer Journalistin nach Johanna suchen zu lassen.

Martha nickte und war einverstanden. Die Schwestern überlegten gemeinsam, dass Martha ihre Brüder nicht ausdrücklich fragen, sondern sie einfach über ihr Vorhaben informieren sollte.

»Wir lassen ihnen keine Chance, Nein zu sagen«, meinte Marie. »Irgendwie kriege ich das schon hin.«

Marie blieb nun doch über Nacht und versprach ihrer Schwester, sie öfter zu besuchen als bisher.

»Vielleicht verkaufe ich das Haus und komme auch wieder zurück«, überlegte Martha laut. »Ich bin lange genug allein gewesen.«

Lange plauderten sie noch über frühere Zeiten und waren sich so nah wie nie zuvor.

Marie nahm anderentags den Zug um elf Uhr und war am frühen Nachmittag wieder in ihrem Dorf.

Sie packte ihre Tasche aus, räumte ihre Sachen fort. Als erstes ging sie in ihren Garten. Sie brauchte jetzt etwas zu tun, um sich abzureagieren und nachzudenken. Beim Unkrautjäten fiel ihr Martin wieder ein und sein merkwürdiges Verhalten bei ihrem Besuch. Sie dachte darüber nach, wie sehr er gehustet hatte. Auf einmal hatte sie keine Ruhe mehr und lief zurück ins Haus, wusch sich die Hände und griff nach dem Telefon. In dem gleichen Moment läutete es. Sie erschrak so, dass sie den Apparat hätte beinahe fallen lassen. Es war Sophie, die aufgeregt um ihren Besuch bat.

»Martin geht es schlechter, der Arzt hat ihn ins Krankenhaus bringen lassen. Es ist wohl eine Lungenentzündung. Kommst du mit, ihn zu besuchen? Er hat nach dir gefragt. Ich hole dich morgen um halb zwei ab.«

Martin geht es schlechter, diese Worte spukten Marie den ganzen Abend im Kopf herum. Rastlosigkeit plagte sie, sie beschloss, ein paar Schritte zu laufen und ging auf den Friedhof, der am Ende des Dorfes lag. Dort stand sie lange vor dem Grab der Mutter und ihren verstorbenen Geschwistern, bis die einsetzende Dunkelheit sie wieder nach Hause trieb. Eine halbe Stunde verbrachte sie bei Gertrud im Wohnzimmer, schließlich sprang sie auf und verabschiedete sich mit einem kurzen »Gute Nacht«.

»Es ist doch noch viel zu früh, ins Bett zu gehen«, meinte Gertrud, »bleib doch noch ein bisschen, gleich kommt noch ein schöner Film.«

Marie wehrte ab: »Ich bin so unruhig, muss immer an Martin denken. Am besten gehe ich rauf und lese noch ein bisschen.«

In ihrem Zimmer kramte sie noch ein bisschen in den alten Unterlagen herum, las in den Briefen, schaute alte Fotografien an. Auf einem dieser Fotos war Johanna abgebildet. Sie stand im Sonntagskleid und festem Schuhwerk, mit dem Gebetbuch in der Hand, zum Kirchgang gerüstet, steif und mit ernstem Gesicht vor dem Elternhaus. Leise strich sie mit einem Finger darüber.

»Wo du nur sein magst?«, flüsterte sie. Mit unbewegter Miene schaute Johanna sie an. Marie legte sich zu Bett, wälzte sich hin und her und konnte nicht einschlafen. Auch der nächste Vormittag verging schleppend. Ihre Schwägerin hatte einen leckeren Eintopf gekocht und lud sie dazu sein. Kaum ein paar Löffel

Suppe brachte Marie herunter. Sie entschuldigte sich bei Gertrud und stand schon eine halbe Stunde zu früh wartend im Hof.

»Gibt es etwas Neues?«, war Maries erste Frage nach der Begrüßung.

»Sie haben angerufen aus der Klinik, es sei nicht besser geworden«, gab Sophie zur Antwort. Dunkle Schatten unter ihren Augen zeigten, dass auch sie kaum Schlaf gefunden hatte. Sie begann zu weinen: »Ich habe so große Angst um ihn. Er war die letzten Tage so merkwürdig. Manchmal hat er stundenlang kein Wort gesagt, dann wieder war er ungeduldig und reizbar. Machst du dir einen Reim darauf?«

Sie konnte nicht weiterfahren, hielt am Straßenrand an, bis sie sich wieder beruhigt hatte. Marie schwieg. Ihr kam das Verhalten des Bruders ebenfalls sehr merkwürdig vor. Im Krankenhaus erklärte man ihnen, dass Martin auf die Intensivabteilung verlegt worden sei. Er war an verschiedene Überwachungsmonitore und Infusionen angeschlossen und schien zu schlafen. Als sie an sein Bett traten, öffnete er die Augen. Weil ihm das Atmen schwerfiel, konnte er kaum sprechen. »Gut, dass du kommst«, flüsterte er und winkte Marie zu sich. Sie streichelte seinen Arm: »Du musst nicht sprechen.«

»Doch«, beharrte er, »ich muss dir etwas sagen.«

Sophie trat von der anderen Seite an sein Bett, beugte sich zu ihm und küsste ihn auf die Wange.

»Ich suche den Arzt«, sagte sie, »gleich bin ich wieder da.«

Er nickte mühsam, schien irgendwie erleichtert, dass er nun mit seiner Schwester allein war. »Ich werde es nicht schaffen«, flüsterte er wieder, und winkte mit seinem Zeigefinger, als sie zum Protest ansetzen wollte.

»Es ist auch gut so«, fuhr er leise fort, »aber ich muss dir etwas sagen.« Er hustete, ein Blutfaden rann aus seinem Mundwinkel. Sie nahm ein Papiertuch von einem Stapel am Nachttisch und reinigte seinen Mund.

»Ich wollte nicht, dass du weiter nach Johannas Verbleib forschst«, gestand er dann, »weil ich schuld bin.« Sie starrte ihn an, ohne zu begreifen.

»Du?«, fragte sie ungläubig, »woran schuld? Wieso du?«

Martin begann stockend und mit vielen Pausen: »Dass Johanna nach Hamburg gegangen ist, hat Mutter mir erzählt ... sie hat gemeint, wir sollten sie besuchen ... der Patenonkel sei zu alt für eine so weite Reise ... Fritz solle mich begleiten, er sei ein gestandener Mann und wisse, wie man sich benehmen müsse in der Fremde.

... Er war damals schon verheiratet mit Martha.«

Allmählich kam die Geschichte ans Licht. Fritz war begeistert gewesen, in Hamburg sei ja immer was los, man könne mal was erleben. So hatten sich die beiden Männer im Sommer auf die Reise gemacht und Johanna besucht, die in einem biederen Haushalt schuftete. Sie bekam ausnahmsweise Samstag und Sonntag frei, da ihr Bruder von so weit zu Besuch gekommen war. Die Männer führten sie zum Essen aus und in ein Varieté. So etwas hatte Johanna noch nie gesehen. Übermütig habe er sich einen Rausch angetrunken und musste früh in die Unterkunft gebracht werden. Fritz und Johanna seien dann noch zusammengeblieben. Irgendwo am Alsterufer müsse es dann passiert sein.

All dies kam in mühsam und hastig hervorgestoßenen Worten von seinen Lippen, unterbrochen von vielen Hustenanfällen.

Am anderen Tag seien sie wieder abgereist, Johanna sei still und in sich gekehrt gewesen, er habe ihre Schweigsamkeit auf den Abschiedsschmerz geschoben.

Er habe viel darüber nachgedacht.

Er glaube, dass ihre jugendliche Naivität und Unerfahrenheit Fritz gereizt habe, der seine Finger habe nie bei sich behalten können. Das habe man ja auch schon vor der Hochzeit gewusst. Immerhin sei Johanna ja viel jünger gewesen als Martha. Schließlich endete er mit den Worten: »Fritz hat mir erst davon erzählt, als sie Martha geschrieben und um Geld gebeten habe. Er stellte mir gegenüber die Sache dann so dar, dass sie ihn verführt habe.«

Erschöpft lag Martin in den Kissen, als Sophie mit dem Arzt zurückkam. Sie hatte tränenfeuchte Augen. Der Arzt hatte ihr erklärt, dass es keine Hoffnung mehr gäbe. Die Frauen blieben an seinem Bett, jede tief in Gedanken versunken. Martin starb noch in der Nacht. Vorher hatte er noch geflüstert: »Frag Martha, im Koffer liegen die Papiere.«

Es war ein heißer Sommertag, als die ganze Familie bei der Beerdigung auf dem Dorffriedhof stand. Sophie, Martha, Hermann und Anita, Gertrud und sie selbst, Nichten und Neffen, alle Angehörigen standen Sophie in ihrem Schmerz bei. Nach dem Begräbnis saß man in der Gastwirtschaft des Ortes bei Kaffee und Kuchen zusammen. Fast das ganze Dorf war gekommen, nicht nur aus Anteilnahme, sondern auch aus purer Neugier, weil Gertrud geschwatzt hatte. Aber es war ein schweigsames Beisammensein. Martha blieb über Nacht. Gertrud hatte noch aufgeräumt und war dann zu Bett gegangen.

Bis spät in der Nacht saßen die beiden Schwestern in Maries Stube zusammen. Martha hatte einen alten, rissig-braunen Handkoffer aus ihrem Auto geholt und auf den kleinen Tisch gestellt.

»Ich habe ihn auf dem Speicher gefunden, versteckt in einem alten Schrank«, gestand sie. »Deine Bemerkung hatte mich neugierig gemacht. Und weil Fritz sich immer um alles gekümmert hatte, hatte ich keine Ahnung.«

Sie packte aus: Alte Zeitungen, Bücher und Zeitschriften mit fragwürdigem Inhalt, abgegriffene postkartengroße Fotos von halbnackten und nackten Frauen und Paaren in eindeutigen Posen. Dann ein paar Briefe von Johanna, adressiert an Fritz. Dabei lag der Totenschein von Johanna, Todesursache Ertrinken.

»Ich habe alles durchgelesen, Marie. Wie du weißt, hat Fritz stets alles Schriftliche besorgt. Auch, als Mutter gestorben war. Da gaben wir ihm Vollmacht, alles zu erledigen, weil er am besten mit den Ämtern umgehen konnte und von dem Schriftkram das meiste verstand. Wir machten uns keine Gedanken, als es ums Erben ging, nur, dass es gerecht zugehen sollte. An Johanna hatte keiner mehr gedacht.«

Johannas Briefe waren eindeutig: »Fritz, ich kann es hier nicht mehr aushalten, sprich mit meiner Mutter, sag ihr die Wahrheit.

Ich will wieder nach Hause. Mir wird sie nicht glauben. Und ich will mein Kind zurück.«

»Fritz, wenn du dich nicht bald meldest, bringe ich mich um.«

»Fritz, ich schreibe an Martha und erzähle ihr, wie es damals wirklich gewesen ist. Du weißt, dass du mich gezwungen hast. Und du weißt, dass Felix dein Kind ist.«

Das war der letzte Brief.

Martha schluchzte zum Gotterbarmen. »Fritz war oft tagelang in Geschäften unterwegs. Er muss wieder nach Hamburg gefahren sein. Wer weiß, was dort geschehen ist? Er ist schuld am Tod von Johanna, er hat sie bestimmt in den Selbstmord getrieben. Oder er hat ...«, sie wagte nicht, es auszusprechen. »Und alles konnte er geheim halten, weil ich ihm alles geglaubt habe. Durch meine Gutgläubigkeit habe ich nie etwas gemerkt.«

»Und dann kam der Krieg«, sagte Marie dumpf, »die Männer gingen an die Front, es ging für uns nur noch ums Überleben. An Johanna hat keiner mehr gedacht. Und nach dem Krieg wollten wir nur noch in unser normales Leben zurück.«

Die Frauen lagen sich weinend in den Armen.

»Alle haben Schuld«, sagte Marie schließlich, »auch wir, die es nicht wussten. Weil wir nicht mehr nach unserer Schwester gefragt haben. Und was wirklich geschehen ist, werden wir wohl niemals mehr erfahren. Damit müssen wir nun weiterleben.«

Kapitel Achtzehn
Mariechens Tod

Marie lebte nun wieder lange Jahre in ihrem Dorf, aber nicht mehr auf dem Heintzenhof. Gertrud war verstorben, nachdem sie lange krank und zuletzt auch dement geworden war. Der Heintzenhof war restauriert und renoviert in den Besitz von Bärbel, der ältesten Tochter von Werner und seiner Frau Dagmar, übergegangen. Werner hatte Marie eine kleine Wohnung im Untergeschoss seines neuen Hauses zur Verfügung gestellt. Da wohnte sie nun seit ihrer Heimkehr und war natürlich voll integriert in Werners Familie, aß mit am Mittagstisch und half gern, wo sie konnte wenn ihr kranker Rücken es zuließ. Auch Werners Kinder, drei Töchter und ein Sohn, liebten sie herzlich und sie gab die Liebe gerne zurück. Mit der Witwenrente, die sie nach dem Tod ihres Mannes erhielt, hatte sie, im Gegensatz zu früher, ein ausreichendes Auskommen. Ab und zu kam Käthe aus Köln zu Besuch und blieb einige Tage bei ihr. Käthe hatte früh ihren Mann verloren. Paul war nur 62 Jahre alt geworden. »Kriegsware«, wie der Arzt sagte. Viele Männer, die im Krieg als Soldaten gekämpft, gelitten und ihre größte Lebenskraft auf dem Schlachtfeld gelassen hatten, starben sehr früh. Oft saßen beide Witwen beieinander und gedachten gewesener Zeiten. Manchmal besuchten sie Freunde im Ort oder wanderten zu den Familiengräbern auf dem Friedhof. Manchmal gesellte sich Else, die Älteste der klein gewordenen Geschwisterschar, dem Kreis dazu. Martha, die »Bonner Schwester«, wie sie von den anderen genannt wurde, weilte auch nicht mehr unter den Lebenden. Das Verhältnis zu ihr war seit Mariechens Suche nach der verschollenen Johanna sehr viel besser geworden. Bei den gemeinsamen Rückblicken kam man unweigerlich auf die Kriegszeiten zu sprechen, die zwar verblasst, aber unvergessen waren.

So saßen die drei Frauen, Marie, Käthe und Else, auch an diesem Nachmittag, einem Sonntag Anfang Januar, wieder friedlich beisammen. Sie hatten Weihnachten zusammen gefeiert, und Käthe wollte im Laufe der Woche wieder nach Köln zurück. In Mariechens Wohnzimmer hatten sie neben dem kleinen Weihnachtsbäumchen Platz genommen. Marie versäumte nie, eine kleine Fichte zu schmücken, ganz wie früher mit Silberkugeln und reichlich Lametta. Gemütlich hatte man miteinander Kaffee getrunken und den Kuchen verspeist, den Else gebacken hatte. Nun goss Marie jeder ihrer Schwestern noch ein Glas Wein ein. Gut gelaunt prosteten sie einander zu.

Dieses Mal war es Marie, die begann, Erinnerungen an die Kriegszeiten aufzufrischen und wandte sich an Else.

»Erinnerst du dich noch an die Nacht, als du dir im Wald den Fuß verstaucht hattest? Und welche Angst wir vor Heinrich hatten, als er unbedingt die Franzosen aufspüren wollte? Was wäre wohl passiert, wenn er uns erwischt hätte?« Marie sah die Schneenacht deutlich vor sich, spürte förmlich die Kälte an Händen und Füßen und die Angst, die sie damals empfunden hatte.

»Ja, unser Heinrich«, sinnend schaute Else vor sich hin, »ob er wirklich so weit gegangen wäre, seine Geschwister anzuzeigen?« Die Schwestern schwiegen nachdenklich. Nach einer kleinen Weile nahm Else den Faden wieder auf: »Ich weiß noch ganz genau, wie verwirrt du warst, als du zu der Stelle zurückkamst, wo ich auf dich gewartet habe.« Sie überlegte einen Augenblick, ob sie das, was ihr auf einmal durch den Kopf ging, aussprechen sollte. Aber es war ja alles schon so lange her. Man konnte doch heute, so viele Jahre nach den Ereignissen von damals offen über alles reden, oder?

»Du wolltest unbedingt vermeiden, dass ich etwas davon merke, was zwischen dir und Robert war«, fuhr sie fort. Eine kleine Röte stieg Maries Wangen hoch, aber sie ging tapfer auf die Bemerkung ein. »Habt Ihr es nicht …«, sie zögerte, »unsittlich gefunden oder sogar verwerflich, dass ich mich in einen Kriegsgefangenen verliebt hatte? Ich war ja damals schon nicht mehr so jung. Und Robert war sogar noch einige Jahre jünger als ich.«

»Nein, eigentlich nicht«, entgegnete Else. Rasch nahm sie noch einen Schluck Wein. Dann sprach sie weiter. »Obwohl wir uns doch ein bisschen wunderten, weil wir dich von dieser Seite ja gar nicht kannten. Ich meine, dass du solche Gefühle entwickeln könntest. Und wir bewunderten dich sehr für deinen Mut.«

»Aber ihr habt noch mehr Courage bewiesen, indem ihr heimlich die Franzosen versorgt habt, als die sich versteckt hatten?«, gab Marie zurück. Nachdenklich drehte sie ihr Weinglas am Stiel auf dem Tisch immerzu im Kreis herum.

»Wir haben viel Angst dabei gehabt, das kannst du ruhig glauben. Du hast selbst erlebt, wie es war, als du Paul retten wolltest«, entgegnete Else. Es drängte sie, noch einmal auf Robert sprechen zu kommen.

»Im Übrigen warst du auch längst nicht die Einzige, die sich damals in einen Kriegsgefangenen verguckt hatte«, begann sie erneut. »Da gab es noch andere Frauen, die schwanger wurden, obwohl deren Männer in der Zeit gar nicht auf Urlaub zu Hause waren. Später haben manche Männer diese Kinder stillschweigend als die ihren akzeptiert. Natürlich nicht alle. Hattest du keine Angst, schwanger zu werden?«

Marie bewegte verneinend den Kopf. »Komisch, jetzt wo du davon sprichst … ich habe nie im Ernst geglaubt, dass ich schwanger werden könnte. Vielleicht dachte ich, dass ich zu denen von uns gehörte, die keine Kinder haben könnten.« Sie dachte dabei an Karl und zwei weitere Brüder, die nie Nachwuchs bekommen hatten.

»Und wir bekamen ein Kind nach dem anderen«, lächelte Käthe. »Aber mir fällt jetzt ein, dass eine Freundin gegenüber mir Jahre später gestanden hat, dass sie sich in einen Amerikaner verguckt hatte. Das war später zur Zeit der Besatzung. Natürlich gab es das auch in Köln, erst bei den Amerikanern und später auch, als die Engländer die Besatzung übernommen hatten. Ich selbst habe jedenfalls nichts von der Sache zwischen dir und Robert gemerkt, wahrscheinlich, weil ich solche Furcht um Paul hatte. Und vor Heinrich habe ich später regelrechte Todesangst gehabt.«

»Und«, fragte Else, die immer noch nicht vom Thema lassen wollte, »erzähl doch noch mal von damals, von der Sache zwischen Robert und dir. Ich weiß nur, dass er Jahre später wieder auftauchte, allerdings mit Frau und Kindern im Schlepptau.« Marie schwieg eine Weile. Dann nahm sie noch einen Schluck Wein und begann: »Ich bekam nach Kriegsende einmal einen Brief von ihm. An dem Tag hatte der Briefträger mir die Post übergeben, so dass niemand etwas gemerkt hat. Es muss so um 1948 herum gewesen sein, so um die Zeit der Währungsreform. Im Juni, glaube ich. Der Brief war auf Französisch verfasst, das ich nicht übersetzen konnte. Mein bisschen Französisch hatte ich schon fast wieder vergessen. Eigentlich hätte ich ja Karl oder auch den Lehrer fragen können, aber ich schämte mich und hatte Angst, ausgelacht zu werden. Wir hatten auch kein Wörterbuch, auch in der hiesigen Bücherei gab es keines. Mir eines zu kaufen, fehlte mir das Geld, und ich hätte sowieso in die nächste Stadt fahren müssen, um in einen Buchladen zu gehen. Ihr wisst, wie kompliziert das damals alles war. Es gab noch keinen öffentlichen Nahverkehr so wie heute. Da habe ich den Brief fortgelegt. Ab dem Tag habe ich aber noch fester daran geglaubt, er würde bald kommen und mich abholen, so wie er es damals versprochen hatte. Doch ich hörte nichts mehr von ihm, bis …«, sie zögerte, »ja, bis er dann mit seiner Familie hier auftauchte.«

»Weißt du denn bis heute nicht, was er geschrieben hat?«, fragte Käthe neugierig. »Nein, bis heute nicht.« Marie hatte nun Tränen in den Augen, als sie die damalige Situation vor sich sah. Sich selbst mit dem Brief in der Hand, ratlos, weil sie ihn nicht entziffern konnte. Die Überlegungen, wie sie das Problem lösen könne und keinen Ausweg fand.

»Hast du den Brief noch«, wollte Else wissen. Marie nickte stumm.

Die beiden Frauen drängten Marie nun, ihnen das Papier zu zeigen. Widerstrebend erhob sie sich. »Es ist doch schon so lange her, ich mag nicht mehr daran erinnert werden. Ihr wisst doch, wie es war, als er dann mit Frau und Kindern hier zu Besuch gekommen ist. Ich war so enttäuscht, weil mein Traum, an den ich bis zu dem Tag immer noch geglaubt hatte, plötzlich mit einem Mal zerplatzte wie eine Seifenblase.«

Aber die Frauen drängten sie so, dass sie schließlich nach oben ging und mit einem vergilbten Umschlag mit französischer Briefmarke wieder herunterkam.

Dieses Relikt eines zerronnenen Traumes ging nun von Hand zu Hand, wurde begutachtet und man betrachtete den französischen Text, den niemand übersetzen konnte.

Da hatte Käthe plötzlich eine Idee. Sie nahm ein Stück Papier und malte sorgfältig die Buchstaben ab, ließ aber Anrede und Namen fort. Damit ging sie nach oben zu Werners Ältesten, der noch das Gymnasium besuchte. Sie wusste, dass er die französische Sprache lernte. »Kannst du mir das bitte einmal übersetzen?«, bat sie den großen Jungen, der sie überrascht anschaute. Doch dann setzte er sich ohne Weiteres hin und las das Geschriebene sorgfältig durch, nahm ein Blatt Papier und Stift, schlug dies und jenes im Wörterbuch nach und überreichte ihr den Zettel zurück.

»Hier Tant' Kättchen, da steht es auf Deutsch. Hast du etwa einen französischen Freund?«, grinste er verschwörerisch. Sie lächelte ihn an und eilte flugs wieder nach unten. Sie reichte Marie das Blatt, die es las und wieder las. Totenblass stammelte sie dann: »Wenn ich das gewusst hätte, dann hätte ich nicht die ganzen Jahre noch auf ihn warten müssen.« Zwei Tränen rannen ihre von Falten durchzogenen Wangen hinunter. Sie wischte sie mit dem Handrücken fort. Dann reichte sie den anderen den Zettel. Die zwei Schwestern beugten sich gemeinsam darüber und lasen:

»Will dir anzeigen, dass ich gesund wieder in meinem Haus angekommen bin. Ich hoffe, es geht dir gut. Muss dir etwas schreiben, das dich traurig macht. Mein Vater ist gestorben. Um unsere marode Firma zu retten, werde ich die Tochter des Konkurrenten heiraten. Das ist der Wunsch des Vaters, den ich akzeptieren muss. Ich danke dir noch einmal für alles, was du für mich getan hast und werde dich nie vergessen.«

Die Frauen versuchten, sie zu trösten. »Nein, nein«, wehrte Marie ab, als Else sie in den Arm nehmen wollte. »Lasst mich, ich muss jetzt allein bleiben.« Damit nahm dieser Nachmittag ein jähes und trauriges Ende. Else bedauerte, so in Marie gedrungen zu sein. Käthe reiste zwei Tage später wieder ab. Marie war wieder allein.

Es dauerte einige Zeit, bis sie sich von dem Schock erholt hatte. Sie erzählte Werner und seiner Familie nichts von diesen so fern liegenden Dingen, weil sie fürchtete, dass die anderen es nicht hätten nachempfinden können. Immer noch hatte sie Angst vor Spott und Hohn. Den Brief verbrannte sie draußen auf der Terrasse, aber so, dass niemand es merkte.

Seit dieser Zeit wurde sie etwas stiller, aber niemandem fiel es so recht auf, weil in dem großen Haushalt immer etwas los war. Alle waren mit sich selbst beschäftigt, zumal die Hochzeit der zweiten Tochter ins Haus stand.

Aus diesem Grund wollte Werner mit seiner Frau Dagmar nach Koblenz fahren, um für das Fest einzukaufen. Ihre lange Einkaufsliste würde sie den ganzen Tag von zu Hause fernhalten. Sie verabschiedeten sich von Marie und erklärten, dass sie erst abends zurückkämen. Dagmar trug noch einen Topf mit Suppe hinunter und stellte sie auf Maries Herd. »Die machst du dir warm«, meinte sie freundlich, »und morgen koche ich wieder etwas Leckeres für uns.« Marie bedankte sich. Spontan nahm sie nacheinander beide in den Arm. »Ihr seid so gut zu mir. Passt auf euch auf und fahrt vorsichtig.« Erstaunt sah Werner sie an. Solchen Überschwang war er gar nicht von ihr gewohnt.

Marie blieb in ihrer Wohnung allein zurück. Sie erledigte ein wenig Hausarbeit, aß mittags einen Teller von der Suppe und legte sich eine Stunde auf die Couch. Draußen war es kalt, zu kalt für einen Gang zum Friedhof, fand sie. Am frühen Nachmittag nahm sie sich eine Handarbeit vor und setzte sich ans

Radio, um ein wenig Musik zu hören. Als sie aufstand, um die Toilette aufzusuchen, die auf der anderen Seite des Flurs lag, spürte sie plötzlich einen stechenden Schmerz im Hinterkopf. Es schmerzte so stark, wie sie es zuvor niemals empfunden hatte. Unwillkürlich schrie sie auf und fasste sich an die schmerzende Stelle. Doch gleich darauf taumelte sie und stürzte zu Boden. Alles drehte sich um sie, ihr wurde speiübel, und sie erbrach sich auf den Teppich. Dann verlor sie das Bewusstsein. Wie viel Zeit vergangen war, als sie schließlich die Augen öffnete, wusste sie nicht. Sie wollte sich aufsetzen, doch ihr rechter Arm, mit dem sie sich abstützen wollte, gehorchte ihr nicht. Alles um sie herum nahm sie nur verschwommen wahr, auch das Denken fiel ihr schwer. Und der Schmerz umklammerte ihren Kopf wie eine festgezogene Eisenklammer, die abzunehmen unmöglich war. Um Hilfe wollte sie rufen, aber kein Laut kam über ihre Lippen. So lag sie da, halb ohne Bewusstsein, auf Wellen von Schmerz trieb sie in einer grauen Dämmerwelt.

Am Spätnachmittag kamen Werner und Dagmar von ihrer Einkaufsfahrt zurück. Sie räumten das Auto aus und verstauten die Einkäufe. Erst dann bereitete Dagmar das Abendbrot und lief hinunter, um Marie zum Essen zu holen. Eine unnatürliche Stille herrschte in der Wohnung. Zuerst konnte sie Marie nicht entdecken, erst als sie näher trat, sah sie sie hinter dem Tisch auf dem Boden liegen, das Gesicht schmerzhaft verzerrt, die Augen geschlossen. Sie wollte sie aufrichten, da schrie Marie vor Schmerzen laut auf. Vorsichtig ließ sie sie wieder zu Boden gleiten und rannte hinauf, um Werner zu holen. Der rief sofort den Rettungswagen an. Der Arzt brauchte nicht lange, um die Diagnose zu stellen: Gehirnblutung. Da Marie einige Stunden unbehandelt gelegen hatte, bestand akute Lebensgefahr. Viele Funktionen ihres Körpers waren ausgefallen. Doch alle Hilfe war vergebens, Marie starb nach zwei Tagen im Krankenhaus; sie war nicht mehr zu Bewusstsein gekommen.

Von Nah und Fern kamen die Menschen zur Beerdigung; das ganze Dorf nahm bewegt von ihrem »Mariechen« Abschied. Die

Familie hatte neben der Trauer über den unerwarteten Todesfall auch noch das Entsetzen über Käthes Schlaganfall an Mariechens Bahre zu verarbeiten.

Kapitel Neunzehn
Rückblick des fortgegebenen Kindes – Käthes Tod

Zwei Jahre später. Werner sitzt am Bett seiner Mutter Käthe. In den letzten Wochen hat sich ihr Gesundheitszustand dramatisch verschlechtert. Der Arzt hat nicht viel Hoffnung gemacht. Sie wird sich nicht mehr erholen, sondern schon bald ihre letzte Reise antreten. Zwei Jahre leidet sie nun an den Folgen eines schweren Schlaganfalls, der sie inzwischen völlig ans Bett gefesselt hat. Die Krankheit hat ihr neben einer rechtsseitigen völligen Lähmung der Gliedmaßen auch die Sprache genommen, nur mit Hilfe von Zeichen kann sie sich notdürftig verständigen. Manchmal ist sie verwirrt, aber es gibt auch Stunden, in denen sie ganz klar und bei der Sache ist. So vieles möchte Werner sie noch fragen, doch eine Unterhaltung ist nicht mehr möglich. Das macht ihn traurig. Zwei Jahre lebt sie nun schon bei ihm im Haus und wird von seiner Frau gepflegt. Er kann sich nicht erinnern, seine Mutter jemals so lange um sich gehabt zu haben.

Es war ein schwerer Schicksalsschlag, der ihr Leben von einem auf den anderen Tag völlig auf den Kopf stellte. Als Mariechen starb, die Schwester, zu der sie die innigsten Beziehungen pflegte, kam sie ins Dorf, um an der Beerdigung teilzunehmen. Werner und seine Frau begleiteten sie zum Friedhof, wo Mariechen aufgebahrt lag. Sie wollte ihre Schwester noch einmal sehen. Nie wird er vergessen, wie es war, als sie im Totenhaus neben dem offenen Sarg ihrer Schwester zusammenbrach. Sie konnten sie gerade noch halten, sonst wäre sie auf den harten Steinboden gefallen. Fast im gleichen Moment hatte sie die Stimme verloren, konnte nicht mehr gehen. Sie schafften sie in derselben Stunde zum Arzt im nächstgrößeren Ort. Und dieser alarmierte nach der Notversorgung sofort einen Krankenwagen, mit dem sie in die Klinik transportiert wurde. Schon bald wurde klar, dass sie nicht mehr zurück in ihr Haus nach Köln gehen würde. Seine Geschwister trafen nach und nach ein, fassungslos vor der Tragödie, nie hatten sie damit gerechnet, dass der Mutter so etwas widerfahren könne. Dann das erneute Zusammentreffen mit den Geschwistern, als klar wurde, dass die Mutter ein Pflegefall bleiben würde. Sie waren sich alle einig darüber, dass sie nicht ins Pflegeheim sollte. Er entsinnt sich der Überlegungen, die man anstellte, in welcher Familie die Mutter am besten aufgehoben sein würde. Von vornherein war klar, dass niemand von den anderen dafür infrage kam als nur seine eigene Familie. Und so kam es dann auch. Seine Frau, geübt in der Pflege alter Menschen, nahm die Mutter in ihre Obhut und versorgte sie liebevoll über zwei Jahre bis jetzt, wo der Tod neben ihrem Bett auf Beute lauerte.

Er versucht sich zu erinnern. Manche Begebenheiten sind noch in seinem Gedächtnis verankert, manches ist ins Dunkel der Vergangenheit entschwunden und wird wohl nie mehr auftauchen. »Ach, Mama«, flüstert er, »könntest du doch noch sprechen. Ich wüsste gern, was du empfunden hast, als du im Krieg mit zwei Kindern zurück in dein Elternhaus geflüchtet bist. Gewiss hattest du Angst um deinen Mann, der im Krieg war, Gott weiß wo, Angst um deine beiden kleinen Kinder, Angst vor der Zukunft, und dass es noch schlimmer kommen könnte. Ich wüsste gern, wie es war, als ich geboren wurde. Unten, im Heintzenhof habt ihr gelebt und dann seid ihr eines Tages fortgegangen, ohne mich. Wie ist das alles gekommen?«

Müde schaut die Mutter ihn an, ein Augenlid hängt tiefer als das andere, ihr Mund ist verzogen, ein dünner Speichelfaden sucht seinen Weg am Kinn vorbei. Sorgsam säubert er ihre Lippen. Eine Träne löst sich aus ihrem Auge. So gern würde sie mit ihm sprechen, ihm sagen, dass sie ihn liebt, dass er immer ihr Kind geblieben ist, immer, ihr Leben lang.

Die Mutter hat ihm einmal erzählt, dass sie eines Nachts hörte, wie jemand die Stufen in den ersten Stock des Hauses emporstieg, die Tür ihres Schlafraums öffnete und an ihr Bett trat. Dem ersten Schrecken wich die Überraschung, dann die grenzenlose Freude. Paul war auf Fronturlaub gekommen, und sie war glücklich, den geliebten Mann wieder im Arm zu haben. Was sie ihm nicht gesagt hatte, war, dass er wahrscheinlich in dieser Nacht gezeugt worden war. Über so etwas sprach man nicht.

Die Mutter ist in einen leichten Schlaf gefallen, ihre Gesichtszüge haben sich verändert, besonders um den Mund herum hat sich eine auffallende Blässe gebildet. Werner geht zu seiner Frau hinüber, die das Essen vorbereitet. »Sieht nicht gut aus«, meint er zu ihr, und sie geht sofort ins Krankenzimmer, um nach Käthe zu schauen. Als sie zurückkommt, sieht sie sehr nachdenklich aus und schüttelt leise den Kopf. »Wir wollen nach dem Pfarrer schicken«, meint sie dann, »es ist wohl Zeit. Und rufe bitte deine Geschwister an. Sie sollen bald kommen.« Werner kann nichts essen, er kriegt nichts hinunter. Er nimmt seinen Platz am Bett der Mutter, das nun zum Sterbelager geworden ist, wieder ein. Seine Gedanken schweifen wieder weit in die Vergangenheit. Er betrachtet das Gesicht der Mutter und hat den Eindruck, als dämmere seine Mutter immer tiefer in einen bewusstlosen Zustand hinüber, der nichts mehr mit normalem Schlaf zu tun hat.

Nach und nach treffen die Geschwister ein und setzen sich zur sterbenden Mutter. Man sieht, dass es nicht mehr lange dauern wird. Leise unterhalten sie sich, manchmal geht einer für ein paar Minuten hinüber in die Wohnstube, denn es tut weh, der Mutter beim Sterben zuzuschauen. Auch wenn sie alle erwachsen sind und schon selbst große Kinder haben, in dem Moment werden sie wieder selbst zu Kindern, die hilflos zuschauen müssen. Der Tod hat etwas Unheimliches, Beängstigendes. Wenn seine Tür ins Schloss gefallen ist, ist es endgültig.

Wann fand der Kindertausch statt? Er überlegt, kann sich nicht mehr genau erinnern. Seine Schwester erinnert sich dagegen noch ganz genau: »Das muss 1949 gewesen sein.«

Die Eltern haben nie darüber gesprochen, was sie empfunden hatten, als man mit dem Ansinnen an sie herangetreten war.

Karin hatte lange Zeit Heimweh, als sie ins Elternhaus zurückgekommen war, weil sie ihre einzige Bezugsperson, das Mariechen, verloren hatte. Zu der richtigen Mutter hatte sie nie ein echtes Vertrauensverhältnis aufbauen können. So war das damals. Die Kinder wurden nicht gefragt.

Vielleicht ist ganz tief in seinem Inneren ein winziges Stückchen Groll auf die Eltern, besonders auf die Mutter geblieben, die ihn weggegeben, ihn ihrem Bruder geschenkt hat. Er kann sich an die ersten kurzen Jahre, die er in Köln gelebt hat, nur bruchstückhaft erinnern, er war zu klein. Schließlich wurde das Eifeldorf sehr schnell wieder zu seiner Heimat. An Festtagen besuchte er seine Eltern und Geschwister in Köln, und die Geschwister verbrachten ihre Sommerferien bei ihm auf dem Bauernhof. In Köln hat er sich später nie zu Hause gefühlt, es war immer nur ein Besuch auf Zeit. Aber eine Zerrissenheit machte sich oft in ihm breit, verursachte merkwürdige Träume und Sehnsüchte.

Die Mutter ist gerade gestorben. Nachdenklich betrachtet er ihr Gesicht, das jetzt ganz entspannt ist. Sie sieht so friedlich aus, denkt er, und dabei hat sie doch so ein schweres Leben gehabt. »Warum hast du mich fortgegeben«, fragt er, aber er fragt es nicht laut, »ich hätte niemals auch nur auf eines meiner Kinder verzichten mögen.« Ob sie sich jemals schuldig gefühlt hat ihm und seiner Schwester gegenüber? Vielleicht hatte man sie sogar gedrängt, ihr keine Wahl gelassen. Im Fokus stand der Wunsch des kinderlosen Ehepaares, dann war da noch Anna, die alte Mutter, die sicher für jeden der Ihren das Beste wollte und ihnen möglicherweise gut zugeredet hatte …

Aber er ist seiner Mutter nicht gram, ihm ist es ja immer gut gegangen, er hat Menschen gehabt, die ihn liebten. Und er hat eine eigene Familie, eine Frau, Kinder, die zu ihm gehören, die ihn lieben. Er ist sicher, dass seine Mutter auch ihn geliebt hat.

Heimat ist kein Ort, denkt er, Heimat ist da, wo die Menschen sind, die man liebt. Heimat ist da, wo man sich zu Hause fühlt, wohin man von einer Reise gern wieder zurückkehrt.

Familie auf dem Heintzenhof

Großeltern

Jasper	Agathe	∞ 1870

Eltern

Peter	Anna	∞ 1903

Kinder von Peter und Anna

Else *1904	∞ Richard Kinder: 12, erwähnt: Daniel, Aaron, Emma
Vinzenz *1904	∞ Lene Kinder: 5
Karl *1906	∞ Gertrud Kinder: keine eigenen/Pflegesohn Werner
Hermann *1907	∞ Anita Kinder: 4 Söhne, erwähnt: Thomas
Martha *1908	∞ Fritz Kinder: keine eigenen/Pflegesohn Felix
Marie *1910	∞ Franz Kinder: keine

Adam *1912	∞ Agnes Kinder: keine
Käthe *1913	∞ Paul Kinder: 5, erwähnt: Klaus, Karin, Werner, Franzi
Heinrich *1915	
Martin *1916	∞ Sophie
Johanna *1920	Kinder: Felix

Andreas Mohr: Das verschenkte Kind

Bis vor wenigen Jahrzehnten war es keine Seltenheit, dass Kinder aus kinderreichen Familien an kinderlose Ehepaare abgegeben wurden, damit deren Altersvorsorge gesichert war und Hof oder Weinbaubetrieb einen Nachfolger hatten. Auch Andreas Mohr war so ein »verschenktes Kind«. Seine Erlebnisse und Gefühle hat er heute niedergeschrieben. Man spürt deutlich, dass er sein Schicksal nachdenklich hinterfragt und froh ist, dass so etwas heute in der Eifel keinem Kind mehr widerfährt.

ISBN 978-3-89801-354-3 • 68 Seiten • Klappenbroschur • 9,90 EUR

Ute Bales: Kamillenblumen

Im Frühjahr 1901 werden Traud und ihre Mutter obdachlos. Sie sehen keinen anderen Ausweg, als sich auf den Höfen der Eifeldörfer als Wanderarbeiterinnen zu verdingen. Durch zusätzliches Hausieren mit Kamille sichern sie sich eine kärgliche Existenz. Als die Mutter stirbt, zieht Traud allein weiter. Der Roman beschreibt die endlose Wanderung der Traud durch die Eifel – vor, während und nach den beiden Weltkriegen, gekennzeichnet von Hunger, Elend und Ausgrenzung, aber auch von Schönheit, Würde und Größe und von einer ungewöhnlichen Liebe zu Paul.

ISBN 978-3-89801-215-7 • 288 Seiten • Broschur • 12,00 EUR

Sandra Jungen: Hanna – Kriegsjahre einer Krankenschwester

Das Deutsche Reich 1942: Kurz nach ihrem Examen wird Hanna in die Krankenpflege der Wehrmacht eingegliedert. Obwohl sie lieber bei ihrer Familie in der Eifel wäre, beugt sie sich dem Befehl und kämpft fortan als Frontschwester um das Leben der Verwundeten – ebenso wie um das eigene.

Nur mit knapper Not gelangt sie zurück nach Deutschland, wo sie in München den Luftkrieg in all seinen grausamen Facetten durchlebt und schließlich die harte Hand des Regimes am eigenen Leib erfahren muss.

ISBN 978-3-89801-100-6 • 348 Seiten • Broschur • 12,00 EUR